Ulrich Hinse

Der Traum des Templers und seine Reise über das Atlantische Meer

Ein historischer Roman
über die Südamerikareise der Templer
(Das Gold der Templer, Teil 2)

Impressum

Ulrich Hinse

Der Traum des Templers und seine Reise über das Atlantische Meer

Ein historischer Roman
über die Südamerikareise der Templer
(Das Gold der Templer, Teil 2)

ISBN 978-3-95655-609-8 (Buch)
ISBN 978-3-95655-610-4 (E-Book)

Titelbild: Ernst Franta

unter Verwendung des Bildes „Wikingerschiffe vor Felsenküste" von Michael Zeno Diemer

Satz: **MEDIENAGENTUR - Franta**, 93462 Lam, Siedlerweg 5
www.medienagentur-franta.de · mail@medienagentur-franta.de

Druck: **Druckerei WIRmachenDRUCK GmbH** 71522
Backnang, Mühlbachstr. 7

Godern
Alte Dorfstraße 2 b
19065 Pinnow
Tel.: 03860-505 788
E-Mail: verlag@edition-digital.com
Internet: http://www.ddrautoren.de

EDITION digital
Pekrul & Sohn GbR

Joao Lourenço war Tempelritter. Und er stellte etwas dar. Und das wusste er auch. Sein Selbstbewusstsein war groß, aber nicht so überzogen, dass er arrogant gewirkt hätte. Eigentlich hieß der große, kräftige, junge Mann gar nicht Joao Lourenço, sondern mit richtigem Namen Johann Laurenz, war Sohn eines angesehenen Kaufmanns und stammte aus der Nähe von Aachen. Er hatte sich im Zorn von seinem Elternhaus getrennt, war nach Paris gelangt und hatte dort zu den Templern gefunden, wo er zunächst bei dem Präzeptor Gerard de Villars als Knappe gedient hatte. Der Ritter hatte seine Gewandtheit und seine Intelligenz erkannt und so war er zum Ritter aufgestiegen und zusammen mit dem Flamen Jan van Koninck in den Orden aufgenommen worden. Mit Jan hatte er sich verbunden gefühlt, weil der ein ähnliches Schicksal erlitten hatte. Joao war bei den anderen Rittern beliebt, wegen seiner Umsichtigkeit geachtet und wegen seiner Körperkraft und Geschicklichkeit im Umgang mit den verschiedensten Waffen gefürchtet. Nicht zuletzt deshalb hatte Jaques de Molay, der Großmeister des Templerordens, den dunkelblonden Mann mit den ebenmäßigen Gesichtszügen aus dem kleinen Ort Heristal nahe Aix la Chapelle zu einem der Männer bestellt, die den Schatz der Templer in Sicherheit bringen sollten. Joao war knapp dreißig Jahre alt und deutlich größer als die meisten Männer seiner Zeit. Er überragte sie um mehr als eine Haupteslänge. Stolz trug er den weißen Mantel mit dem leuchtendroten Kreuz auf der Brust, den er erst vor gut einem Jahr von Jaques de Molay verliehen bekommen hatte, als er in den Orden aufgenommen worden war.

Unter dem Mantel war das Kettenhemd zu erkennen und sein kräftiges, dunkelblondes, langes Haar wurde durch die

Kapuze des Kettenhemdes verdeckt. Das Schwert an seiner linken Seite wurde nur unzureichend von dem Mantel verhüllt. Sein Gesicht war offen und wurde, anders als bei den meisten Tempelrittern, von einem gekräuselten Vollbart umrahmt. Er erschien allen, die mit ihm zu tun hatten, als ein freundlicher Mensch. Keiner hatte das Gefühl, sich vor ihm fürchten zu müssen. Wenn es aber sein musste, war er ein unerbittlicher, ja gelegentlich gnadenloser Streiter für den Glauben und seinen Orden.

Es hatte ihm wehgetan, als er von Jaques de Molay von der bevorstehenden Verhaftung aller Templer in Frankreich in Kenntnis gesetzt wurde. Geehrt hatte ihn das Vertrauen seines Großmeisters, der ihn als Vertreter des Ritters Gerard de Villars einsetzte. De Villars wurde beauftragt, einen Teil des riesigen Ordensvermögens vor dem Zugriff des französischen Königs zu retten. Mit Schiffen des Ordens, die im Hafen der Stadt La Rochelle lagen, sollten sie nach Süden fahren. Das genaue Ziel kannte nur de Villars. Sein Freund Jan van Koninck, ein Ritter aus Flandern, der mit ihm zusammen im Temple de Paris ausgebildet und in die Reihen der Tempelritter aufgenommen worden war, sollte mit einem Wagenzug nach Kastilien und weiter zur Templerfestung Ponferrada. Ein weiterer Wagenzug der Templer sollte von der Kanalküste nach England übersetzen, um sich dort in Sicherheit vor ihren Verfolgern zu bringen.

Knapp ein Jahr war vergangen, als sie sich von Paris aus in Bewegung gesetzt hatten. Nahe Orleans hatten sich die Wagenzüge getrennt. Villars und er waren Richtung La Rochelle weitergezogen, während Guido de Voisius und Jan van Koninck in Richtung der alten Westgotenresidenz Rennes le Chateau weitergefahren waren. Überraschend hatten sie sich im Sommer, der auf die Verhaftungen folgte, in der Templerfestung Ponferrada im iberischen Königreich Kastilien y Leon wiedergetroffen. De Villars hatte die Templerschiffe in einem kleinen Hafen in Asturien entladen lassen, um sie dann mit ihren Mannschaften nach, wer weiß wohin, zu entlassen. De Villars hatte Joao die Fracht und das Kommando übergeben und wollte allein auf dem Landweg nach Barcelona und von dort weiter zu den Ordensbrüdern nach Mallorca. Joao hatte sich für Portugal entschieden. Warum, wusste er nicht. Es war nur so ein Gefühl gewesen.

Jetzt stand Joao Lourenço in einer kleinen Kirche in Galiziens Bergen gut eine Tagesreise südlich von Ponferrada und ebenso weit von der portugiesischen Grenze nördlich Bragança entfernt. Tränen rannen seine Wangen hinunter. Am Altar stand ein Mönch, der vor den Tempelrittern eine Totenmesse zelebrierte. Vor einer halben Stunde hatten sie vor dem Portal der kleinen Kirche seinen Freund Jan van Koninck beerdigt. Er war im Kampf gegen Söldner des französischen Königs, die ihn verfolgt hatten, um ihm das Gold der Templer abzunehmen, schwer verwundet worden. Die Hilfe durch Joao und seine Männer war eine halbe Stunde zu spät eingetroffen. Joao hatte zwar die Söldner niedergemacht, aber seine Ordensbrüder konnten nicht mehr gerettet werden.

Jan hatten sie schwer verletzt vom Schlachtfeld geborgen und zu einem nicht weit entfernten Kloster gebracht. Aber die Mönche konnten auch nichts mehr für ihn tun. Auf seinen Wunsch hin hatten sie Jan von Koninck nach Santiago de la Requejada getragen, wo er vor dem Portal der kleinen Kirche bestattet werden wollte. Joao hatte sich zwar gewundert, aber der Wunsch seines Freundes war ihm Befehl gewesen. Der Abt hatte ihnen einen seiner Mönche als Wegkundigen mitgegeben, der auch die Totenmesse zelebrieren sollte. Und so waren Joao und seine Mannen den mühsamen Weg hinauf in die Berge geritten und an der kleinen, verlassenen Kirche angekommen. Verwundert hatte sich Joao umgesehen. Der Ort war ganz offensichtlich unbewohnt, die Häuser von allen Menschen verlassen. Einige wenige Ziegen grasten in der Nähe und ließen vermuten, dass Hirten anwesend waren. Zu sehen waren sie nicht. Seltsam war, dass genau hier in dieser Einöde Jan van Koninck hatte begraben werden wollen.

Die heilige Messe war wie im Nebel an Joao vorbeigegangen. Zu sehr beschäftigten ihn seine Gedanken. Aus diesen wurde er gerissen, weil der Mönch zur heiligen Kommunion bat. Joao ging wie in Trance nach vorn und stieg die wenigen Stufen zum Altar hinauf. Dort kniete er sich nieder und wartete auf die Hostie. Nachdem er sie erhalten hatte, verneigte er sich vor dem Kreuz auf dem Altar. Sein Blick fiel dabei auf eine Ecke des Altarsockels. In dieser Kirche, die schon seit Jahren nicht mehr genutzt worden war und die jetzt erst wieder eine heilige Messe erleben durfte, starrte alles vor Staub. Nur die Ecke am Altar war sauber. Bevor Joao aufstand, sah er sich noch einmal um. Staub und Dreck, wohin er auch sah. Dann blickte er wieder auf die Sockelecke. Hier lag nicht ein Körnchen Dreck. Mit einem Schlag wurde ihm klar, dass der Altar und auch der Sockel darunter vor nicht langer Zeit bewegt worden sein mussten.

Der Mönch räusperte sich. Joao wurde mit einem Schlag bewusst, dass er den Fortgang der heiligen Kommunion blockierte. Langsam stand er auf, um seinen Mitstreitern den Empfang des Leibes Christi zu ermöglichen. Er stellte sich wieder in seine Reihe vor dem Altar und dachte nach. In Ponferrada hatte Jan das Gold noch gehabt. Am Ort der Schlacht waren seine Wagen leer gewesen. Beim Tross der gefallenen Franzosen hatte sich kein Gold befunden. Jan musste es demnach unterwegs gebunkert haben. Warum hatte er unbedingt wieder in diese verdammte Einöde gewollt?

Langsam dämmerte es dem Tempelritter aus Aachen. Er zählte eins und eins zusammen. Natürlich. Jan hatte das Gold hier versteckt. Unter dem Altar musste es liegen. Dort musste sich ein Hohlraum befinden. Kein Mensch weiß das mehr. Alle Templer, die es mit Jan versteckt hatten, waren im Kampf gefallen. Und auch Jan war gestorben und hatte hier bei seinem Gold beerdigt werden wollen. Nicht am Altar, was noch einsichtig gewesen wäre. Nein, er hatte vor dem Portal in die Erde gelegt werden wollen. Dort und nirgendwo anders. Im Kloster hatte Jan ihm sagen wollen, wo das Gold war, aber er hatte den Sterbenden nicht verstanden. Nur Santiago de la Requejada hatte er verstanden, Kirche und Grab am Portal. Jetzt dämmerte es dem Ritter, warum das so war. Hätten sie ihn am Altar beerdigt, wäre die Krypta mit dem Templerschatz sofort gefunden worden. Das hatte Jan nicht gewollt. Ja, das sah dem Schlitzohr ähnlich. Joao Lourenço grinste in sich hinein und zog verwunderte Blicke seiner Mitstreiter auf sich. Sofort wurde sein Gesicht wieder ernst. Seinen Gedankengang wollte er noch mit niemandem teilen. Er wollte erst mit Joao Soares darüber reden, der in Bragança auf sie wartete. Vor der Kirche blieb er noch einen Moment am Grab von Jan stehen und nickte leicht mit dem Kopf. So, als wollte er sagen, ich habe dich verstanden, mein Freund. Laut sagte er, dass es alle hören mussten:

„Verehrte Herren, edle Ritter und Gefährten. Ihr alle habt einem tapferen Ritter unseres Ordens und meinem Freund das letzte Geleit gegeben. Dafür danke ich euch. Wir haben einen der Unsrigen auf seinen Wunsch hin hier in dieser Einöde begraben müssen und haben seine Seele in die Hände unseres Gottes empfohlen. Er wird im Himmelreich auf uns herabsehen und in der Zukunft bei uns sein. Wir haben alle tapfer gekämpft und den Vasallen des französischen Königs ihre Freude verdorben. Sie sind bestraft und werden in der Hölle schmoren. Jetzt reiten wir zurück nach Bragança und werden dort beraten, was die Zukunft für uns bringen wird. In Portugal sind wir erst einmal vor der Verfolgung sicher. Ich will dort versuchen, mit König Dionysius zu reden und ihm einen Plan vorlegen, wie es mit den Templern weitergehen kann. Folgt mir."

Joao wendete sein Pferd und ritt, ohne sich noch einmal umzusehen, den Hang hinunter. Seine Schar folgte ihm. Sie ritten von Santiago de la Requejada das Tal zwischen den Bergen hinunter. Gelegentlich sahen sie Hirten, die ihnen allesamt misstrauisch hinterherblickten. Je tiefer sie ins Tal kamen, umso dichter wurde der Wald. Sie überquerten den Rio Tera. Den kleinen Ort Puebla de Sanabria ließen sie rechter Hand liegen, umritten ihn, um am Ort der Schlacht oberhalb des kleinen Städtchens noch einmal Halt zu machen. Sie suchten in den verbrannten Wagen nach Verwertbarem, aber die Bauern aus der Umgebung hatten sich schon umgesehen. Die Leichen der toten Franzosen waren gefleddert und in der näheren Umgebung verscharrt worden. Alles irgendwie Verwertbare hatten die Bauern mitgenommen. Als sie wieder aufsaßen, war es spät geworden. Die Dunkelheit brach in dem Moment herein, als sie die Grenze nach Portugal überschritten. Sie wollten aber nicht mehr campieren und so ritten sie weiter auf die portugiesische Stadt zu.

Dabei mussten sie wieder einmal durch einen dunkeln Wald. Die Gegend war für ihren Waldreichtum bekannt, aber auch wegen der darin hausenden Räuber gefürchtet. Deshalb war der Ritt durch den nächtlichen Forst nicht sehr angenehm. Selbst Joao hatte ein unangenehmes Ziehen im Nacken. Dieses Ziehen mahnte ihn zur Vorsicht. Sein Pferd ging im Schritt. Plötzlich war das Knirschen und Knacken eines direkt vor ihnen fallenden Baumes zu hören. Instinktiv zog Joao die Zügel an. Sein Pferd stieg hoch. Es hatte sich erschrocken und Joao brauchte seine ganze Kraft, um es zu bändigen. Seine Kameraden reagierten ähnlich. Aber ihre Bewegungsfreiheit war begrenzt. Die Pferde scheuten wiehernd und prallten in der Enge des Waldweges gegeneinander. Joao hatte das Gefühl, alle Knochen im Leib würden ihm zerquetscht, als ein anderes Pferd sich gegen seine Seite drückte. Er riss den Dolch aus dem Gürtel. Das Schwert würde ihm in dieser Situation nichts nutzen. Ein schmerzhafter Schlag traf seine Schulter. Er schnappte nach Luft und sah sich um. Viel sehen konnte er nicht. Alles war nur schemenhaft zu erkennen. Faustgroße Steine schlugen links und rechts neben den Pferden ein. Gelegentlich wurde einer der Reiter getroffen, was an den unflätigen Ausrufen zu hören war. Mit Mühe hatte er sein Schild hinter sich aus dem Sattel gelöst und hielt es mit der linken Hand. Als ein mittelgroßer Stein das Schild traf, zuckte er zusammen. Das Felsstück hätte ihm leicht den Schädel zerschmettern können. Nur einen winzigen Moment brauchte der Ritter, um wieder klar denken zu können und die Situation zu analysieren.

„Vorwärts, Templer, zu den Waffen. Auf sie. Macht sie nieder, ohne Rücksicht“, brüllte Joao und feuerte seine Gefährten an. Etliche Ritter sprangen von den Pferden, die ihnen in der Dunkelheit und zwischen den Bäumen nicht halfen. Das Kampfgeschrei wurde lauter. Inzwischen hatten die Angreifer registriert, wen sie vor sich hatten. Eine Gruppe Tempelritter anzugreifen war dann doch wohl eine Nummer zu groß. Einige grelle Pfiffe waren zu hören und so schnell, wie sie gekommen waren, war die Angreifermeute wieder zwischen den Bäumen verschwunden. Von einem Augenblick zum anderen war es still.

„Haben wir Verletzte?“, fragte Joao laut in den Wald.

„Ein paar Beulen, sonst nichts“, antwortete irgendjemand hinter ihm, „aber zwei tote Angreifer liegen hier. Lassen wir sie liegen oder nehmen wir sie mit?“

„Wir nehmen sie mit in die Stadt. Vielleicht kennt sie dort jemand. Legt sie quer über die Sättel.“ Die Weisung des Anführers wurde ohne Murren und Knurren befolgt. Bei zwei der begleitenden Knechte wurden die Toten quer vor die Sättel gelegt, die anderen räumten den gefällten Baum so aus dem Weg, dass sie vorsichtig um ihn herumreiten konnten. Es ging nur langsam weiter, wobei die Reiter sehr intensiv nach allen Seiten Ausschau hielten, um nicht noch einmal in einen Hinterhalt zu geraten. Im Schritt musste geritten werden, damit die beiden Knechte mit den Toten nicht den Anschluss verloren. Deshalb graute schon der Morgen, als sich der Zug der Ordensritter der Stadt Bragança näherte. Die Wache am Tor schaute ihnen neugierig entgegen. Dann erkannte sie, wer angeritten kam. Der Soldat rief etwas über die Schulter in die Stadt hinein. Inzwischen hatten die Ritter das Tor erreicht. Joao ließ seinen Reiterzug anhalten und befahl den Knechten, die beiden toten Räuber abzuwerfen. Als sie auf dem Boden lagen, wandte sich Joao an die Torwächter.

„Kennt ihr die beiden?“ Einer der Wächter trat einen Schritt nach vorn, nahm den Schaft seiner Lanze und drehte erst einen, dann den zweiten Toten auf die Seite. Dann blickte er zu Joao hoch und schüttelte den Kopf.

„Wo habt ihr die beiden denn gefunden?“ Joao sah die Wache erstaunt an.

„Gefunden? Wir haben sie erschlagen, als sie uns im Wald angegriffen haben. Die Räuber kannten sich aus. Sie müssen hier aus der Gegend stammen.“

Der Wachsoldat ließ sich nicht verunsichern. „Ich bin auch von hier, kenne die beiden aber trotzdem nicht.“ Irgendwie hatte Joao das Gefühl, dass ihn der Wächter anlog. Aber es schien ihm müßig, mit ihm darüber zu streiten.

„Dann holt den Alkalden und zeigt ihm die Toten. Ihr findet uns bei Ritter Joao Soares“, ordnete der Ordensritter an. Die Torwache nickte und gab den Weg frei, damit die Reiter in die Stadt einreiten konnten. Dann rief der Wächter einen Halbwüchsigen herbei, der halb versteckt hinter der Mauer zugesehen hatte, wie die Ritter kamen. Der Junge reagierte erschreckt und kam nur vorsichtig zum Tor.

„He, Junge, lauf zum Alkalden und hole ihn her. Sage ihm, es sei wichtig.“ Der Junge nickte und rannte sofort los. Nach wenigen Augenblicken war er zwischen den eng stehenden Häusern verschwunden.

Die Ritter mit ihren Gefolgsleuten mussten nicht lange reiten, um die Burg von Joao Soares zu erreichen. Im Hof kümmerten sich sofort die Bediensteten um die Pferde der Ritter, während den nichtadeligen Ordensleuten ein Platz angewiesen wurde, an dem sie sich aufhalten konnten. Der Kastellan führte die Ritter hinauf in den ersten Stock der Burg, wo Joao Soares auf sie wartete. Er bat die Ankömmlinge an die Tafel und ließ jedem von ihnen einen Becher mit Wasser, gemischt mit Wein, vorsetzen. Als alle Platz genommen hatten, stellte Soares sich denen vor, die ihn noch nicht kannten.

„Verehrte Brüder, ich bin Ritter Joao Soares und der Herr dieser Burg im Norden des Königreiches Portugal. Und ich bin stolz, euch mitteilen zu können, dass hier Templer nicht verfolgt werden. Alle stehen unter dem Schutz unseres Königs Dionysius. Ich selbst bin auch Templer, der aber nicht in Frankreich war, sondern in Ponferrada auf der Burg den heiligen Weg zum Grab des Apostels Jakob in Santiago gesichert hat. Als dann König Dionysius die Templer gegen die Mauren zu Hilfe rief, bin ich dem Ruf gefolgt und habe als Dank die Burg hier in Bragança zum Lehen erhalten. Hier seid ihr willkommen, obwohl ich sagen muss, dass nicht alle Templer aufgenommen werden können. Mir erscheint es sinnvoll, mit König Dionysius darüber zu reden, wie er die nach Portugal flüchtenden Ritter im Land beschäftigen kann."

In diesem Moment wurde Soares durch einen Knecht unterbrochen, der aufrecht, ohne unterwürfig zu wirken, in den Saal kam und leise auf Soares einredete. Die anwesenden Ritter sahen gespannt auf Soares, denn es war sehr außergewöhnlich, wenn die Rede eines Ritters durch einen Knecht unterbrochen wurde. Der Ritter nickte nur und entließ den Knecht mit einer Handbewegung. Joao Soares schaute in die Runde. Er spannte die Anwesenden offenbar bewusst auf die Folter. Joao Lourenço räusperte sich und ergriff das Wort.

„Verehrter Bruder, lasst uns nicht so lange warten. Was gibt es Neues?"

Soares nickte. „Ja, Brüder, der Alkalde hat mitgeteilt, dass ihm die beiden Toten bekannt sind. Es sind Tagediebe, die vor Wochen aus der Stadt gejagt wurden. Sie dürften sich der Räuberbande angeschlossen haben, die zur Zeit die Wälder nördlich von Bragança unsicher macht. Sie haben in der undurchdringlichen Macchia viele Möglichkeiten, sich zu verstecken. Reisende, die nachts durch die Wälder müssen, sind für sie eine dankbare Möglichkeit, sich zu bereichern. Nur mit euch hatten sie sich eine zu harte Nuss ausgesucht. Wenn die Stadtsoldaten welche fassen, werden sie ohne viel Federlesen hingerichtet. Jeder weiß es. Jeder geht zur Hinrichtung und trotzdem finden sich immer wieder Leute, die sich der Räuberbande anschließen. Ihr Anführer nennt sich Adelito Alves. Er stottert immer, wenn er aufgeregt ist. Seine Räuberbande besteht aus Gefolgsleuten, die sich durch einen Schwur auf den Tod miteinander verbunden haben. Die Mitglieder der Räuberbande waren zuvor meist Aussätzige, Ausgestoßene, Deserteure oder Vogelfreie. Oft sind diese Räuber Verzweifelte, die keinen anderen Ausweg sehen, um zu überleben. Wenn ihr Alves fasst, würde sich der König freuen. Aber jetzt weiter mit unserem Plan. Bruder Joao Lourenço, bitte tritt vor."

Joao Lourenço erhob sich und schritt an die Kopfseite der Tafel, um sich neben Soares zu stellen. Er schaute ruhig in die Runde und sah jeden der Ritter an.

„Brüder, wie ich in Santiago schon gesagt habe, sind wir hier in Portugal in Sicherheit. Wir können jedoch nicht ewig auf der Burg unseres Bruders hier in Bragança bleiben. Ich möchte zum Bischof von Lamego, der ein Berater des Königs ist und auf den Dionysius hört. Mit dem Bischof möchte ich mich beraten, wie wir den Orden retten und eine neue Heimat finden können. Ich weiß zwar noch nicht konkret wie, aber unser Wissen, unsere Kampfkraft und natürlich unser Vermögen kann der König gewiss gut gebrauchen. Da bin ich sicher. Und ich meine, unser Vermögen ist in diesem Land gut investiert, wenn uns der König hier eine neue Heimat gibt. Habt ihr Einwände, wenn ich mit dem Bischof reden will?“ Schweigend hörten ihm die Ritterbrüder zu. Widerspruch regte sich nicht. Schließlich räusperte sich Soares.

„Bruder Joao, Ihr habt Recht. Die Heimat unseres Ordens ist auf dieses Land begrenzt. In allen anderen Königreichen werden wir verfolgt oder zumindest nicht geduldet. Es ist eine gute Idee, den Bischof von Lamego einzubinden, um bei König Dionysius ein gutes Wort für uns einzulegen. Brüder, wir sollten Joao Lourenço den Auftrag erteilen. Wer mir zustimmt, der hebe jetzt den rechten Arm.“ Soares reckte seine Rechte nach oben und blickte in die Runde. Bis auf einen Ritter hatten sich alle angeschlossen.

„Bruder Pablo de Alvares, Ihr stimmt nicht zu?“, fragte Joao Soares etwas verwundert.

„Nein, verehrte Brüder, ich stimme nicht zu. Wir haben unser Vermögen nicht vor einem geldgierigen König gerettet, um es einem anderen König in den Rachen zu werfen. Nur um unseres Seelenheils Willen. Wir müssen eine andere Lösung für unser Problem finden."

„Und was stellt Ihr Euch vor?"

„Das kann ich so aus dem Stegreif nicht sagen. Ich habe darüber noch nicht nachgedacht. Ich erbitte von Euch einen Tag Bedenkzeit." Joao Soares blickte in die Runde.

„Gewähren wir dem Bruder Pablo die erbetene Bedenkzeit? Eigentlich ist es nicht üblich, sondern die Weisung unseres Großmeisters ist uns Befehl."

„Das ist richtig, Bruder Joao", meldete sich einer der anderen Ritter, „aber wir haben keinen Großmeister und so ist die Abstimmung, wie Ihr sie gewählt habt, der richtige Weg. Wir sollten Bruder Pablo seine Bedenkzeit gewähren und uns morgen nach der Frühmesse hier wieder zusammenfinden, um seinen Vorschlag anzuhören und über ihn abzustimmen." Joao Lourenço nickte und sah seinen Nachbarn an.

„Wir sollten es so machen, wie vorgeschlagen. Lasst uns morgen nach der Frühmesse darüber neu entscheiden."

„So sei es", erklärte Soares, „ich werde jetzt die Knechte bitten, Euch Kammern zuzuweisen. Wir treffen uns zur Dämmerung in der Kapelle wieder, um gemeinsam das heilige Abendmahl zu empfangen."

Am kommenden Morgen trafen die Ritter wieder im Saal zusammen und gruppierten sich um den Tisch. Als alle anwesend waren, ergriff Joao Soares wieder das Wort.

„Verehrte Brüder. Die Worte unseres Bruders Pablo haben mir heute Nacht zu denken gegeben. Deshalb schlage ich zwei Dinge vor. Erstens sollten wir Pablo de Alvares anhören, welche Vorschläge er zur Zukunft unseres Ordens zu machen hat, und zweitens sollten wir uns auf einen neuen Großmeister einigen. Bitte, Bruder Pablo, ich erteile Euch das Wort." Pablo de Alvares verneigte sich leicht und ging zur Kopfseite des Tisches.

„Verehrte Brüder im Herrn. Ich habe heute Nacht lange gebetet. Mir erscheint es sinnvoll, wenn wir unseren Orden umbenennen, aber in seiner Struktur so lassen wie bisher. Einen neuen Großmeister können wir nicht bestimmen, weil unser Großmeister Jaques de Molay in der Gefangenschaft lebt und es ja immerhin möglich ist, dass er irgendwann freigelassen wird. Wir dürfen ihn nicht verraten. Wir können aber einen neuen Komtur wählen und als Komturei Portugal fortbestehen. Und da schlage ich als neuen Komtur den Ritter Joao Soares vor. Das ist mein Vorschlag." Joao Soares zuckte leicht zusammen, als sein Name genannt wurde.

„Bruder Pablo, ich danke Euch für den Vorschlag. Wir sollten darüber diskutieren und danach zu einer Abstimmung gelangen." Zustimmendes Gemurmel zeigte, dass so verfahren werden sollte. Die Ritter fanden sich in Gruppen zusammen und diskutierten über den Vorschlag Pablos. Nach geraumer Weile fanden sich alle wieder an der Tafel zusammen und blickten zum Hausherrn am Kopf des Tisches.

„Ich sehe, meine Brüder, Ihr habt ein Ergebnis erzielt. Zu welchem Vorschlag seid ihr gelangt?" Hugues de Charnay, der Neffe des Templers, der zusammen mit Jaques des Molay in Paris in Haft saß, meldete sich.

„Wenn ich die Meinungen der Brüder zusammenfassen darf, sind wir zu einem zufriedenstellenden Ergebnis gekommen. Wir beauftragen den Ritter Joao Lourenço, nach eigenem Gutdünken mit König Dionysius zu verhandeln, wie unsere Zukunft fürderhin aussehen soll. Auf die Wahl eines neuen Großmeisters verzichten wir aus den von Bruder Pablo genannten Gründen. Jaques de Molay ist unser Großmeister und bleibt es bis zu seinem Tod. So ist es Brauch im Templerorden. Wir würden Euch, Bruder Joao Soares, als unseren Komtur und somit unseren Oberen in der Komturei Portugal wählen, wenn Ihr zustimmt. Und Eurem Wort würden wir uns unterwerfen. Nehmt Ihr unseren Vorschlag an?“ Joao Soares reagierte überrascht. Er zögerte sichtlich und sah zu Joao Lourenço an seiner Seite. Der nickte fast unmerklich. Dann straffte sich der Burgherr von Bragança.

„Verehrte Brüder, ich stimme dem Vorschlag zu, bitte Euch aber, noch einmal mit Handzeichen zu bekunden, ob Ihr dem Vorschlag von Bruder Hugues zustimmt. Ich werde mich dabei der Stimme enthalten.“ Die Hände der Ritter gingen in die Höhe. Es gab keine Ausnahme. Alle waren mit dem Vorschlag einverstanden.

„Gut, so sei es. Ich nehme die Wahl an, danke Euch und beauftrage als Erstes Bruder Joao Lourenço, mit dem Bischof von Lamego Kontakt aufzunehmen, um mit ihm zu beraten, wie dem König eine Übernahme der Templer nach Portugal vorgetragen werden kann. Wir werden uns in kleinem Kreis noch in der Nacht beraten und schon morgen wird Joao nach Lamego reiten.“ Damit war die Versammlung der Templer in Bragança beendet. Joao Soares winkte seinen Ritterbruder Joao Lourenço zu sich. Sie gingen in eine separate Kammer. Ritter Pablo de Alvares schaute nachdenklich hinter ihnen her, als sie in dem Zimmer verschwanden und die Tür hinter sich schlossen. Nur zu gerne hätte er gehört, was die beiden da miteinander zu bereden hatten.

„Bruder, ich habe Euch hierher gebeten, weil ich mit Euch einige Worte ganz allein sprechen möchte“, begann Soares.

„Nur zu, Bruder.“

„Bruder Joao, Ihr seid einer der jüngsten Ritter in unserer Runde. Trotzdem hattet Ihr von unserem Großmeister die schwere Aufgabe zugeteilt bekommen, das Vermögen unseres Ordens vor dem französischen König in Sicherheit zu bringen. Ihr habt diese Aufgabe mit Bravour gemeistert. Vor dieser Leistung kann man sich nur verneigen.“

„Bruder Joao Soares, das konnte nur gelingen, weil ich gute Lehrmeister hatte und weil alle anderen Ritter sich hinter mich gestellt haben. Ausnahmslos. Ohne Murren und ohne Zagen. Aber um mir das zu sagen, habt Ihr mich doch nicht mit in diese Kammer genommen.“

„Ja, ja. Das ist richtig. Aber das ist ja auch das, was unseren Orden so schlagkräftig gemacht hat. In der Vergangenheit.“

„Wieso in der Vergangenheit? Das soll doch auch in Zukunft so weitergehen.“

„Da habt Ihr sicherlich Recht. Aber es gibt noch einiges zu beachten, an das Ihr offenbar noch nicht gedacht habt. Das ist Euch nicht vorzuwerfen. Aber es sind Besonderheiten hier in Portugal, auf die ich Euch gerne hinweisen möchte. Das wird für Euer Gespräch mit dem Bischof von Lamego sehr wichtig sein.“

„Ich weiß nicht, wo es da Besonderheiten geben soll. Wir sind ein Orden der Kirche und der Bischof ist ebenfalls ein Gottesmann."

„Das ist grundsätzlich richtig. Aber nur grundsätzlich. Der Bischof ist ein Gottesmann, aber kein Ordensmann. Ihm ist das Denken eines Ordensmannes zwar nicht fremd, aber auch nicht geläufig. Und wir als Templerorden werden in der ganzen christlichen Welt angefeindet, seit König Philipp unseren Orden angegriffen hat, und der Papst unterstützt ihn darin. Papst Clemens ist ein Jugendfreund des französischen Königs und ihm verpflichtet, weil er seine Wahl zum Kirchenoberhaupt mit Geld unterstützt hat. Dieses Geld will der König sich jetzt von uns zurückholen. Und eines sollt Ihr wissen, wenn Ihr mit dem Bischof von Lamego sprecht, die Kirche mit ihren Bischöfen an der Spitze wird selbstverständlich den Papst unterstützen. Nicht unseren Templerorden. Mögen die Vorwürfe auch so absurd sein, dass sie nur ein sehr einfältiger Mensch glauben kann. Aber die meisten der Christenmenschen können nicht schreiben und nicht lesen. Sie sind einfältig. Das kann man ihnen nicht vorwerfen. Es gibt für sie keine Schulen und die meisten Grafen, Ritter und anderen Adeligen tun nichts, um das zu ändern. Nur so, denken sie, können sie das gemeine Volk in ihrem Sinne lenken und leiten. Und die, die lesen und schreiben können, gieren nach dem Geld des Ordens. Ich selber traue hier in Portugal von allen Bischöfen nur Bischof Alfonso von Lamego. Der ist integer. Ganz sicher. Deshalb sende ich Euch zu ihm. Er ist Beichtvater des Königs Dionysius und wird ihm sicher das eine oder andere vernünftig beibringen können. Aber das erfordert auch Geschick von unserer Seite."

„Wenn Ihr mich für ungeschickt halten würdet, hättet Ihr mir nicht den Auftrag gegeben, mit dem Bischof zu reden."

„Das ist richtig. Trotz Eures jungen Alters halte ich Euch für den Einzigen der hier anwesenden Ritter, dem ich es zutrauen würde, den Bestand unseres Ordens so zu verhandeln, dass wir nicht untergehen oder den Johannitern zugeteilt werden. Als Templerorden werden wir nicht weiter bestehen können. Ich denke aber, das ist kein Problem. Nur, wenn wir dem Johanniterorden zugeordnet werden, wird das unwiderruflich unsere Einheit zerstören. Viele Ritter und Knechte werden den Orden verlassen. Was haltet Ihr davon, wenn Ihr dem König vorschlagt, nach den Regeln des Calatravaordens, der in Kastilien beheimatet ist, zu leben?"

„Calatravaorden? Das ist ja doch ein anderer Orden ähnlich dem der Johanniter. Das macht doch keinen Sinn."

„Versteht mich nicht falsch. Ich meine nicht, dass wir uns dem Calatravaorden anschließen oder gar unterordnen sollen. Wir sollten nur nach seinen Regeln leben und uns einen neuen Namen geben. Der Orden ist klein, kann niemandem gefährlich werden und hat in Portugal keine Klöster. Als neuen Großmeister schlagen wir Ritter Gil Martins vor. Der hat das richtige Alter, stellt etwas dar und hat genug Würde, um das Amt zu vertreten. Unser Großmeister Jaques de Molay sitzt noch immer im Gefängnis des Franzosenkönigs. Es muss befürchtet werden, dass er es nur zum Sterben verlassen wird. Deshalb wird er uns verzeihen, wenn wir uns als neuer Orden einen neuen Großmeister suchen."

„Ja, das mag sein. Wir werden nicht mehr Tempelritter heißen können. Das sehe ich auch so. Vielleicht gönnen wir es dem König, uns einen anderen Namen zuzuweisen. Das stärkt den Zusammenhalt zwischen uns Rittern und dem König. Gil Martins als Großmeister vorzuschlagen, ist eine glänzende Idee. Ich fürchte nur, Bruder Martin weiß noch nichts von seinem Glück. Was ist, wenn er ablehnt?"

„Nun ja, wir dürfen es ihm vorher nicht sagen. Dann würde er sicherlich ablehnen. Aber wenn ihn der König benennt, wird er genauso sicher nicht ablehnen."

Lourenço grinste. „Ja, das ist ein guter Gedanke. Aber ich habe noch eine andere Sache, die ich mit Euch besprechen möchte." Joao senkte dabei die Stimme.

„Nur zu, warum denn so geheimnisvoll?" Joao legte den Finger auf die Lippen, erhob sich und ging leise zur Kammertür. Dann machte er sie mit einem Ruck auf und sah nach draußen. Es war niemand auf dem Gang. Deshalb schloss er die Tür wieder und kehrte zu Joao Soares zurück, der ihn ziemlich überrascht ansah.

„Ihr macht es aber wirklich sehr spannend. Ihr habt doch nichts verbrochen? Ich kann nicht Euer Beichtvater sein. Ich bin kein Priester."

Joao Lourenço winkte ab. „Oh, nein. Es ist kein Verbrechen, über das ich mit Euch sprechen will. Gott bewahre. Ich hatte Euch doch von meinem Freund Jan van Koninck erzählt. Ich traf ihn in Ponferrada, von wo aus er versuchte, nach Bragança zu kommen. Kurz vor der portugiesischen Grenze wurde er aber von französischen Söldnern abgefangen. Er konnte das Vermögen vorher verstecken, wurde aber dann in dem anschließenden Kampf so schwer verletzt, dass ich ihn in Galizien bestatten musste. Dort liegt vermutlich auch das Vermögen an einer Stelle, die keiner kennt.

Alle, die es versteckt hatten, kamen zu Tode. Ich glaube aber zu wissen, wo sich das Vermögen befindet. Ich würde es Euch sagen, wenn Ihr es von mir verlangt. Ich sage es deshalb, damit Ihr Euch nicht wundert, wenn ich einige Dinge begleichen kann, ohne von Euch aus dem Vermögen des Ordens Geld erbitten zu müssen. Ihr sollt aber auch wissen, dass das, was ich bezahle, vom Orden für den Orden ist. Ich habe kein eigenes Vermögen. Ist das in Ordnung?" Joao Soares blieb stumm. Er dachte nach. Lourenço unterbrach ihn nicht.

Schließlich räusperte sich der portugiesische Ritter. „Es ist ein ungeheurer Vertrauensbeweis, wenn Ihr mir davon berichtet. Ich werde das Gesagte ganz sicher für mich behalten. Es reicht, wenn ich es weiß. Und wer kann schon jetzt sagen, wie mit uns als Orden in Zukunft verfahren wird. Es wäre gut, noch Vermögen in der Hinterhand zu haben, mit dem man agieren kann. Ich danke Euch, Ritter Joao Lourenço, für Euer Vertrauen. Es ehrt mich."

„Mir ist ein großer Stein vom Herzen gefallen und ich gehe jetzt mit Freude zum Bischof nach Lamego."

Soares nickte und schlug dem jungen Ritter mit der Hand auf die Schulter. „Geht mit Gott."

Der erste König von Portugal, Alfons, war feierlich durch die Versammlung der Cordes zu Lamego als König bestätigt worden. Alfons gab dem neuen Reich die Grundgesetze von Lamego und nannte es Portugal nach dem Namen der Grafschaft Portocale. In den folgenden Jahren erhielt Lamego weitere Rechte, darunter Marktrechte, die den Ort weiter aufwerteten und insbesondere Händler mit orientalischen Stoffen und Gewürzen aus weiten Teilen der Iberischen Halbinsel anlockten, so aus Kastilien und dem Emirat von Granada. Die nahe dem Douro in einem Seitental liegende Stadt Lamego erlebte eine Blütezeit, da unter anderem hier ein feiner Wein angebaut wurde. Seit der Zeit der Westgoten war Lamego Bischofssitz und der amtierende Bischof hatte einen besonderen Einfluss auf den König, denn er war traditionell sein Beichtvater. Und genau mit diesem Bischof wollte Joao Lourenço jetzt verhandeln.

Es war nicht sonderlich weit von Bragança nach Lamego. Aber es ging durch eine stark bewaldete Landschaft mit tiefen Flusstälern und nur wenigen Ortschaften. Joao hatte ganz bewusst auf die Begleitung durch einen Knappen verzichtet. Er wollte allein und demütig vor dem Bischof erscheinen. Aber den Habit seines Ordens legte er ganz bewusst an. Der weiße Ordensmantel mit dem roten Kreuz auf der linken Seite war ihm Verpflichtung. Zur Sicherheit hatte er sein Kettenhemd untergezogen und natürlich sein Schwert umgegürtet. So ritt er durch die ihm immer noch fremde Landschaft.

Er hatte sein Ziel fast erreicht, als er auf einen einsamen, am Wegrand gebückt vor einem Gebüsch stehenden Mann sah. Als der den Reiter hörte, richtete er sich auf und schaute ihm entgegen. Kurz bevor Joao bei ihm ankam, war zu erkennen, dass die Augen des Mannes, offenbar von Krankheit gezeichnet, tief in den Höhlen lagen. Seine Lippen waren leicht geöffnet, so als hätte er Schwierigkeiten beim Atmen. Als Joao bei ihm stehen blieb, schob der einsame Wanderer seinen Wollumhang zurück, zog seinen Dolch aus dem Gürtel und warf ihn auf den Boden. Sein Verhalten war verständlich. In diesen Zeiten gab es überall Räuberbanden, die einen einsamen Wanderer schon allein wegen seiner Lumpen, die er am Leib trug, erschlugen. Aber hier stand ein Tempelritter. Einen Dolch zu haben, konnte übel enden. Man konnte schnell für einen Räuber gehalten werden. Deshalb wurde ein Dolch lieber vorher ins Gras geworfen. Joao ließ sein Pferd etwas rückwärts gehen. Das nutzte der Mann, raffte den Dolch wieder vom Boden auf und sprang mit einem Bündel behände in das Gebüsch, in dem er verschwand.

Joao erinnerte sich, was Soares über die Räuber gesagt hatte. Es waren oft Ausgestoßene, Vogelfreie oder auch Aussätzige. Wie ein Aussätziger hatte der Mann tatsächlich ausgesehen, der sich ins Gebüsch geschlagen hatte, und der Ritter war froh, etwas zurückgeritten zu sein. Joao ritt wieder nach vorn und warf einen Blick auf das Gras, über das sich der Mann gebeugt hatte. Er erschrak. Dort lag die Leiche einer Frau. Sie trug das Haar offen wie eine Gauklerin. Sie war nackt. Um sie herum lagen die Fetzen ihrer Kleider. Früher musste sie recht hübsch gewesen sein, doch jetzt war ihr Gesicht zu einer Fratze verzerrt. Joao hatte schon viel erlebt und auch etliche im Kampf Gefallene mit schrecklichen Wunden gesehen, aber eine tote Frau bot einen Anblick, der auch ihm noch das Blut in den Adern gefrieren ließ. Der Frau waren mit einem Messer klaffende

Wunden in die Brust geschlagen worden. Ihr Bauch war aufgeschlitzt, so dass ihr Gedärm herausgequollen war. Joao blickte sich um. Es war niemand mehr zu sehen. Deshalb saß er ab. So wie die Frau aussah und so, wie sie lag, war sie geschändet worden. Da konnte es für ihn keinerlei Zweifel geben. Ob sie dabei zu Tode gekommen oder erst hinterher getötet worden war, erschloss sich dem Ritter nicht. Er war auch kein Arzt, der das vielleicht hätte feststellen können. Ob der Mann, der bei seiner Ankunft ins Gebüsch geflüchtet war, die Frau geschändet und getötet hatte, oder nur derjenige gewesen war, der sie fand, wusste Joao auch nicht. Beides war möglich. Aber es war müßig, in der dichten Macchia nach dem Verschwundenen zu suchen. Ihn zu finden, war ein Ding der Unmöglichkeit. Also ließ Joao die Frau liegen und nahm sich vor, im nächsten Ort den Alkalden, den Bürgermeister, zu unterrichten, damit er die Tote abholen ließ, um ihr ein Begräbnis zukommen zu lassen.

Er beeilte sich, Lamego noch vor Toresschluss zu erreichen. In der Stadt residierte schließlich der zur Zeit für die Templer wichtigste Bischof des Landes. Mit ihm musste Joao unbedingt reden. Er brauchte den Mann als Fürsprecher. Zwar war der König kein Gegner der Templer, aber offiziell wollte er zum jetzigen Zeitpunkt nicht mit den Ordensleuten reden. Nichts war da unverfänglicher als ein Bischof, der zu den Beratern des Herrschers zählte. Nebel legte sich klamm auf seine Haut, als er die Furt in der Talsenke durchritt. Direkt am Fluss unterhalb des Ortes stank es bestialisch. Offenbar war eine Gerberei in der Nähe, dachte der Templer und tatsächlich kam er an einem der von hellen Schottersteinen gesäumten Seitenarme des Rio Balsemao an einer Walkmühle vorbei. Die rhythmischen Geräusche der

Hämmer, die das Leder schlugen, ließen keinen Zweifel zu, dass sie in Betrieb war. Joao ließ die Mühle hinter sich liegen. Der Gestank wurde wieder erträglicher. Dafür hing der Rauch von Feuern aus etlichen Häusern der vor ihm liegenden Stadt in der Luft. Er kannte das. Alle Städte rochen so. Doch heute fiel es ihm auf. Heute war es ihm unangenehm.

Endlich sah er das Stadttor. Es war bewacht. Ein Soldat kontrollierte gerade einen Bauern, der mit seinem Karren in den Ort hineinfahren wollte. Ein zweiter Soldat lehnte gelangweilt an der Mauer und schaute interessiert auf den Reiter, der sich näherte. Hinter dem Stadttor mitten in dem Ort auf einer kleinen Anhöhe lag die Kirche. Sie schien Joao für einen Bischofssitz recht klein. Daneben war an den trutzigen Mauern die Burg des Bischofs zu erkennen. Da hatte er keinerlei Zweifel. Dort wollte er hin. Der Wachsoldat hielt ihn an.

„Holla, Ritter, wohin des Wegs?“ Joao blieb auf seinem Pferd sitzen. Er hatte noch immer den weißen Mantel der Templer mit dem roten Kreuz an. Oben von seinem Pferd sah er auf den Wachsoldaten hinunter. Der zweite Soldat, der inzwischen den Bauern abgefertigt hatte, kam ohne Eile neugierig über die Straße zu seinem Kumpan.

„Ich bin Joao Lourenço und will mit dem Bischof sprechen.“

„So, so, Joao Lourenço seid Ihr? Und mit dem Bischof wollt Ihr sprechen? Weiß seine Exzellenz denn, dass Ihr kommt? Templer sind nicht mehr so gut gelitten. Wir sind nicht sicher, ob wir Euch in die Stadt einlassen dürfen.“ Joao schwoll der Kamm. Das, was der Wachsoldat hier mit ihm veranstaltete, war reine Provokation. Für einen Moment überlegte er, ob er die beiden nicht einfach über den Haufen reiten sollte. Aber das konnte ihm nur Ärger einbringen. Wenn die Wachsoldaten Alarm schlugen, hatte er die ganze Meute der bischöflichen oder königlichen Soldaten gegen sich. Das bedeutete wieder Ärger. Und genau den konnte er vor den Gesprächen mit dem Bischof nicht gebrauchen. Also verlegte er sich auf freundliche Worte. Den Hinweis auf die tote Frau behielt er erst einmal für sich.

„Ich kann Eure Bedenken verstehen, würde vielleicht genauso handeln“, säuselte Joao ganz gegen seine Überzeugung, „aber ich habe eine ganz wichtige Nachricht für den Bischof und deshalb muss ich mit ihm reden. Wenn sich die Nachricht verzögert, würde das dem Bischof vermutlich nicht sehr gefallen. Vor allem, weil ich ihm sagen müsste, dass Ihr mich aufgehalten habt und für die Verzögerung verantwortlich seid. Das könnt Ihr doch verstehen, oder?“ Beide Wachsoldaten runzelten die Stirn und wussten nicht so recht, ob der fremde Tempelritter es ernst meinte oder ob er sie an der Nase herumführen wollte. Einer von beiden spuckte ordinär vor sich auf die Steine. Schließlich räusperte sich der, der zuletzt gekommen war.

„Gut, Ritter Joao, ich bringe Euch zur Burg des Bischofs. Der Kastellan wird über Euch weiter entscheiden. Folgt mir.“ Der Wachsoldat drehte sich um und schritt durch das Tor in die Stadt. Er sah sich nicht um, ob Joao ihm folgte. Er hörte offenbar den Tritt der Pferdehufe auf den Pflastersteinen und schloss daraus, dass der Ritter hinter ihm her kam. Der Hufschlag klang dumpf in der schmalen Gasse. Es ging zwischen zweigeschossigen Häusern durch enge Gassen, die gerade die Bauernkarren durchließen, leicht bergan. Gelegentlich roch es faulig, weil die Bewohner ihre Abfälle einfach auf die Gasse geschüttet hatten. Hin und wieder musste Joao Wäsche ausweichen, die von einer Gassenseite zur anderen zum Trocknen aufgehängt worden war. Hinter den Fenstern bemerkte Joao neugierige Blicke, die ihm folgten. Seinem Pferd liefen einige Kinder nach, die von einer Straßenecke zur anderen immer mehr wurden. Es war ziemlicher Betrieb in den Gassen. Frauen mit Körben, Männer mit Säcken und anderen Dingen, die zur täglichen Arbeit notwendig waren, kreuzten seinen Weg. Plötzlich öffnete sich die enge Gasse zu einem weiten Platz vor der Kirche. Dort stand ein Brunnen und überall waren Händler. Einige Bauern verkauften von ihren Karren Gemüse, Obst, Federvieh und einige Ziegen. Zwischendurch verjagten sie aufdringliche Kinder, die versuchten, von den Ständen etwas zu stibitzen. Sogar mehrere muslimische Händler, vermutlich aus dem Emirat von Granada, boten mehr oder weniger kostbare Stoffe und fremdartige Gewürze an. Über qualmenden Holzfeuern wurde gebacken. Joao sog den aromatischen Geruch tief ein und er schloss dabei für einen Moment die Augen. Aus irgendeiner Ecke des Marktes klangen das durchdringende Gequäke eines Dudelsacks und die schrillen Töne einer Drehleier.

Genau gegenüber lag die Kirche. Beim Näherkommen schien sie doch größer zu sein, als er auf den ersten Blick vermutet hatte. Der Turm der Kirche war wuchtig, aber nicht sehr hoch. Dafür war das Steinportal gewaltig und mit schönen Steinfiguren eingerahmt. Rechts neben der Kirche erhoben sich die trutzigen Mauern des Bischofssitzes.

Zwei Mönche am Eingang schauten zu ihnen herüber. Der Wachsoldat tuschelte kurz mit ihnen, wies auf den Ritter und trat unschlüssig von einem Bein auf das andere. Einer der Mönche war in der Toreinfahrt verschwunden. Joao blieb noch immer auf seinem ruhig stehenden Pferd sitzen und schaute dem Treiben auf dem Platz zu. Die Bauern und die Bürger der Stadt hatten sich wieder ihren Tagesgeschäften zugewandt. Der fremde Ritter vor dem Bischofspalast interessierte sie nicht mehr. Nach scheinbarer Ewigkeit kam der Mönch zurück, schickte den Wachsoldaten wieder an sein Stadttor und winkte dem Ritter, ihm zu folgen. Vor dem überraschend niedrigen Tor der Burg blieb Joao keine andere Wahl. Er musste absitzen, nahm sein Tier an den Zügel und folgte dem Mönch. Direkt hinter dem Tor wurde dem Ritter von einem heraneilenden Knecht sein Pferd abgenommen. Joao achtete genau darauf, wo man es hinbrachte, dann folgte er dem Mönch in die Burg oder das, was man als Burg ansah. Es war nichts weiter als ein großzügiges Steinhaus ohne aufwendigen Schnickschnack oder die Insignien einer Burganlage. Das ganze sah von außen gewaltiger aus, als es von innen tatsächlich war.

In dem großen Zimmer, in das Joao geführt wurde, stand mitten im Raum ein Mönch mit einem großen, goldenen Kreuz auf der Brust, welches an einer kräftigen Goldkette hing. Es war ganz offensichtlich ein Dominikaner. Die große, kräftige Gestalt des Mönchs konnte sich mit der von Joao durchaus messen. Er war etliche Jahre älter als der Templer, hatte einen wachen Blick und musterte den Ankömmling unverhohlen von oben bis unten. Dann machte er eine ausholende Handbewegung und lud Joao ein, an dem großen Tisch Platz zu nehmen.

„Seid willkommen, Ritter Joao. Ihr seid allein, wie mir mein Mönch berichtete?“

„Ja, ich bin allein. Seid Ihr Bischof Alfonso? Mir wurde berichtet, dass der Bischof keinem Orden angehört. Jetzt sehe ich Euch in der Kutte der Dominikaner."

Der Dominikaner lachte. „Man hat Euch richtig unterrichtet. Ich gehöre keinem Orden an, ich schlüpfe nur aus Bequemlichkeitsgründen gerne in die Kutte der Dominikaner. Ich hoffe, Ihr seid deswegen nicht verwirrt."

„Nein, Exzellenz, ich bin nicht verwirrt. Es hatte mich lediglich irritiert. Aber um auf Eure Frage zurückzukommen. Meine Gefährten sind in Bragança geblieben. Aber lasst mich Euch noch vorstellen. Ich bin Ritter Joao Lourenço. Ich bin, wie Ihr unschwer erkennen könnt, Tempelritter. Aber bevor ich mein Anliegen vortrage, gestattet mir einen Hinweis. Auf dem Weg einige Meilen am Fluss abwärts, auf der anderen Seite im Bereich der undurchdringlichen Macchia, fand ich eine tote Frau. Sie war offenbar geschändet und danach umgebracht worden. Einen Mann mit einem schmutzigen Wollmantel sah ich auch. Ob er der Täter ist oder ob er die Frau auch nur gefunden hatte, weiß ich nicht. Als ich bei ihm eintraf, flüchtete er in die Macchia. Vielleicht ist es Euch möglich, dafür zu sorgen, dass die Frau ein christliches Begräbnis bekommt."

Der Bischof hatte sich den Hinweis in aller Ruhe angehört und rief jetzt nach einem seiner Mönche. In devoter Haltung kam ein junger Dominikaner in den Raum und der Bischof flüsterte ihm einige Sätze zu. Der dunkelgekleidete junge Mann nickte und verschwand ebenso unhörbar, wie er gekommen war.

„Eure Exzellenz, ich danke Euch. Aber lasst mich jetzt mein Anliegen vortragen. Unser Orden wird, wie Ihr sicherlich wisst, vom französischen König verfolgt. Meine Ordensbrüder in Frankreich wurden verhaftet und französische Söldner verfolgten uns, um uns das Vermögen abzujagen, welches wir, durch unseren Ordensoberen beauftragt, in Sicherheit gebracht haben. Wir suchen Schutz und Hilfe bei Euch in Portugal. Und da Ihr ein Vertrauter von König Dionysius seid, wende ich mich mit der Bitte um Hilfe an Euch. Ich habe von meinem Orden die volle Verhandlungsmacht erhalten." Der portugiesische Bischof hatte während der Rede des Templers nur leicht mit dem Kopf genickt. Als Joao die Vertrautheit des Bischofs mit dem König ansprach, war ein leichter, spöttischer Zug über die ansonsten unbewegten Gesichtszüge gefahren. Jetzt beugte er sich etwas vor.

„Ritter Joao, vielleicht ist Eurer werten Aufmerksamkeit entgangen, dass nicht nur der französische König den Orden der Templer verboten hat, sondern auch der Papst in Avignon. Ich weiß, er ist ein enger Freund des Königs Philipp, aber Papst Clemens ist auch das Oberhaupt der Christen und seine Gebote und Weisungen sind von allen Gläubigen zu befolgen. So will es das Kirchengesetz. Dem Papst habt Ihr Euch ebenso unterworfen, wie ich und wie mein König es grundsätzlich getan haben. So, das war meine erste Antwort vorab.

Jetzt lasst mich Euch vorstellen. Ich bin Alfonso las Asturias und stamme von der grünen Küste der Biskaya, aus einem Land, das die Mauren nie erobern konnten. Darauf bin ich stolz. Meine Vorfahren haben sich alle an der Reconquista beteiligt, um das Land von den Mauren zurückzuholen. Das ist uns auch gelungen. Portugal, und ich meine ganz Portugal, ist inzwischen frei von maurischer

Herrschaft. Aber König Dionysius plant weiter. Er will die Mauren auch aus dem Atlasgebirge vertreiben. Das wird schwer, nein, sehr schwer und ich bin sicher, dass ihm dabei so exzellente Kämpfer, wie es die Templer nun einmal sind, sehr wohl willkommen sind.“ Joao nickte ohne große Begeisterung. Bischof Alfonso fuhr fort.

„Bevor wir weiterreden, möchte ich Euch zunächst auf die Vorwürfe gegen Euch Templer ansprechen. Ich habe mir aus anderen Quellen schon eine Meinung gebildet Von einem Templer selbst habe ich noch nichts dazu gehört. Es interessiert mich sehr, was Ihr zu den Vorwürfen zu sagen habt.“

Joao war nicht recht wohl in seiner Haut. Er hatte zwar immer gehört, dass dem Orden allerlei vorgeworfen wurde. Aber bisher hatte ihm niemand sagen können, was konkret den Templern zum Vorwurf gemacht wurde. „Exzellenz, ich werde Eure Fragen wahrheitsgemäß beantworten.“

„Ihr sollt an der Erlösung der Christen durch den Kreuzestod von Jesus gezweifelt haben. Bei geheimen Aufnahmeriten sollt ihr auf das Kreuz gespuckt haben.“

„Eure Exzellenz, ich versichere Euch, dass dieser Vorwurf aus der Luft gegriffen ist. Templer sind überzeugte Christenmenschen und keiner unserer Ordensleute hat jemals an der Erlösung durch den Tod unseres Herrn am Kreuz gezweifelt. Auch hat keiner jemals auf das Kreuz gespuckt.“

Der Bischof nickte, ohne auch nur das Gesicht zu verziehen. Was er wirklich dachte, konnte er perfekt verbergen. „Ihr Templer sollt die Wirksamkeit der Sakramente bezweifelt und die Wandlungsworte bei euren Messen weggelassen haben. Damit würdet ihr wie die Katharer die kirchlichen Sakramente ablehnen.“

Auch bei diesem Vorwurf schüttelte Joao den Kopf. „Ich bin kein Priester und kann nur das wiedergeben, was ich selbst während der Messen gesehen habe. Niemals sind die Wandlungsworte von unseren Kaplänen weggelassen worden. In keinem Fall wurden die heiligen Sakramente angezweifelt. Wir haben sie alle würdig und mit Demut empfangen.“

Ohne sich dazu zu äußern, fuhr der Bischof weiter fort. „Eure Novizen mussten bei der Initiation magische Handlungen vornehmen, Geister beschwören, den Meister auf den Mund und den entblößten Hintern küssen und sich homosexuellen Praktiken hingeben.“

„Exzellenz, es ist noch nicht so lange her, dass ich selbst Novize war. Von derartigen Praktiken habe ich weder etwas gehört noch habe ich sie erlebt. Magische Zeichen sind mir fremd und ich habe bei meiner Aufnahme in den Orden nicht den entblößten, verlängerten Rücken des Großmeisters küssen müssen. Auch weiß ich, dass körperliche Liebe unter Männern in den Augen der Kirche eine schwere Sünde ist. Ich habe damit keine Erfahrungen gemacht. Sie mag in einzelnen Fällen vorgekommen sein. Das will ich nicht bestreiten. Homosexualität war und ist bei uns Ordensrittern aber nicht die Regel.“

„So, so, nicht die Regel“, echote der Bischof, um sofort weiterzufragen. „Ich habe gehört, dass es Versammlungen gab, in denen ein bärtiger Männerkopf angebetet wurde. Außerdem sollt ihr jederzeit eine diesem Idol geweihte Schnur am Körper tragen und euch daran erkennen.“

Joao schaute betrüblich drein. „Eure Exzellenz, ich versichere, dass nichts davon richtig ist. Ihr könnt mich untersuchen. Nach dem, was man Euch berichtet hat, müsste ich die Schnur jetzt tragen. Ich trage aber eine derartige Schnur nicht. Und Ihr könnt Euch gerne versichern. Ich stehe zur Verfügung." Joao stand auf und hob die Arme.

Der Bischof runzelte nur kurz die Augenbrauen, dann fuhr er, ohne auf das Angebot einzugehen, weiter fort. „Außerdem sollt ihr Ordensritter Schuld am Verlust des Heiligen Landes haben und euch wird Habgier vorgeworfen."

„Exzellenz, ich bin nicht im Heiligen Land gewesen. Aber das, was ich von Ordensbrüdern gehört habe, die aus dem Heiligen Land fliehen mussten, ist es sicherlich nicht dem Orden geschuldet, dass das Heilige Land an die Muslime verloren wurde. Und was die Habgier angeht, so glaube ich, dass unser geschickter Umgang mit Geld und unsere wirtschaftlichen Erfolge den Neid anderer Herrscher hervorgerufen haben. Wir sind ein Orden, der sich zu jeder Zeit dem Papst unterworfen hat. Aber auch nur dem Papst und keinem weltlichen Herrscher."

„Und das soll jetzt plötzlich anders werden?" Die Frage wurde mit einem spöttischen Gesichtsausdruck vorgetragen, empfand Joao.

„Eure Exzellenz, wir haben keine Wahl. Alle Welt droht uns aus finanziellen Aspekten mit der Vernichtung. Das sehe ich ganz realistisch und nicht, weil der Orden ketzerisch gehandelt hat. Nein. Es sind Gründe, die der Habgier weltlicher Herrscher geschuldet sind. Hier nehme ich König Dionysius ausdrücklich heraus. Denn der hat bisher nichts unternommen, den Orden zu verbieten, und vor allem hat er nicht versucht, des Vermögens habhaft zu werden."

Jetzt musste der Bischof lachen. „Ritter Joao, Ihr müsst Euch hier nicht verbiegen. Ich kann das richtig einordnen. Und ich versichere Euch, dass ich mich dafür einsetzen werde, dass der Orden nicht mit den Vorwürfen belastet wird, nach denen ich Euch eben gefragt habe. Aber ich denke, Ihr Ordensritter seid realistisch genug, um zu wissen, dass sich der König nicht darauf einlassen kann, Euch als die Tempelritter aufzunehmen, die der französische König für vogelfrei erklärt hat."

„Natürlich wissen wir, dass der König genau das nicht kann. Und wir bestehen keinesfalls darauf, weiterhin Templer genannt zu werden. Uns wäre allerdings schon sehr daran gelegen, dass festgestellt würde, dass die Vorwürfe gegen uns aus der Luft gegriffen sind. Das festzustellen, wäre eine Rehabilitation. Das würde der Ehre der Ritter gut tun. Und ihre Einsatzbereitschaft stärken. Und ihr Zusammengehörigkeitsgefühl. Sollten wir einem anderen Orden unterstellt werden wie den Johannitern, wäre das das Ende der Templer. Aber auch das Ende der Kampfkraft des Ordens. Viele würden den Orden verlassen. Die Templer wären ein Wimpernschlag in der Zeit. Nicht mehr."

Der Bischof hatte sehr gespannt zugehört. Jetzt ergriff er wieder das Wort. „Ich kann mir in der Tat vorstellen, dass euch der König aus den genannten Gründen nicht einem anderen Orden zuordnen wird. Was haltet Ihr davon, wenn er euch als Christusritter bezeichnet und diesen Orden neu in seinem Königreich etabliert?"

Joao Lourenço war durch das Gespräch mit Soares auf genau diese Variante in den Verhandlungen vorbereitet. Trotzdem schwieg er einige Zeit und der Bischof ließ ihm die Zeit. „Kann ich eine Nacht über Euren Vorschlag schlafen und mich vorher im Gebet mit unserem Herrn in der Kapelle beraten?“

Der Bischof nickte würdevoll. Er ließ Joao eine Kammer zuweisen und ihm den Weg in die Kirche zeigen. Am nächsten Morgen trafen sie sich nach der Frühmesse zum Frühstück wieder.

„Na, Ritter, habt Ihr über meinen Vorschlag nachgedacht?“

„Ja, das habe ich. Und ich habe bereits Vorschläge, wie das umzusetzen ist.“

Der Bischof lachte laut auf. „Die hattet Ihr schon, bevor Ihr zu mir geritten seid. Stimmt’s? Aber das ist egal. Jeder Gedanke, den sich der König nicht selber machen muss, ist hilfreich. Ist der Vorschlag eingängig, wird sich der König sicherlich nicht anders entscheiden.“

Das dachte sich Joao genaus. Auch konnte er sich vorstellen, dass der Bischof die Vorschläge als seine eigenen verkaufte. Aber auch das konnte ihm unter dem Strich egal sein. Er rutschte noch einmal auf dem Stuhl hin und her, bevor er fortfuhr. „Wenn ich Euch die Details vortragen darf, wir Templer können uns Folgendes vorstellen ....“

Der Bischof unterbrach ihn sofort wieder. „Haltet ein. Ich rufe erst einen Schreiber, der gleich alles zu Papier bringt, was Ihr ihm diktiert. Sollte etwas diktiert werden, was unser König so nicht mittragen kann, werde ich eingreifen.“

„So sei es", nickte Ritter Joao Lourenço und sie warteten schweigend gemeinsam auf den Schreiber.

„Bevor der Schreiber alles zu Papier bringt, habe ich noch eine Anmerkung."

Der Bischof hörte aufmerksam zu. „Bitte, ich habe keine Einwände."

„Ich kann mir vorstellen, dass der König beim Papst auf die Gründung eines eigenständigen, portugiesischen Ritterordens drängen muss. Er wird beim Heiligen Stuhl in Rom oder in Avignon oder wo auch immer der Papst sich gerade aufhalten wird, die Gründung eines neuen Ritterordens in Portugal genehmigen lassen müssen, da das Recht der Genehmigung eines neuen Ordens allein beim Papst liegt."

Der Bischof wusste nicht so recht, was Ritter Joao damit meinte. Deshalb nickte er. „Ja, Ritter, das ist aber nicht Euer Problem. Das ist ein Problem des Königs. Und das ist der zweite oder gar erst der dritte Schritt. Wir wagen nun erst einmal den ersten. Dann fangt einmal an vorzutragen, was Ihr Euch so vorstellt."

Joao winkte dem Schreiber, dass er jetzt alles aufschreiben möge. „Der neue Orden soll Ritterschaft Jesu Christi heißen. Der portugiesische König weist der Ritterschaft eine eigene Burg als Sitz des Ordens zu. Die Ritter des Ordens der Ritterschaft Jesu Christi werden nach den Regeln des Ritterordens von Calatrava leben. Als geistlicher Visitator für den neuen Orden wird vom Papst ein Bischof bestimmt, der auch den Treueeid des jeweiligen Großmeisters im Namen des Papstes abzunehmen sowie die Jurisdiktionsgewalt über die Christusritter hat. Wie andere Orden auch, legen die Mitglieder des Ordens der Ritterschaft Jesu Christi erneut ein feierliches Gelübde ab, in dem sie Armut mit völligem Verzicht auf persönliches Eigentum, Gehorsam mit völligem Verzicht auf eine selbstständige Lebensplanung und Ehelosigkeit beschwören. Des Weiteren geloben sie, in strenger gemeinschaftlicher Klausur zumeist in Ordensburgen zu leben, den christlichen Glauben zu verbreiten und die Ungläubigen zu bekämpfen. Wie früher bei den Templern werden auch bei den portugiesischen Christusrittern drei verschiedene Gruppen das feierliche Gelübde ablegen. Die Ritter, die hauptsächlich den Waffen-, aber auch Pilgerdienst ausüben, die Ordenskapläne, welche die geistliche Betreuung aller Ordensmitglieder versehen, und die Laienbrüder, die die materielle Versorgung des Ordens absichern oder ein Handwerk ausüben, aber auch bei Bedarf den Waffendienst übernehmen. Ich schlage vor, Gil Martins, ein Ritter aus dem Münsterland, der früher Aegidius Martin geheißen hat, als den ersten Großmeister vom König bestimmen zu lassen. Der Großmeister ist dem portugiesischen König zum Lehnsdienst verpflichtet, woraus dem König jedoch kein Recht auf Ordensbesitz erwächst. Der Großmeister sowie die nachgeordneten Führungspositionen haben die Pflicht zur Anwesenheit am Ordenssitz. Alles andere wird die Ordensregel bestimmen. So, das wäre alles."

Das Ganze zu Papier zu bringen, hatte geraume Zeit benötigt und mehr als einmal hatte der Bischof eingegriffen, um den Text umzugestalten oder auch die Hand des Klerus sichtbar zu machen. Jetzt gingen der Bischof und der Ritter das Papier noch einmal durch. Dann hatten sie es geschafft. Sowohl der Bischof als auch der Tempelritter atmeten durch.

„Ich glaube, Ritter Joao, es ist ein Papier entstanden, das dem König gefallen und dem er auch zustimmen wird. Aber warum habt Ihr Gil Martins als Großmeister vorgeschlagen und nicht Joao Soares?“

„Ich hatte mit Joao Soares gesprochen. Er möchte zunächst in Bragança bleiben und wir gehen davon aus, dass uns der König eine andere Burg als Ordenssitz vorschlagen wird.“

„Da könntet Ihr richtig liegen“, brummte der Bischof und bat zu Tisch. Nach dem Essen setzten sie ihr Gespräch vom Anfang der Begegnung fort.

„Verehrter Bischof, Eure Exzellenz, der große Vorteil für König Dionysius ist doch die Kampfkraft der Templer. Ihr habt gestern angedeutet, dass er die Mauren aus dem Atlasgebirge vertreiben will. Das ist eine große Aufgabe, die nicht leicht zu bewerkstelligen sein wird. Aber die baldigen Christusritter könnten ihm dabei helfen.“

Bischof Alfonso lachte. „Templer, Ihr seid Kämpfer. Ich kann Eure Ungeduld sehr gut verstehen. Aber der Gedanke des Königs ist nicht realistisch. Es ist ein Plan. So lange die Mauren im Emirat Granada leben, sollten wir nicht auf die andere Seite des Meeres übersetzen. Jedenfalls nicht in großem Rahmen. Wir gefährden bei einer Niederlage unser geliebtes Portugal. Nein. Das ist illusorisch. Aber wenn Ihr unbedingt neue Erfahrungen sammeln wollt, dann geht nach Córdoba oder nach Toledo und lernt bei den dortigen Gelehrten. Es wird dort moderne Geografie gelehrt. Es werden neue Karten gezeichnet. Die Astronomen lehren über den Gang der Sterne, auch über alle möglichen Wissenschaften wird nachgedacht. Ihr seid ein junger Mann und dort könnt Ihr eine Menge lernen. Auch wenn die Lehrer oft Muslime oder Juden sind. Ich habe Euch als einen Mann kennengelernt, der keine Vorbehalte gegen Andersgläubige hat. Geht hin und lernt. Ihr werdet danach die Welt mit anderen Augen ansehen. Nur mit Wissen löst man die Probleme der Welt. Nicht allein durch den Glauben. Und gerade wenn es um die Wissenschaft geht, sind im Vergleich zu uns Christen die Mauren sehr fortschrittlich."

„Ja, ich habe schon von den Mauren gehört. Sie sind nicht nur kriegerisch, sondern auch ein kluges Volk. Das habe ich festgestellt. In Córdoba, ihrer ehemaligen Residenz, soll es viele Bücher geben, die in die lateinische Sprache übersetzt wurden. Mich interessieren diese astronomischen und vor allem die geografischen Erkenntnisse der Mauren sehr. Sie behaupten, die Welt sei keine Scheibe und die Erde auch nicht der Mittelpunkt des Universums. Und wenn die Erde eine Kugel ist so wie der Mond und die Sonne auch, dann erreicht man über das Atlantische Meer auch andere Länder."

„Oh, oh. Seid vorsichtig, was Ihr sagt. Dass die Erde nicht der Mittelpunkt des Universums sein soll, könnte Euch leicht als Ketzerei ausgelegt werden und dann habt Ihr plötzlich keine Freunde mehr. Man wird Euch im Namen Gottes jagen, bis man Euch verbrennen kann. Denkt daran, Gott allein ist der Weltenherrscher."

„Natürlich ist Gott der Weltenherrscher. Daran zweifele ich doch überhaupt nicht. Aber es ist an uns, die Welt, seine Welt, zu erforschen und sie zu studieren. Das verlangt Gott von uns und genau das tun die Mauren, ohne sich durch die Religion Grenzen setzen oder Vorschriften machen zu lassen. Das fasziniert mich. Und das ist doch genau das, was auch unser König will, wenn ich Euch, Bischof Alfonso, richtig verstanden habe. Er will andere Länder kennenlernen. Er will die Welt erforschen und genau dabei können wir, die Tempelritter, oder wenn Ihr wollt, die Christusritter, unseren Beitrag leisten. Die finanziellen Mittel haben wir. Es würde den König keinen Denar kosten. Gleichwohl würde er den Ruhm ernten."

„Und genau das soll ich ihm beibringen? Das ist es in Wirklichkeit, was Ihr wollt? Ihr benutzt mich, um beim König nicht auf Widerstand zu stoßen."

Joao schüttelte den Kopf. „Nein, Exzellenz. Niemand will Euch benutzen. Aber auch ja, das ist das, was wir wollen. Das könnte unser Dank dafür sein, dass König Dionysius uns eine Heimstatt gegeben hat. Er kommt mit uns zu Ruhm und Ehre, ohne dass es ihn was kostet."

„Und wenn Eure Unternehmung fehlschlägt? Wenn es das, was Ihr sucht, nicht gibt? Wenn Ihr in den Weiten des Meeres verschwindet? Wenn niemand von Euch wieder etwas hört?"

„Dann kann König Dionysius mit den Schultern zucken. Er hat nichts gewusst, er hat sich mit keiner noch so kleinen Münze beteiligt, es kann ihm egal sein. Das Schiff der Templer war eine Arabeske der Geschichte. Ganz ohne Bedeutung."

„Aber Ihr werdet doch nicht Euer ganzes Vermögen mit auf die geplante Reise nehmen. Das wäre doch der schiere Wahnsinn."

Joao lachte. „Nein, Euer Exzellenz, das werden wir nicht. Es werden auch nicht alle mitfahren. Wenn Euer König uns die Möglichkeit gibt, hier unseren Orden in anderer Form zu behalten, so werden etliche Ritter und natürlich unsere Handwerker und Knechte hier bleiben und natürlich im

Sinne von König Dionysius und zu seinem Nutzen die Finanzgeschäfte der Templer weiter betreiben. Nur, und das sage ich auch in aller Deutlichkeit, das Vermögen wird er uns nicht abnehmen können. Es ist gut versteckt und die, die wissen, wo es sich befindet, werden auch unter der Folter nichts sagen. Glaubt mir.“

Bischof Alfonso winkte ab. „Da habt Ihr mich völlig falsch verstanden. Niemand wird versuchen, seine Hand nach dem Vermögen der Ordensritter auszustrecken. Zumal sie ja zum Wohle Portugals wirken.“

Joao nickte. Seiner Miene war nicht zu entnehmen, wie er die Worte des Bischofs bewertete. Er ließ sie unkommentiert im Raum verhallen.

Bischof Alfonso hatte aber noch etwas auf der Seele. „Wisst Ihr, Joao, die Hilfe der Ritter kann König Dionysius auch bei der Befriedung des Landes gebrauchen. Es gibt immer wieder Streitigkeiten mit den Kastiliern im Nordosten und den Mauren im Südosten.“

Joao war nicht überrascht. „Ja, Exzellenz, es gibt eine Reihe von Rittern, die nicht auf das Kämpfen verzichten wollen. Ich bin sicher, sie werden dem Ruf des Königs folgen und sich und ihre Kampfkünste zum Wohle Portugals und zur Ehre der Christusritter einbringen. Wenn Ihr den Rittern nur ihre weißen Mäntel mit dem roten Kreuz lasst.“

Bischof Alfonso dachte eine Weile intensiv nach, bevor er sich räusperte. „Verehrter Joao, eines muss ich Euch aber klar sagen. Das Kreuz der Tempelritter kann so, wie Ihr es tragt, nicht weiter verwendet werden. Es ist überall, außer vielleicht in Portugal, inzwischen mehr oder weniger geächtet. Ich werde dem König vorschlagen, das Kreuz leicht zu verändern. Ich denke, damit können die Ritter und auch Ihr problemlos leben. Ich denke, dass in Eurem roten Kreuz ein weißes eingesetzt werden kann. Es würde die Unschuld Eures Ordens symbolisieren." Joao war sichtlich gerührt über die Worte des Bischofs. Er verabschiedete sich und zog sich in seine Kammer zurück.

Am nächsten Morgen ritt Joao noch ganz in Gedanken aus dem Palast des Bischofs auf den Marktplatz. Die Händler waren gerade dabei, ihre Stände wieder aufzubauen. Am Brunnen kniete ein Mann. Joao zügelte sein Pferd. Wenn er sich nicht völlig täuschte, war das der Mann, den er neben der Frauenleiche gesehen hatte. Er blieb hinter der traurigen Gestalt stehen und rief ihn von seinem Pferd aus an.

„He, alter Mann, kennen wir uns nicht?"

Der Alte zuckte zusammen, erhob sich und drehte sich, auf seinen Wanderstab gestützt, langsam um. „Müssen wir uns kennen, edler Herr?"

„Ich denke schon. Wir trafen uns gestern auf der anderen Seite des Flusses an der Frauenleiche."

„Ach, Ihr wart das. Ich habe mich versteckt. Ihr hättet mich ja für den Mörder halten können."

„Und? Wart Ihr der Mörder? Schließlich habt Ihr einen Dolch. Damit lassen sich die Verletzungen auch beibringen."

„Nein, Herr. Ein Mörder bin ich nicht. Ich habe versucht, ihr zu helfen. Aber es gab nichts mehr zu helfen."

„Das könnt Ihr alles gut erzählen. Ich werde Euch jetzt den Bütteln des Bischofs oder des Alkalden der Stadt übergeben." Der Alte in seinen abgerissenen Sachen hob abwehrend seine Hände.

„Nein, Herr, tut das nicht. Ich gehöre Eurem Orden ebenso an wie Ihr. Ich bin nur kein Ritter, sondern habe dem Orden in Palästina als Krankenpfleger gedient. Ich hatte zum Tross des Zuges von Jan van Koninck gehört, war aber mit seiner Erlaubnis in Ponferrada geblieben, als er weiterzog. Jetzt bin ich auf dem Weg nach Lissabon, wo ich mich vor Verfolgung sicher wähne. Dort soll es ein Hospital geben. An dem Gebüsch sah ich die tote Frau im Gras liegen. Ich legte mein Bündel daneben, um zu sehen, ob ich ihr noch helfen konnte. Aber sie war bereits tot. Sie war von Unbekannten geschändet und erstochen worden. Als ich dort stand, kamt Ihr angeritten. Ihr musstet mich für den Täter halten. Deshalb habe ich zuerst meinen Dolch geworfen, um Euch zu beruhigen. Dann habe ich den Dolch und mein Bündel vom Boden gerissen und bin in das Gebüsch geflüchtet, wo Ihr mich nicht mehr finden konntet. So bin ich dann zu Fuß bis nach Lamego gewandert und jetzt seht Ihr mich hier auf dem Markt. Ich bitte Euch, nehmt mich auf in die Reihen Eurer Gefährten. Der Orden ist meine Heimat. Glaubt mir, ich bin kein gemeiner Mörder und schon gar kein Frauenschänder."

Joao kniff die Augen zusammen. Das war in der Tat der Mann, den er an der Leiche gesehen hatte und der in Panik in die Macchia geflohen war. Joao blieb auf seinem Pferd sitzen. Er hatte noch Fragen. „Wann seid Ihr in den Orden eingetreten? Und warum habt Ihr Euch für das geistliche Gewand entschieden?"

„Edler Ritter, kurz bevor das Heilige Land endgültig an die Muslime verloren ging, war ich in Akkon gewesen. Dort traf ich den Großmeister der Templer Guilleaume de Beaujeu. Er starb nicht, wie alle angenommen haben, in den

Trümmern des einstürzenden Befestigungsturmes. Uns allen gelang es, durch einen geheimen Gang bis ans Wasser zu kommen und dort mit einem kleinen Boot aus der belagerten Stadt zu entkommen. Der Großmeister war verletzt, er lag während der ganzen Fahrt nach Zypern auf einem harten Brett im Boot und stöhnte. Seine Gesichtsverletzungen hatte ich mit einem Tuch abgedeckt. Wunden zu versorgen, war ja meine tägliche Arbeit in dem Hospital der Templer. Ich betreute den schwer Verletzten und die anderen Ritter waren froh, dass ich die Aufgabe übernommen hatte, und so war ihnen auch der Gesundheitszustand des Ritters egal. Auch erkannte ihn niemand auf dem Boot als Großmeister. Er war einer der namenlosen Ritter, die Akkon bis zum Schluss verteidigt und es bis zum Boot geschafft hatten. Auf Zypern bat er mich, ihn in ein Kloster weit entfernt von der Komturei zu bringen. Dort erholte er sich langsam. Die Komturei mied er. Und so erfuhr niemand von den Tempelrittern, dass ihr Großmeister mit dem Leben davongekommen war. Er behielt mich bei sich, wir wurden Freunde und ich Angehöriger des Ordens."

„Und wo blieb Guilleaume nach seiner Gesundung?"

„Wir verließen Zypern mit einem genuesischen Schiff, das nach Arles fuhr. Von dort gingen wir zusammen in die Pyrenäen. Guilleaume wollte zu einer adeligen Bekannten nahe Rennes le Chateau. Was dort mit ihm geschehen ist, kann ich nicht mehr sagen. Ich habe mich der Karawane des Jan van Koninck angeschlossen."

Joao brummte nachdenklich Unverständliches in seinen Bart. Dabei rieb er sich sein Kinn. Er dachte an die Geschichte, die ihm Jan van Koninck erzählt hatte, als sie sich in Ponferrada getroffen hatten. Seinerzeit hatte Joao die Geschichte mit dem alten Großmeister für eine wenig glaubwürdige Erzählung gehalten. Schon allein, weil alle Templer meinten, der Großmeister sei in Akkon ums Leben gekommen. Nur seine Freundschaft zu Jan hatte ihn davon abgehalten, seinen Freund einen Lügner zu nennen. Aber trotzdem hatte er die Geschichte nicht geglaubt und war der Meinung, dass Jan leichtgläubig einem Spinner aufgesessen war, wenn es den Mann überhaupt gegeben hatte.

„Wie heißt Ihr?“

„Bernhard Nivelon.“

„Gut, Bruder Bernhard. Ich will Euch glauben. Ihr wandert zurück nach Bragança. Dort meldet Ihr Euch auf der Burg beim Kastellan und könnt Euch auf mich berufen. Ich bin Ritter Joao Lourenço.“ Er warf dem ziemlich zerlumpten Mann, der behauptete, Templer zu sein, einige Münzen zu. Dann ritt er weiter zu Soares und den anderen Rittern nach Bragança, wo er ihnen von den Verhandlungen beim Bischof und dem schriftlichen Vorschlag an den König berichtete.

Im Saal der Burg von Bragança standen drei Templer zusammen. Unten im Hof wuselten die Sergeanten und die einfachen Knechte hin und her, um die täglichen Geschäfte zu besorgen. Joao Lourenço stand schon eine geraume Zeit am Fenster, von wo er grübelnd über das Tal des Flusses hinauf zum Hang der nördlichen Anhöhe schaute. Aber er sah nicht, was dort zu sehen war. Er war mit seinen Gedanken irgendwo. Pablo de Alvares saß an dem breiten Holztisch, drehte seinen Becher mit Wasser in der Hand hin und her und blickte gelangweilt zu seinem Ritterbruder am Fenster hinüber. An der gegenüberliegenden Wand hatte sich der Burgherr, Joao Soares, angelehnt und blickte nachdenklich zu dem stattlichen Templer.

„Was bewegt euch, Bruder?", fragte er nach einer Weile. Pablo schaute überrascht zu ihm hinüber, weil er das Schweigen unterbrochen und Lourenço in seinem Gedankenfluss gestört hatte. Gleich würde Joao aufbrausen und ihn zurechtweisen. Aber nichts dergleichen geschah. Der Templer sah weiter unbewegt hinaus. Es war, als hätte er die Frage nicht gehört. Nach einer ganzen Zeit seufzte er.

„Entschuldigt, Bruder Joao, dass ich nicht sogleich antwortete. Aber ich hatte einen Traum." Joao und Pablo sahen ihn überrascht an. Dass ein Templer über seine Träume sprach, war mehr als ungewöhnlich.

„Einen Traum? Was für einen Traum?" Es dauerte wieder eine ganze Weile, bis de Lourenço antwortete. Das Warten wurde für die anderen Templer zu Qual. Aber sie unterbrachen ihn in seinen Gedanken nicht.

„Wisst Ihr, es muss hinter dem Horizont des Atlantischen Meeres im Westen noch etwas anderes geben. Ein anderes

Land. Seit Sokrates weiß die Welt, dass die Erde eine Kugel und keine Scheibe ist. Also muss auf der anderen Seite des Meeres noch etwas sein. Es wäre eine Aufgabe für Templer, das Unbekannte zu finden, was sich dort verbirgt."

Soares sagte gar nichts. Pablo de Alvares hatte seinen Kopf geneigt und die Augen zusammengekniffen. Er räusperte sich.

„Hmm", war das Einzige, was von ihm zu hören war. Als Lourenço nichts mehr sagte, ergriff Soares wieder das Wort.

„Ich denke, lieber Bruder, das, was wir gerade gehört haben, sagt Ihr besser nicht in Anwesenheit des Vertreters der Kirche. Er könnte Euch das als Ketzerei auslegen."

Lourenço ging auf den Hinweis nicht ein. „Bruder Joao, ich denke, ich werde nach Toledo gehen oder nach Córdoba. Dort gibt es Gelehrte, die sich mit der Geografie und der Astronomie beschäftigen. Dort gibt es auch sehr kluge Kartenzeichner, wie ich gehört habe. Mit denen möchte ich mich unterhalten. Bei denen möchte ich studieren."

„Die Gelehrten sind in der Regel Muselmanen. Vielleicht auch Juden, aber keine Christen", wandte Pablo de Alvares ein.

„Wissen ist an keine Religion gebunden."

„Das ist wahr, aber es ist besser, die Lehrer wären Christen und keine Ungläubigen."

„Für die Muslime und die Juden sind wir die Ungläubigen. Wir drehen uns im Kreis, nicht wahr?" De Alvares murmelte etwas Unverständliches und Joao Soares grinste.

„Ich denke, ich werde nicht in Toledo, sondern in Córdoba studieren und mich in die Astronomie und Geografie einweisen lassen. Wer begleitet mich?"

Das Verhalten der anderen beiden war sehr zurückhaltend. Nach einer kurzen Weile räusperte sich der Burgherr. „Bruder, die Frage solltest du vielleicht nicht nur uns beiden stellen, sondern sie auf dem Konvent auch den anderen Rittern, Kaplänen und Sergeanten vortragen. Ich kann mir vorstellen, dass es etliche Interessenten gibt."

„Für eine Reise übers Meer vielleicht", brummte Pablo de Alvares, „das verspricht Spannung und Abenteuer. Für das trockene Studium eher nicht."

Joao Lourenço sah ihn einige Augenblicke nachdenklich an. Pablo wurde schon ganz nervös. Dann nickte der Ritter. „Ich denke, Ihr habt Recht, Bruder Pablo. Ich werde alleine das Studium wagen und in der Zwischenzeit können ja diejenigen, die mitfahren wollen, sich vorbereiten und vielleicht sogar schon ein Schiff aussuchen. Ich denke, für die Organisation wärt Ihr, lieber Bruder Pablo, genau der Richtige." Pablo de Alvares bekam einen Schluckauf und hatte Mühe, ihn zu unterdrücken, während ihn Joao Soares grinsend ansah.

„Bruder Pablo, Ihr gehört mit zu denen, die das Abenteuer suchen. Ihr seid keiner, der in stiller Klausur die Bibel studiert. Richtig? Deshalb bitte ich Euch, für die Reise über das Meer an der Küste nach einem schnellen und seetauglichen Schiff zu suchen. Ihr könnt es für den Orden kaufen oder beschlagnahmen. Das Geld bekommt Ihr. Selbst wenn es umgebaut werden muss, ist das kein Problem. Wir Templer bekommen das hin. Wir schaffen alles, wenn wir nur zusammenhalten. Über genug Handwerker verfügen wir ja im Orden."

Pablo verzog das Gesicht. Er konnte sich gegen einen solchen Auftrag schlecht wehren. Aber so richtig passte ihm das nicht. Er hielt Joao Lourenço für einen Emporkömmling und keinen geborenen Adeligen, so wie er einer war. Und von einem Emporkömmling einen Auftrag zu erhalten wie ein Knecht, ging für ihn gar nicht. Aber vor Joao Soares und den anderen Rittern wollte er das nicht sagen. So fügte er sich ohne Knurren.

Schon am nächsten Morgen ritt Pablo von Bragança in Richtung Westen zur Küste. Zunächst suchte Pablo de Alvares den Ort Peniche, den alten Templerhafen, der auch Serra del Rei genannt wurde, auf. Oberhalb der Stadt blieb er auf einem flachen Hügel stehen und sah auf den Ort hinunter. Es war ein beeindruckendes Schauspiel zu sehen, wie die Wellen auf einer Seite sanft den Strand umspülten und sich auf der anderen Seite tosend an den Klippen brachen. Das Meer, dessen Farbe vom intensiven Blau bis zum tiefen Grün reicht, hat bizarre Formen in die Felsen gewaschen. Sie erinnerten an riesige, zusammengestürzte Skulpturen. Linker Hand erhob sich das Kap von Papôa, das ihn an dramatische Schiffbrüche erinnerte, die hier passierten. Auch das eine oder andere Templerschiff hatte daran glauben müssen. Im Westen erhob sich die eindrucksvolle Felseninsel Nau dos Corvos aus dem Wasser, auf der Möwen und Raben lebten, und am Horizont sahen sie die Berlenga-Inseln.

Auf dem Weg hinunter in den Ort machte er am Cabo Carvoeiro Halt, um in der Wallfahrtskapelle Nossa Senhora dos Remédios, die in den Fels hineingebaut und innen mit wunderschönen Malereien ausgekleidet worden war, ein Gebet zu sprechen. Dann ritt er weiter zum Hafen. Außer ein paar kleinen Fischerbooten konnte er nichts entdecken. Ein vernünftiges Schiff fand er nicht in dem Hafen, in dem sich die Templerflotte vor knapp einem Jahr in Sicherheit gebracht hatte. Die großen Schiffe waren alle fort. Der Hafen war leer. Die Fischer, die unten am Wasser ihre Netze flickten, sahen ein wenig scheu zu dem Templer hinüber. Pablo ritt auf sie zu und fragte nach den Schiffen seines Ordens. Die Fischer ließen sich bei der Arbeit nicht stören und schüttelten auf jede Frage den Kopf. Pablo war ärgerlich, wendete aber sein Pferd und verließ den unfreundlichen Ort. Der Ritter war schweigsam geworden. Hier in dem ehemaligen Templerhafen, der immer von den Schiffen des Ordens angelaufen worden war, hatte er mit Sicherheit erwartet, ein Schiff zu finden. Weiter nach Süden reiten wollte er nicht. Nicht solange das Schicksal des Ordens und seiner Mitglieder ungewiss war. Auch die Stadt Porto umritt er. Er wusste nicht, warum, aber er wählte sogar einen recht großen Bogen. Und so ging es weiter nach Norden. Aber in keinem Ort, den er aufsuchte, fand sich ein geeignetes Schiff.

„Noch einen Hafen werde ich mir ansehen“, redete Pablo zu sich selbst, „wenn ich da nichts finde, reite ich zurück nach Bragança.“ Nach einer Weile tauchte am Ufer des Meeres am Fuße dichtbewaldeter Hügel ein Fischerort auf, der wohl Viana do Costelo an der Mündung des Rio Lima sein musste. Die Grenze nach Galizien und somit zum Königreich Kastilien war nicht weit. Der Ort war nicht sehr groß und wirkte recht verschlafen, um es beschönigend auszudrücken. Er war durch eine kleine Burg gesichert und an den beiden Stegen, die den Hafen des Ortes bildeten, waren ein paar kleine Schaluppen festgemacht, mit denen die Bewohner wohl auf Fischfang ähnlich wie in Serra del Rei gingen. Allerdings lag etwas abseits ein schlankes Wikingerboot, ein Langboot, das aufs Land gezogen worden war. Es schien leck geschlagen zu sein. Beim Näherkommen waren nahe des Hafens einige Menschen zu sehen. Zur Verblüffung von Pablo trugen mehrere davon das Ornat der Templer. Sie verschwanden in dem rechteckigen, von einer grauen Mauer umschlossenen Innenhof der kleinen Burg. Pablo ritt direkt vor das Tor der Burg oder besser einer

Befestigungsanlage. Er sah in den Hof, in dem etliche Knechte geschäftig von einem Gebäude ins andere liefen, auf den kleinen Beeten arbeiteten oder Ziegen in ihren Gattern versorgten.

„Es scheint, als sei soweit alles in Ordnung", bemerkte Pablo laut zu sich selbst anhand der Regsamkeit, die sich vor seinen Augen auftat, und lächelte. Er bewunderte den kleinen Fischerort. Keine richtig festen Mauern, keine Wälle. Ein fast angenehmer, aber auch beunruhigender Anblick. Allerdings würden sie trotz der kleinen Befestigung nicht genug geschützt sein, sollten die Mauren oder andere Seeräuber jemals über sie herfallen. Andererseits war die Idylle, die er hier vorfand, auch erholsam. Bisher hatte ihn niemand zur Kenntnis genommen. Pablo war ganz unruhig geworden. Ihm ging es um das Langboot. Er wusste sofort, dass es genau das Schiff war, das er suchte. Es war klein, aber nicht zu klein, schnell und wendig. Selbst ein nur leichter Windhauch trieb es voran. Er kannte das Schiff. Es war die Le Buscard, die früher zwischen La Rochelle und England die Geschäfte der Templer betrieb und dann zusammen mit zwei anderen Ordensschiffen, der Comptesse und der La Benite mit ihren knapp über dreißig Mann Besatzung, in La Rochelle gelegen hatten. Auf ihr waren er und Joao Lourenço gesegelt, um einen Teil des Schatzes der Templer in Sicherheit zu bringen. Vor einem Jahr waren sie in einem kleinen, unbekannten Hafen in Asturien gelandet, hatten alle ihre Kisten auf Karren verladen und waren nach Ponferrada und von dort nach Bragança gefahren. Die Schiffe hatte Ritter de Villars an die Kapitäne zur freien Verfügung übergeben und die waren nach, wer weiß wohin, gefahren. Die Le Buscard war ein schlankes, doppelendiges Schiff, das von den Wikingern entwickelt worden war und sehr schnell segeln konnte. Eigentlich war es ein Kriegsschiff und für schwere Lasten nicht geeignet. Jetzt lag das kleine Schiff leck geschlagen und ohne Besatzung vor ihm in dem abgelegenen, unscheinbaren Fischerhafen an der Mündung des Rio Lima. Pablo ließ die kleine Burg hinter sich und ritt in den Hafen hinunter. Am Wasser angekommen, schwang er sich aus dem Sattel. Mehrere Männer kamen vorsichtig hinter ihm her den Weg zum Strand hinunter. Sie waren neugierig, aber nicht furchtsam. Der Ritter fixierte die drei recht kräftigen Männer, die sich in ihrer einfachen, aber gepflegten Ordenskleidung näherten. Waffen schienen sie nicht zu tragen. In einer Entfernung von mehreren Schritten blieben die drei vor dem Templer und seinem Knappen stehen.

„Seid gegrüßt. Was verschafft uns die Ehre des Besuchs eines Tempelritters“, begrüßte ihn der Älteste der drei. Pablo grüßte zurück.

„Euch sind die Templer bekannt?“ Die drei Männer lachten laut auf. Pablo runzelte die Augenbrauen. Er mochte es nicht, wenn er ausgelacht wurde.

„Gewiss, edler Ritter. Wir gehören wie Ihr dem Orden an und sind aus Frankreich geflohen, um hier wieder neu Fuß zu fassen. Wir segelten auf der Buscard, die Ihr dort unten leck geschlagen am Ufer liegen seht. Unser Kapitän ist allein weitergezogen und uns und den Fischern hier im Ort fehlen die Mittel, das Schiff zu reparieren.“ Pablo nickte und seine Miene hellte sich wieder auf.

„Das ist gut“, sagte er, „ich will mir das Schiff ansehen. Könnten wir es wieder flott bekommen?“

„Edler Ritter, seht es Euch erst einmal an. Es wird einiges kosten, das Boot zu reparieren. Das sage ich als Zimmermann, der auf vielen Schiffen des Ordens gearbeitet hat." Pablo achtete schon nicht mehr auf das, was der Zimmermann gesagt hatte. Er hatte nur noch Augen für das Schiff.

„Das ist ja besser, als ich zu träumen gewagt habe. Da hat sich meine lange Reise entlang der Küste ja wirklich einmal gelohnt. Und Ihr seid genau der Mann, den ich brauche. Beschreibt mir die Schäden und sagt, was für die Reparatur erforderlich ist. Wollt Ihr wieder für den Orden arbeiten?"

„Nichts lieber als das. Wir gehören ja noch immer dazu und wenn wir helfen können, wieder eines unserer Schiffe fahrbereit machen zu können, dann soll es an uns nicht liegen. Meine beiden Ordensbrüder sind zwar keine Zimmerleute, aber sie sind handwerklich sehr geschickt und werden uns hervorragend helfen können. Aber, das sage ich Euch gleich, es wird einiges an Finanzmitteln erfordern, um den defekten Kiel und die defekten Bordwände auszubessern. Dazu brauchen wir teures Material. Aber wenn es uns gelingt, dann ist die Buscard wieder der schnelle Renner, der sie früher einmal war. Das schnellste Schiff auf dem Meer."

„Na ja, langsam", wiegelte Pablo die fast schon euphorische Rede des Zimmermanns ab.

„Wie heißt Ihr eigentlich? Ich vergaß Euch zu fragen und mich vorzustellen", sagte der Ritter, „ich bin Pablo de Alvares aus Bragança."

„Und ich bin Meister Dodo Rostagne. Der Bruder links neben mir ist Guido Guicelmin und der an meiner rechten

Seite ist Bruder Gerinus, ein genialer Gärtner mit Kenntnis über allerlei heilwirkende Kräuter.

„Sehr gut", murmelte Pablo, „sehr gut. Jetzt lasst uns zu dem Schiff gehen." Pablo warf die Zügel des Reitpferdes dem Bruder Gerinus zu, der mit Bruder Guido am Strand stehen blieb, während Meister Dodo mit Pablo zu dem nur wenige Schritte entfernt liegenden Boot stapfte.

„Warum ist eigentlich das Segel nicht geborgen worden, wenn das Schiff so defekt ist, dass es nicht mehr zu Wasser gelassen werden kann?", wollte Pablo wissen.

„Edler Ritter, das Schiff ist ein offenes Boot. Es hat keine schützenden Decks und oben im Wind sind die Segel besser aufgehoben als unten, wo Sand, Wasser und Tiere dem Stoff zusetzen können. Wir haben es so festgezogen, dass es im Wind nicht schlagen kann." Pablo sah keinen Grund, weiter zu fragen. Am Boot angekommen, beugten sich die beiden Männer über die Reling und blickten in den Schiffskörper hinein. Sah das Boot, äußerlich betrachtet, noch ganz gut aus, so konnte Pablo jetzt sehen, dass es doch schwer gelitten hatte. Es musste kurz vor dem Hafen auf einen Felsen gelaufen sein. Der hatte ein recht großes Loch in den Rumpf gedrückt und den Kiel zerbrochen.

„Und damit seid Ihr noch bis an den Strand gekommen?", zeigte sich der Ritter doch sehr verwundert.

„Gewiss. Wir machten ziemlich schnelle Fahrt, als der Felsen das Loch riss. Der Schwung der Fahrt hat uns bis kurz vor den Strand getrieben. Dann haben wir das Schiff bis auf den Strand gezogen, so dass das eingedrungene Wasser wieder hinauslaufen konnte. An Land haben wir den Schaden erst richtig gesehen und der Kapitän hat das Boot aufgegeben. Ein Teil der Besatzung ist mit ihm fortgegangen. Mit sieben Brüdern sind wir im Dorf geblieben und haben uns hier angesiedelt. So habt Ihr uns gefunden.“ Pablo nickte. Er hatte nur mit halbem Ohr zugehört, was ihm Meister Dodo erzählte. Er war gedanklich schon wieder bei der Buscard.

„Ist es möglich, das Schiff noch höher auf den Strand zu ziehen und das Segel so unterzubringen, dass es keinen weiteren Schaden nimmt? Ich denke, wir werden es reparieren und müssen dafür sowohl das Boot als auch das Segel retten. Packt es so weg, dass es keinen Schaden nimmt und dass es von irgendwelchen Piraten, die vielleicht den Ort überfallen wollen, nicht gefunden wird. Ich komme mit Sicherheit in Kürze wieder und dann fangen wir sofort mit der Reparatur an. Als Zimmermann solltet Ihr Euch schon überlegen, was wir brauchen. Auch an Bitumen, um unter Wasser einen guten Schutz zu haben.“

„Bitumen gibt es hier nicht.“

„Dann müsst Ihr ihn beschaffen.“

„Und wer bezahlt ihn?“

„Das wird vom Orden bezahlt, da müsst Ihr ganz sicher nicht in die eigene schmale Tasche greifen. Erkundigt Euch, wo es den Bitumen gibt, und dann reden wir wieder miteinander.“

„Und wie erreiche ich Euch, Ritter Pablo?“

„Ich lebe noch in Bragança, bin aber viel unterwegs. Sendet einen Boten nach Bragança oder wartet, bis ich wieder hier bin. Es wird nicht lange dauern. Das kann ich Euch versprechen. Lebt einfach so weiter wie bisher. Nur solltet Ihr schon auflisten, was wir für die Reparatur brauchen." Meister Dodo verneigte sich und winkte seinen Begleitern. Pablo de Alvares saß wieder auf und ritt die Anhöhe über dem Hafen hinauf, warf noch einen letzten Blick auf das Schiff, um zügig nach Bragança zurückzureiten.

In der kleinen Taberna an der alten Römerbrücke in Ponte de Lima herrschte eine ausgelassene Stimmung. Eine Pilgergruppe auf dem Weg nach Santiago de Compostela machte gerade dort Rast. Da sie ohnehin auf einer Büßerpilgerwanderung waren, taten sie alles, damit es sich auch lohnte. Und wer gerade nicht mit auf der Wallfahrt war, unterstützte sie nach Kräften in ihrem frommen Eifer bei Spiel, Sauferei und Hurerei.

„Wein her!", brüllte ein für lusitanische Verhältnisse riesiger Kerl. In dem Raum übertönte er sogar noch die Flöten- und Dudelsackspieler. Der Wirt brachte ihm einen neuen Humpen.

„Du bist weder ein Kastilier noch ein Galizier und schon gar kein Lusitanier", stellte der Wirt sachlich fest. Der Riese grinste. Seine Bassstimme dröhnte.

„Nein, ich bin Normanne und das sieht man auch, denke ich und ich saufe hier den ganzen Laden alleine leer." Grölend lachte er über seine eigenen Worte. Die Luft in der Taberna war zum Schneiden. An den Tischen saßen neben etlichen Pilgern in ihren härenen Kutten auch einige Mönche. Auf dem Boden in einer Ecke hockten mehrere lichtscheue Gesellen und würfelten, was das Zeug hielt. Ein Bettler mit verkrümmten Gliedmaßen, vielleicht ein Verletzter aus irgendeinem Scharmützel, hielt sich krampfhaft an seinem Becher fest. Die Tische waren keineswegs mit

Speisen überladen. Es gab lediglich Oliven, Eier und einiges Meeresgetier. Unter anderem lag ein großer, gekochter Pulpo auf dem Holztisch, von dem sich der eine oder andere Gast mit seinem Messer ein Stück abschnitt. Aber Wein schien genügend vorhanden zu sein. Die Stimmung stieg mit jedem Lied, das die Musikanten neu anstimmten. Alle brüllten, lachten und tanzten auf den Tischen. Pablo war von einer Seitentür in die Taberna gekommen. Er stand jetzt im Schatten des Vorhangs, der die Schankstube von der Küche trennte. Er beobachtete das Treiben mit entsetztem Gesichtsausdruck. Waren das hier tatsächlich Pilger? In diesem Moment sprang eine dralle junge Frau auf einen der Tische.

„Her mit den Pokalen", rief sie und streckte ihre Hände fordernd dem Wirt entgegen, „randvoll." Der ließ es sich nicht zweimal sagen, ergriff zwei Pokale, die auf der Tischplatte standen, schob sie zusammen und goss sie in einer Bewegung voll. Dass ein Teil des Weins sich auf dem Tisch ergoss, interessierte ihn nicht. Die junge Frau hatte inzwischen ihren stattlichen, festen Busen aus dem Leibchen gedrückt. Mit in die Hüfte gestemmten Armen stellte sich die Frau in Positur. Behände, aber durchaus nicht mit Ehrfurcht, schob der Wirt eine Spitzenbordüre beiseite, die auf der hochgesteckten Brust ruhte und die ihm offenbar im Wege war. Dann brachte er den ersten Pokal auf dem nackten Fleisch zum Stehen, wobei seine Zunge vor Eifer zwischen den Zähnen hervor sah. Als auch der zweite Pokal seinen festen Stand gefunden hatte, machte die junge Frau mit durchgedrücktem Rücken ein paar Schritte bis zum Rand des Tisches und stieg vorsichtig auf einen Schemel und dann auf den Boden. Sie schaffte es sogar, im Gehen ihre

Hüften aufreizend zu schwenken. Tropfen des roten Weines liefen an ihren Brüsten entlang, aber die Pokale standen, ohne hinunterzurutschen.

Pablo de Alvares war fassungslos. Derart primitive Darbietungen hatte er von Pilgern auf dem Weg nach Santiago nicht erwartet. Die anwesenden Männer, inclusive der Mönche, hatten nur Augen für die junge Frau. Ihn, den Tempelritter, hatte noch niemand bemerkt. Die Männer johlten und applaudierten der jungen Frau. Bis eine donnernde Stimme vom Eingang her Einhalt gebot. Alle Blicke richteten sich auf die Tür. Wer wagte es, die tolle Vorstellung zu stören? Zwischen den Zargen stand, den Rahmen ganz ausfüllend, Ritter Pablo de Alvares. Das rote Kreuz auf dem weißen Mantel wies ihn für alle sichtbar in der Kneipe als Templer aus. Sicher, die Templer waren vogelfrei, aber mit einer so stattlichen Gestalt legte sich niemand gerne an. Doch, einer wollte sich anlegen. Der riesige Normanne schob einige andere Gäste grob auf die Seite und wankte zur Tür.

„Wer bist du, der uns unseren Spaß und mir das Trinken verbieten will? Niemand verbietet mir meinen Spaß und mein Trinken. Ich trinke, wo ich will und was ich will und du, Templer, hast mir schon gar nichts zu sagen. Du bist vogelfrei und jetzt haue ich dir so richtig auf die Schnauze." Sprach‘s und holte mit einer weiten Bewegung aus, um dem Templer ins Gesicht zu schlagen. Der machte einen ganz kleinen Schritt zur Seite. Schon stolperte der Normanne an ihm vorbei und stieß mit dem Kopf gegen den Türrahmen. Ein Schlag mit dem Handschuh in den Nacken reichte, um ihn für die nächste Zeit schlafen zu legen. Ganz langsam rutschte der Normanne an dem Holzpfosten, der den Türrahmen bildete, herunter. Der Templer wandte sich wieder den Pilgern zu. Zunächst sagte er nichts, sondern musterte von links nach rechts einen nach dem anderen. Die Pilger fühlten sich sichtbar nicht sehr wohl in ihrer Haut. Keiner sagte ein Wort. Alle schauten auf den stattlichen Mann im weißen Mantel. Die junge Frau hatte sich am Wirt vorbeigedrückt und war mit den Pokalen in der Küche verschwunden.

„Ich weiß, ihr habt alle eine anstrengende Pilgerreise hinter euch und noch einige Tage vor euch, bis ihr in Santiago ankommen werdet. Es ist normal, dass zwischendurch etwas mehr gegessen und getrunken wird. Aber", und hier erhob Pablo seine Stimme, „als Pilger ist es nicht ziemlich, sich der Völlerei, der Unzucht, des Spiels und des Trunkes hinzugeben. Wir Templer haben es uns zur Aufgabe gemacht, euch Pilger gegen allerlei Ungemach auf eurem Weg zu beschützen. Das gelingt nicht immer, weil wir nicht überall sein können. Aber wir achten auch darauf, dass die Pilger sich als Pilger verhalten und nicht als saufende Pöbelbande. Ihr solltet es bei der Jerusalemspeise belassen. Die sättigt nicht nur, sondern macht auch noch fromm. Und gerade von euch Dienern Gottes erwarte ich das." Er wandte sich an die Mönche, die sich verängstigt in einer Ecke der Taberna zusammendrängten.

„Was würde wohl euer Abt dazu sagen. Na? Wäre er mit euch zufrieden? Wohl kaum. Also seht zu, dass ihr auf eurem Pilgerweg weiterkommt. Los, hinaus." Den Mönchen musste das kein zweites Mal gesagt werden. Sie rafften ihre dürftigen Habseligkeiten zusammen, griffen ihre Wanderstäbe und zwängten sich an dem Ritter vorbei durch die Tür nach draußen. Als sie an dem Normannen vorbeikamen, der noch immer auf dem Boden lag, bekreuzigten sie sich und verschwanden in der flirrenden Hitze des Tages.

„Und wer bezahlt das, was die Pilger gegessen und getrunken haben?“, wollte der Wirt wissen.

Pablo wandte sich nach ihm um und hob die Augenbrauen. Dann sah er in die Runde. Sein Blick blieb auf dem Normannen haften. „Der Normanne zahlt die Zeche“, ordnete Pablo an und schon fanden sich zwei, drei Leute, die den am Boden Liegenden nach einer Geldbörse durchsuchten. Sie machten das so geschickt, dass dem Templer gleich klar war, dass sie das nicht zum ersten Mal gemacht hatten. Es dauerte auch nicht lange und sie fanden einen Beutel. Pablo streckte wortlos die Hand aus und sie reichten ihn zögerlich an den Ritter. Der Wirt nannte eine Summe, die der Templer aus dem Beutel nahm. Dann steckte er die fremde Geldbörse zum Ärger der anderen Tagediebe und Pilger ein.

„Zwei Mann schleifen den Normannen nach draußen, fesseln ihm Hände und Beine und laden ihn quer auf mein Pferd. Vor den Sattel“, ordnete Pablo an und als sich nicht sofort zwei Helfer fanden, zeigte der Templer auf die am nächststehenden Pilger, die sich, nachdem sie ausgewählt worden waren, ohne Murren unverzüglich ans Werk machten. Inzwischen war der Normanne wieder aufgewacht.

„Ich passe gut auf Euch auf. Ihr seid gewalttätig. Wenn Ihr Euch muckt, gebe ich Euch eins über den Schädel“, sagte der Ritter und schwang sich selbst in den Sattel. Er ritt mit seinem Gefangenen weiter durch die Wälder in Richtung Bragança. Vom Rio Lima hatten sie sich entfernt. Gelegentlich kreuzten sie einige kleine Bäche, die zu dieser Jahreszeit erstaunlich viel Wasser führten. An einem etwas breiteren Bach zögerte Pablo mit dem Weiterreiten. Eine Furt zum Durchreiten war nicht zu sehen. Zu viele Bäume, Steine und Strauchwerk befanden sich links und rechts des Baches. Eine nur schmale Holzbrücke, eher ein Steg für Fußgänger und nicht für Reiter, spannte sich über das Gewässer. Vor der schmalen Holzbrücke hielt der Ritter an und warf ohne viel Federlesens den Normannen vom Pferd, damit er vor ihm zu Fuß über den schmalen Steg gehen konnte. Mitten auf der Brücke versuchte der Normanne die Situation zu nutzen und wollte über das Geländer in den Bach entkommen. Noch bevor er sich über das Brückengeländer schwingen konnte, um in den Fluss zu springen, hatte ihn Pablo bereits an seinem Wams gefasst. Der riesige Normanne wehrte sich, das Pferd des Ritters scheute und sprang mit einigen Galoppsprüngen ans andere Ufer. Zornig kämpfte der Normanne gegen die ihn umschlingenden Arme Pablos an. Er war stark und in seiner Gewandtheit konnte er trotz seiner Fesseln dem Ritter entfliehen, wenn er sich so weiter wehrte. Pablo merkte das und warf sich mit seinem ganzen Gewicht auf den Normannen.

Unter dem Gewicht der beiden stattlichen Männer gab das Geländer nach. Eng umschlugen stürzten die beiden in den Fluss. Das kalte Wasser schlug über ihnen zusammen. Nach Luft schnappend kam der Normanne als Erster an die Oberfläche. Er richtete sich auf und stand bis zur Brust im Wasser. Das steinige Ufer fiel an dieser Stelle steil ab. Etwas weiter unten verbreiterte sich das Bachbett. Dorthin versuchte der Normanne zu entkommen. Doch er hatte die Rechnung ohne den Templer gemacht. Nur wenige Augenblicke später hatte Pablo ihn wieder erreicht. Unsanft schob er seinen Gefangenen an den Rand des Flusses. Blindlings trat der Normanne nach dem Templer und traf. Der stieß einen gequälten Laut aus und krümmte sich vor Schmerz, als ihn ein Tritt zwischen die Beine traf. Er ließ seinen

Gegner los. Der Normanne watete an Land und wollte loslaufen, als er wie angewurzelt stehen blieb.

Am Ufer standen vier zerlumpte Banditen, die mit gespannten Langbögen auf ihn warteten. Alle vier wirkten ausgemergelt. Der Ausdruck in den Augen war der pure Hunger. Der Normanne musste sich vorkommen wie zwischen Baum und Borke. Hinter sich der Templer, vor sich ausgemergelte Bandidos. Unwillkürlich sah er sich nach dem Templer um. Der kam gerade aus dem Wasser gestapft. In seinem Gürtel steckte nur der Dolch. Das Schwert hing am Sattel seines Pferdes, das an der Brücke ebenso auf ihn wartete wie sein Gefährte. Pablo stampfte an dem noch immer gefesselten, tropfnassen Normannen vorbei. Der stellte im Moment keine Gefahr für ihn dar. Zur völligen Überraschung schien der Templer von den Bögen unbeeindruckt zu sein. Mit wenigen Schritten war er bei den verdutzten Männern und schlug dem Ersten den Ellenbogen ins Gesicht. Gleichzeitig hatte er den Dolch gezogen und mit einem schnellen Schnitt die Sehne des Bogens durchschnitten. Der zurückschnellende Bogen prellte seinem Besitzer die Hand. Ohne sich um den Mann weiter zu kümmern, griff der Templer dem zweiten Bandido in die Waffe und riss sie an sich. Der Pfeil schnellte von der Sehne und flog im hohen Bogen irgendwo ans andere Ufer des Flusses. Mit dem Dolch fegte er ihm quer durch das Gesicht, sodass ein Stück der Nase mit davonflog. Der dritte der Banditen hatte noch Zeit, den Pfeil auf den Templer abzuschießen. Der Pfeil bohrte sich in den Oberschenkel. Dann hatte der Templer den Schützen erreicht und stieß ihm mit aller Wucht den Dolch zwischen die Rippen. Die Überraschung, die sich in den Augen zeigte, war das Letzte, was er in seinem Leben wahrnahm. Der vierte Bandit war in Windeseile im Gebüsch verschwunden.

Der Normanne hatte sich nicht mehr bewegt. Er stand noch immer im Wasser und hatte die Aktion verfolgt. Ihm war mit einem Mal klar, dass er dem Templer nicht mehr entkommen konnte. Er würde sich mit ihm arrangieren müssen. Der Mann war ein hervorragender Kämpfer. Ein toter Bandit lag auf den Steinen. Daneben saß der zweite mit der geprellten Hand und den blutigen Striemen im Gesicht von der durchgeschnittenen Sehne. Pablo fesselte mit vor Schmerz verzerrten Gesichtszügen die beiden Verletzten und band sie an einen Baum. Um die Leiche kümmerte er sich nicht. Die ließ er dort liegen, wo sie lag. Danach humpelte er zu seinem Pferd, das den Weg bis auf den Platz gefunden hatte. Er zog mit einem Ruck den Pfeil, der Gott sei Dank keine Widerhaken hatte, aus dem Oberschenkel und verband ihn mit einem Lappen. Dann winkte er den Normannen herbei. „Wegen dir hat mich ein Bandido in den Schenkel getroffen. Nenn mir einen Grund, warum ich dich nicht sofort töte, sondern dich weiter mitnehme? Wenn du keinen Grund nennen kannst, dann bete, damit ich bald wieder richtig laufen und auch reiten kann. Jetzt will ich sehen, dass du nicht nur wegrennen, sondern dich auch nützlich machen kannst. Was hast du gelernt?“ Der Normanne schaute ihn etwas dümmlich an. „Was soll ich gelernt haben?“

„Jeder, der niederen Standes ist, hat entweder was gelernt, war Tagelöhner, Tagedieb oder aber Söldner.“

„Und für wen haltet Ihr mich?“

„Wenn du nichts gelernt hast, halte ich dich für einen Tagedieb."

„Das ist eine Beleidigung."

„Nein, das ist eine Feststellung und erst, wenn du mir sagst, dass du etwas gelernt hast, nehme ich das Gesagte zurück."

„Ich habe seit meiner Kindheit gelernt mit Schiffen umzugehen. Ich kann ein Segel und ein Ruder bedienen. Ich kann mit Waffen umgehen und ..." Er wurde von Pablo de Alvares unterbrochen.

„Halte ein. Du hast also doch etwas gelernt. Du bist Seemann. Und was machst du hier mitten in Portugal, wenn du nicht auf Pilgerfahrt nach Santiago gewesen bist?"

„Auch wenn Ihr mir nicht glaubt. Ich war tatsächlich auf Pilgerfahrt. Mein Kapitän hat sein Schiff in Serra del Rei an Genuesen verkauft und die Besatzung, die nicht bei den Genuesen bleiben wollte, ist dort an Land gegangen. Ich habe mich der Pilgergruppe angeschlossen, weil sie nach Norden zog, und die anderen sind zusammen mit dem Kapitän nach Süden gen Lisboa weitergereist." Der Templer grübelte. Er war sich nicht sicher, ob er seinem Gefangenen glauben konnte. Nach einiger Zeit hatte er seinen Entschluss gefasst.

„Gut, wenn du mir jetzt noch deinen Namen nennst, nehme ich dich mit nach Bragança und gebe dich bei unserem Schmied in die Lehre. Du bist kräftig genug und der Umgang mit dem geschmiedeten Eisen wäre für dich genau das Richtige. Dafür nehme ich dir auch die Fesseln ab. Aber laufe mir nicht ein zweites Mal davon. Das würdest du nicht überleben."

Der Normanne nickte. „Ich heiße Ragnar. Mein Vater hieß Sverre. Deshalb sagen viele Ragnar Sverreson zu mir."

„Gut, ich sage Ragnar zu dir. Das reicht." Der Ritter hatte inzwischen seinen Oberschenkel dick und fest mit dem Hemdfetzen verbunden. Er stemmte sich hoch und humpelte mit einiger Mühe zu den am Baum stehenden Banditen. Er sah sie einen Moment durchdringend an, dann zog er seinen Dolch und stieß ihn hintereinander den Verbrechern ins Herz. Die Banditen sackten in ihren Fesseln zusammen. Pablo drehte sich um und humpelte weiter zu seinem Pferd. Ragnar blicke entsetzt vom Ritter zu den tot am Baum stehenden Räubern und wieder zurück.

„Und was geschieht mit den Toten?" Pablo sah sich weder nach Ragnar noch nach den Banditen um.

„Was sollte mit denen denn deiner Meinung nach geschehen? Sie bleiben da, wo sie sind und wie sie sind. Ich reite jetzt langsam los, damit Ihr zu Fuß mitkommt. Es dauert ja noch eine Weile, bis wir in Bragança sind."

Joao Lourenço war inzwischen nach Bragança zurückgekommen. Er hatte zunächst den Kastellan darauf vorbereitet, dass in einigen Tagen ein ziemlich abgerissener Tempelbruder erscheinen würde, der sich Bernhard Nivelon nannte und sich auf ihn, Joao Lourenço, berufen würde. Der Mann habe angegeben, Krankenpfleger zu sein, und sicherlich habe der Kastellan Verwendung für ihn. Dann war er zu Joao Soares gegangen und hatte ihm das Ergebnis der Verhandlungen vorgetragen. Soares hatte daraufhin sofort die Versammlung der Tempelritter einberufen. Alle, bis auf Pablo de Alvares, der noch in Sachen Schiffssuche unterwegs war, waren in den Versammlungsraum gekommen und ließen sich von Joao Lourenço berichten. Und Ritter Joao erzählte alles bis auf eine Kleinigkeit. Dass er Ritter Gil Martins zum neuen Großmeister der Christusritter vorgeschlagen hatte, verschwieg er. Prompt kam die Frage aus der Versammlung.

„Wer, verehrter Ritter, soll denn in Zukunft bei dem Orden unser Großmeister werden? Oder habt Ihr darüber nicht mit dem Bischof gesprochen?“ Joao straffte sich und schaute in die Runde, ohne sich vorher bei Soares mit einem Blick zu vergewissern. Das hätte vielleicht der eine oder andere Templer als Intrige auffassen können.

„Doch, das habe ich angesprochen. Die Entscheidung wird sich der König vorbehalten. Der König ist über den Orden und seine Ritter sehr gut informiert. Das hat mir der Bischof versichert. Aber eines kann ich hier und jetzt schon sagen. Ich werde es nicht, weil ich einfach noch zu jung für ein solches Amt bin und auch Ritter Soares wird es nicht. Der will nämlich hier auf seiner Burg in Bragança bleiben. Und eines scheint sicher. Der König wird uns ein neues Domizil zuweisen. Welches es sein wird, hat mir der Bischof nicht sagen können. Aber das Wichtigste ist ja nicht unser Ordenssitz, sondern die Tatsache, dass die Zukunft unserer Gemeinschaft gesichert ist. Wir werden nicht einem anderen Orden zugeordnet und wir verlieren nicht unsere Selbstständigkeit. Bischof Alfonso hat die Konvententscheidung, dass Ritter Soares bis zur Entscheidung des Königs die Geschäfte des Ordens führen soll, akzeptiert. Er ist jetzt unser Komtur."

Soares nickte und fügte noch einen Satz an. „Verehrte Brüder. Ich habe mit Ritter Joao", und dabei zeigte er auf den neben ihm stehenden Lourenço, „natürlich schon vor dieser Versammlung geredet. Er hat mich gebeten, dass ihm die Erlaubnis erteilt wird, dass er nach Córdoba oder nach Toledo gehen kann, um dort die neuen Wissenschaften zu studieren. In beiden Städten sollen sich die hervorragendsten Wissenschaftler aufhalten, die es zurzeit im Okzident gibt. Bruder Joao ist noch ein junger Mann und ich glaube, dass er die Möglichkeit bekommen soll. Wer dafür ist, der hebe seine rechte Hand." In der Runde gab es keine Gegenstimme. Nur zustimmendes Gemurmel war in dem Versammlungsraum zu hören. Ritter Joao fragte noch nach Diskussionsbedarf, es meldete sich aber niemand.

„Das, verehrte Ritter, war die vorerst letzte Entscheidung des Konvents. Ab sofort entscheide ich als Komtur." Joao Soares bat seine Glaubensbrüder in die Kapelle zum Gebet.

Am nächsten Morgen hatte Joao Lourenço seine spärlichen Sachen gepackt und kam, als er sich von Soares verabschiedete, noch einmal auf Ritter Pablo zu sprechen. „Verehrter Bruder. Ich würde mich freuen, wenn Pablo fündig geworden ist und ein Schiff gefunden hat. Bitte unterstützt ihn dabei, dieses Schiff wieder reisefertig herzurichten. Damit würdet Ihr mich meinem Traum ein ganzes Stück näher bringen und dem Orden eine neue Orientierung für die Zukunft schaffen." Soares sicherte ihm zu, sich entsprechend zu kümmern. Dann überreichte er dem künftigen Studenten noch einen besonderen Gürtel, in den eine stattliche Anzahl von Goldmünzen eingearbeitet worden waren. Joao bedankte sich und ritt allein nach Westen. Schon nach wenigen Meilen hatte er sich entschieden. Er würde nach Córdoba reiten.

In der Zwischenzeit hatte Papst Clemens V. angeordnet, im Zusammenhang mit den Anklagen und Beschuldigungen gegen die Templer durch Philipp V., dem Schönen von Frankreich, auf der Iberischen Halbinsel ein Konzil abzuhalten, um die Schuld oder Unschuld der Tempelritter in den iberischen Königreichen festzustellen. Das Konzil mit etlichen kastilischen und portugiesischen Klerikern unter der Leitung des Erzbischofs von Lissabon, Don João III. de Soalhães, versammelte sich in Salamanca und stellte schon nach wenigen Tagen die Unschuld des Ordens fest.

Deshalb schlossen der portugiesische König Dionysius und Ferdinand IV. von Kastilien ein Abkommen, um ab sofort die Templer in ihren Königreichen zu schützen. Dieser Übereinkunft schloss sich später auch der König von Aragon an. Ungeachtet dieser Vereinbarung sowie der Beschlüsse des Konzils von Salamanca ordnete Papst Clemens V. an, die Güter des Ordens einzuziehen. Sogleich versuchte auch in Portugal der Bischof von Guarda, Don Vasco II. de Alvelos, sich der Güter der Templer zu bemächtigen. Der Bischof von Guarda war der Meinung, die Güter der Templer seien in das Eigentum der Kirche zu überführen, da es sich dabei um

Ordensland gehandelt habe, das den Templern nur zur Nutzung überlassen worden sei. Es sei natürlich noch immer geistliches Land und somit an die Kirche zu übergeben. Bischof Alfonso von Lamego wandte sich dagegen und König Dionysius stimmte nach längerer Diskussion dem Vorschlag des Bischofs von Guarda nicht zu.

Ritter Joao Soares hatte als Komtur des Templerordens an den Tagungen teilgenommen, aber nicht länger streiten wollen, und letztlich hatte er ja auch keine echte Chance. Er entschloss sich daher, dem portugiesischen König sein Land in und um Bragança zu schenken. Der portugiesische König nahm die Landschenkung des Tempelritters aus Bragança an und setzte ihn sofort wieder als Lehnsmann ein. Ein kluger Schachzug. Joao Soares verlor seine Burg nicht und das Barvermögen des Ordens wurde nicht angetastet.

Irgendwo im Norden Portugals zwischen der Küste und Bragança arbeitete Rosaria auf dem Feld. Kinder hatte sie noch keine und ihr Mann war vor gar nicht langer Zeit verstorben. Sie war froh gewesen, dass der Alkalde des Ortes sie in dem Häuschen, das der Familie ihres Mannes gehörte, hatte weiter wohnen lassen. So versuchte sie, auf dem Feld genügend Früchte zu säen und zu ernten, um ihr Dasein zu fristen. Sie hatte so genug zum Essen und das, was übrig blieb, verkaufte sie auf dem Markt, um sich das eine oder andere zu kaufen. Als sie sich bei der Feldarbeit aufrichtete, überlief es sie heiß. Ihre unsteten Blicke flogen über die Männer, die sich ihr genähert hatten, ohne dass sie ihr Kommen gehört hätte. Die zwei jüngeren, bartlosen Männer hatten unverkennbare Ähnlichkeit mit dem Älteren, der ziemlich feist war und dessen Augen tief in ihren Höhlen lagen. Sie kannte die drei nicht. Sie waren nicht aus der Gegend. Verzweifelt sah sie sich um, doch sie waren allein. Niemand konnte ihr helfen. Und über das, was die drei von ihr wollten, musste sie nicht rätseln. Ihre feuchte Hand umklammerte das kleine Messer, mit dem sie noch vor wenigen Augenblicken Unkraut geschnitten hatte. Als sich einer der drei zu ihr herunterbeugte, stieß sie mit dem Messer zu ihm hinauf. Sie traf ihn im Gesicht. Eine lange Blutspur zog sich über die Wange fast vom Mundwinkel bis zum Ohr. Der Getroffene brüllte auf und griff hart zu.

Rosaria fühlte, wie sie am Arm gepackt wurde, und ließ das Messer los, als ihr der Arm verdreht wurde. Dann bekam sie eine gewaltige Ohrfeige, die sie auf den Boden zurück schleuderte. Stöhnend stützte sie sich langsam auf ihre Ellenbogen. Ihre Wange schmerzte und sie hatte ein Gefühl, als ob ihr Kiefer gebrochen sei. Brutal zwang der Alte sie erneut, sich mit dem Rücken auf den Boden zu legen. Sie ahnte, was kam, und schlug wie wild um sich. Die beiden Söhne des Alten hielten sie fest und zwangen ihre Beine auseinander. Dann spürte sie das harte Glied, das wuchtig in sie eindrang. Der Schmerz war so heftig, dass ihr die Luft wegblieb. Seine Stöße kamen so heftig, dass sie schon bald keine Kraft mehr zum Schreien hatte. Das Gewicht des stinkenden Körpers nahm ihr den Atem. Endlich ließ er von ihr ab. Stöhnend rang sie nach Luft. Zwischen ihren Beinen pochte ein heftiger Schmerz. Etwas lief widerlich über ihre Schenkel. Aus ihrem Mund und aus der Nase rann Blut. Der Alte grinste unverschämt und schob sein Geschlechtsteil wieder in die Hose. Dann winkte er seinen Söhnen.

„Jetzt seid ihr dran." Die Männer lachten rau und rangelten. Der eine stieß seinen Bruder beiseite und warf sich auf sie. Rosaria glaubte, nicht mehr sie selbst zu sein. Eine halbe Ewigkeit keuchte der Mann auf ihr herum. Kaum war er fertig, als der Dritte ihn von ihr herunterzog. Irgendwann war auch der fertig. Rosaria kämpfte gegen die Übelkeit. Es würgte sie, doch sie konnte sich nicht übergeben.

Dann hörte sie Hufschlag und es wurde still. Langsam richtete Rosaria ihre zerrissenen Kleider. Auf einmal überkam sie Hass. Er durchlief sie heiß und belebend und er richtete sie auf. Sie war sicher, die drei finsteren Gesellen würden bereuen, was sie ihr angetan hatten. Sie wusste noch nicht wie. Aber sie war überzeugt, sie würde die drei noch einmal treffen und dafür sorgen können, dass sie für ihre Tat gerichtet werden. Sie ging langsam zurück in ihren Wohnort. Niemand war auf der Gasse. Niemand sah sie. Sie verkroch sich in ihre Hütte und weinte.

In dem Ort hatte ihr keiner etwas getan. Keiner hatte gewusst, was mit ihr auf dem Feld passiert war. Trotzdem schämte sich Rosaria. Sie packte ihre Habseligkeiten und noch in der Nacht schlich sie sich aus dem Ort hoch zum Wald, wo sie im Gebüsch auf die ersten Morgenstrahlen wartete. Sie wollte zur Küste. Nach dorthin, wo sie niemand kannte, wo sie fremd war und wo auch viele andere Fremde waren. Sie ging einfach nach Westen den Fluss entlang und gelangte so nach Viana do Castelo. Dort in der Siedlung, wo die Templer eine kleine Niederlassung hatten, wurde sie aufgenommen. Sie konnte für die Knechte der Tempelritter kochen und bekam einen Verschlag zugewiesen, in dem sie unterkommen konnte. Nur wenige Frauen von den Knechten der Ritter waren vor Ort. Aber sie hatte schon nach kurzer Zeit das Gefühl, zu der Gemeinschaft zu gehören.

Joao Lourenço bekam das alles nicht mit. Er war in den Süden der Iberischen Halbinsel geritten, um in Córdoba einen berühmten Kartenzeichner zu treffen. Es gab nichts Berichtenswertes auf dem langen Ritt durch die staubige Extremadura. Joao hatte zumeist in den Orten, die er passierte, bei den Priestern der örtlichen Kirchen übernachtet. Gelegentlich war er in einem der wenigen Klöster untergekommen, die seltener wurden, je näher er dem Emirat von Al Andalus kam. Unterwegs hatte er sich den einen oder anderen Rat geholt, wo und wie er sich in Córdoba aufhalten könne, ohne gleich aufzufallen. Dabei war der einhellige Rat gewesen, sich des weißen Mantels und des Kettenhemds zu entledigen, um in Córdoba nicht gleich als Tempelritter erkannt zu werden. So hatte er sich die Kleidung eines Kaufmanns zugelegt und seinen Mantel, das Kettenhemd und sein Schwert im Kloster Monasterio de Nuestra Señora de Guadalupe dem Abt persönlich zur Aufbewahrung anvertraut, bis er es wieder abholen würde. Der Abt hatte ihm auch von Abraham Creques berichtet. Das sei ein begnadeter Kartenzeichner, der bereits für die Templer in Frankreich und in Mallorca gearbeitet hatte. Der Mann würde ihm mit Sicherheit nicht die Tür weisen.

In Córdoba angekommen, fragte sich Joao bis zu dem empfohlenen Kartenzeichner durch. Es war nicht ganz einfach gewesen, den Weg in dieser großen Stadt zu finden, aber schließlich war er vor dem Haus angekommen. Es lag mitten in der Stadt. Im Judenviertel. Córdoba war die bevölkerungsreichste und wohlhabendste Stadt Europas. Sie galt als Heimat des feinen Lebensgenusses und genoss den Ruf hoher wissenschaftlicher und künstlerischer Tätigkeit. Das Kalifat von Córdoba war gewissermaßen der

Inbegriff des irdischen Paradieses. Es gab gepflasterte Straßen, die des Nachts beleuchtet waren, Wohnhäuser mit fließendem Wasser und Kristallglas, das die Gold- und Silberbecher als Trinkgefäße verdrängt hatte. Außerdem wurden teure Gewürze nicht nur gehandelt, sondern angepflanzt. Darunter befanden sich Zimt, Safran, Koriander, Ingwer, Muskat und Nelken. Diese seltenen Kostbarkeiten wurden in die christlichen Länder ausgeführt, wo sie die Speisen an den Höfen des Adels und des Klerus verfeinerten. Bis auf die gepflasterten Straßen und die Größe der Stadt bekam Joao am Tag seines Eintreffens noch nichts mit.

Vor dem Haus des Kartenzeichners angekommen, sprang der Templer von seinem Pferd, band es neben der Eingangstür an einem in die Wand eingelassenen Eisenring an und klopfte mit einem zweiten, schweren, eisernen Ring an die hölzerne Pforte. Es dauerte eine Weile, bis die Tür geöffnet wurde. Ein vom Alter gebeugter Mann mit wachen Augen musterte ungeniert den Besucher von oben bis unten. Er hatte einen weiten, dunklen Mantel umgehängt und auf dem Kopf thronte ein Stoffhut, weil sein Haarwuchs offenbar nicht mehr so prächtig war.

„Was verschafft mir die Ehre?“

„Ich bin ein Wissensdurstiger, der von Euch in die Kunst der Kartografie eingewiesen werden möchte.“

„So, so, ein Wissensdurstiger seid Ihr. Und woher kommt Ihr?“

„Ich komme aus Bragança.“

„So, so, aus Bragança. Aber Ihr seid gewiss kein Lusitanier.“

Joao musste lachen. „Nein, Ihr habt Recht. Ich stamme aus der Nähe von Aachen. Einer Stadt nicht weit von Köln am

Rhein. Aus dem Rheinland stamme ich und habe in Paris den Templern gedient."

„So, so, den Templern habt Ihr gedient. Als was, wenn ich fragen darf?"

„Ich bin ein Ritter des Ordens und habe für den Großmeister einen Treck nach Portugal geführt. Dort hat uns der König aufgenommen und nun bleiben wird dort im Land. Ich nutze die Gelegenheit, hier in Córdoba zu studieren, und bei Euch wollte ich anfangen."

„So, so, bei mir wollt Ihr anfangen? Ihr habt mir noch nicht einmal Euren Namen genannt, Ordensritter."

„Verzeiht, Meister Abraham. Ich heiße Joao Lourenço und wurde in meiner Heimat Johann Laurenz genannt."

„Seid Ihr allein hier oder reist Ihr mit Genehmigung des Großmeisters?"

„Unser Großmeister Jaques de Molay, Gott schütze ihn, kann aus seinem Gefängnis keine Genehmigung mehr geben. Aber die Gemeinschaft der Ritter in Bragança hat mir die Reise und das Studium genehmigt und der Komtur hat die Entscheidung bestätigt."

„Tretet ein, Ritter Joao. Dann seid Ihr mir willkommen. Euer Pferd wird einer meiner Knechte versorgen. Kommt und folgt mir." Der Alte winkte einen der im Hof herumwuselnden Knechte zu sich und wies ihn an, das Pferd zu versorgen. Dann wandte er sich wieder seinem Gast zu.

„Ich denke, Ihr werdet bei mir Euer Quartier nehmen. Die Herbergen in der Stadt sind für einen Ritter Eurer Herkunft nicht der geeignete Ort zum Wohnen. Das Gesinde wird Euch einen Raum herrichten und wie ich sehe, habt Ihr auch nicht sehr viele Sachen mitgebracht."

„Ich danke Euch, Meister Abraham. Nein, ich habe tatsächlich nicht viel mitgebracht. Ich habe als Ordensmann ja auch nicht sehr viel. Nur das, was ich am Leibe trage, und etwas zum Wechseln. Und natürlich etwas Geld, um alles das zu bezahlen, was Ihr mir als Wohltaten antut."

Der Alte nickte nur und sagte dazu nichts. Erst abends, als sie nach dem Mahl zusammensaßen, klärte ihn der Kartenzeichner über sich selbst auf. „Ich bin schon immer ein Kartograf und Kompassmacher gewesen. Meine Fähigkeiten habe ich im Orient gelernt. Von den Muslimen. Da gab es und gibt es viele kluge Köpfe, die sich intensive Gedanken um Karten und Reisewege und um die dabei wichtige Astronomie gemacht haben oder noch machen. Alles Dinge, von denen die Christen als Teufelswerk nichts wissen wollen. Eigentlich schade, denn es gibt noch so viel zu entdecken. Der Orden hatte mich vor etlichen Jahren in Akkon wegen meiner Fähigkeiten aufgenommen, obwohl ich jüdischer Abstammung bin. Zeit meines Lebens hatte ich mich mit Karten, Kompassen und Uhren beschäftigt. Sie brauchten jemanden, der ihnen Karten der bekannten Erdteile zeichnete und der sich um Verbesserungen für die Seefahrt kümmerte. Deshalb habe ich mich auch mit dem Kompass beschäftigt, der eine wirkliche Verbesserung für die Orientierung auf dem Wasser bietet. Nach dem Fall der Stadt Akkon bin ich mit einem der letzten Templerschiffe nach Frankreich geflohen und von dort nach Mallorca weitergereist. Dort habe ich von den ungeahnten wissenschaftlichen Bedingungen gehört, die Córdoba bietet, und das hat mich hierhin gezogen. Von meiner Zugehörigkeit zum Templerorden weiß in Córdoba niemand etwas. Hier bin ich das, was ich früher auch gewesen war, ein der Wissenschaft verpflichteter Jude. Jetzt aber fühle ich mich geehrt, einen Ritter des Templerordens bei mir aufnehmen zu können, zumal der sich auch noch für meine Arbeit interessiert. Ordensleute halten nach wie vor zusammen. Ob zu Hause oder in der Fremde. Aber was ist für einen Ordensritter zu Hause, was ist für ihn Fremde?"

„Ja, Meister Abraham, da stimme ich Euch zu. Was ist für mich Heimat? Mir scheint, Heimat ist für mich der Ort, an dem ich mich gerade aufhalte."

„Ja, so geht es uns Juden auch. Seit Jahrhunderten. Seit wir aus Jerusalem vertrieben wurden, sind wir in der ganzen Welt zu Hause. Überall und nirgends. Aber jetzt möchte ich, wenn Ihr es gestattet, ein wenig über Córdoba erzählen.

Die Gesellschaft von Córdoba setzt sich hauptsächlich aus den drei Religionsgruppen Muslimen, Christen und Juden zusammen. Die Muslime teilen sich wiederum in mehrere ethnische Gruppen auf, deren größte die Araber und die Berber sind. Sie bezeichnen die Christen als Mozaraber, weil sie sich kulturell teilweise der muslimischen Dominanz assimiliert hatten, etwa durch Übernahme von arabischen Gebräuchen, arabischer Kunst und arabischen Ausdrücken. Dabei haben sie ihren christlichen Glauben mit seinen Ritualen und ihre romanischen Sprachen beibehalten. Hier in Córdoba ist die Situation der Juden deutlich besser als in den christlichen Reichen. Deshalb wandern Juden aus anderen Teilen Europas ein, da sie sich hier eine vergleichsweise bessere Stellung versprechen. Gleiches gilt für Christen, die in den christlichen Königreichen wie Frankreich, Burgund und Navarra als Ketzer verfolgt und hingerichtet werden. Eine große Anzahl von Katharern aus der Nähe von Carcassonne nördlich der Pyrenäen hat sich deshalb in Córdoba angesiedelt. Nicht nur in Córdoba, sondern auch im ganzen Land Al Andalus entwickelte sich ein Zentrum der Kultur, welches bedeutende Gelehrte hervorgebracht hat. Es treffen sich hier die Gelehrten aus aller Herren Länder. Der einst hier regierende Omaijadenkalif hatte Córdoba zum intellektuellen Mittelpunkt des Okzidents gemacht. Die Förderung der Wissenschaften war sein besonderes Anliegen. Die Schulen und Lehranstalten sind alle öffentlich und können unentgeltlich von jedermann besucht werden, der Lesen und Schreiben lernen will. Das griechische und römische Erbe, das in den christlichen Ländern vergessen oder als Teufelswerk verdammt ist, wird hier noch gepflegt. So zeigt Abu al Kasim, der ehemalige Hofarzt des Kalifen und Arzt des muslimischen Richters von Córdoba, in seiner medizinischen Enzyklopädie genaue Abbildungen des sezierten menschlichen Körpers. In den christlichen Ländern führt das zu erregten Diskussionen, weil es verboten ist, den menschlichen Körper zu öffnen. Mit den Erkenntnissen und den Abbildungen wollen die Christen sich nicht beschäftigen, da sie der christlichen, insbesondere aber der theologischen Lehrmeinung widersprechen. Erst seit viele Bücher in die lateinische Sprache übersetzt werden, beginnt das Interesse des christlichen Okzidents an arabischer Wissenschaft zu erwachen. Und die jetzt regierenden Kastilier mit ihren katholischen Bischöfen tun gut daran, an der Situation nichts zu ändern."

„Das ist genau so, wie es mir Bischof Alfonso von Lamego geschildert hatte."

„Ja, dann ist der Bischof, den ich nicht kenne, ein weiser Mann, der nicht mit den Scheuklappen seiner Religion alle Wissenschaft als Teufelswerk abtut. Ihr habt gut getan, auf ihn zu hören. Gott möge ihn schützen, weil einem solchen Mann oft schnell Feinde erwachsen. Aber jetzt lasst uns ruhen. Morgen zeige ich Euch meine Arbeit und stelle Euch meinem Sohn vor."

Am nächsten Morgen wurde der Ritter durch einen der Knechte vorsichtig geweckt. Joao hatte lange geschlafen. Ein so gutes Bett hatte er schon lange nicht mehr gehabt. Die harte Pritsche in der kleinen Kammer im Kloster war doch eher etwas für kleine Mönchen mit kurzen Beinen gewesen, nicht für einen stattlichen Ritter. Und in den anderen Betten unterwegs hatte er auch nicht besser liegen können. Er verrichtete sein Morgengebet, danach wusch er sich ausgiebig an einem Zuber mit warmem Wasser, den ihm der Knecht in die Kammer gestellt hatte, und kleidete sich an. Er ging die Stiege hinunter. Unten wurde er bereits erwartet.

„Verehrter Ritter Joao Lourenço, ich darf Euch meinen Sohn Jehuda vorstellen. Er ist wie ich Kartenzeichner und war in der großen Stadt Venedig, wo er mit Marco Polo gesprochen hat. Von ihm hat er viele Erkenntnisse aus der östlichen Welt, die mit in unsere Karten eingeflossen sind."

Joao begrüßte den Kartenzeichner sehr freundlich. Der junge Mann, der von seinem Vater mit Sicherheit schon über Joao unterrichtet worden war, entgegnete den Gruß ebenfalls freundlich, blieb aber auf Distanz. Er wirkte ein wenig linkisch. Joao hielt das für völlig normal. Es kam ja bestimmt nicht sehr häufig vor, dass ein so hochrangiger Gast das Haus Abrahams besuchte.

„Ich halte das für sehr ehrenvoll, dass Ihr Euer Handwerk vom Vater lernt. Ich glaube, eine bessere Lehre gibt es nicht. In der Familie bleiben keine Geheimnisse verborgen. Deshalb bin ich sicher, dass Ihr ein sehr guter Kartenzeichner werdet." Der junge Mann bedankte sich artig und gemeinsam nahmen sie am Frühstückstisch Platz.

Nach dem Frühstück, das schweigend eingenommen wurde, führte Abraham den Ritter in seine Werkstatt. Es war ein großer Raum, in dem eine Vielzahl von Pergamenten und beschriebenen Tierhäuten herumlag. An den Wänden stapelten sich verschiedene Bücher. Mitten im Raum waren zwei Tische zusammengeschoben worden, auf denen großflächige Pergamente lagen, die schon teilweise mit sehr genauen Skizzen versehen waren.

„Ja, Ritter Joao, schaut Euch nur um. Die Bücher, die Ihr an den Wänden seht, sind vielfach in arabischer Schrift, die meisten aber in Latein. Die Karten, die mein Sohn und ich fertigen und an die verschiedensten Kapitäne verkaufen, sind in lateinischer Schrift und Sprache gefertigt. Ich denke, die könnt Ihr lesen, oder?"

„Meister Abraham, natürlich verstehe ich die lateinische Sprache und kann sie auch lesen. Allerdings die arabische Sprache und Schrift habe ich nie gelernt. Da müsstet Ihr mir helfen." Joao ging zu dem Tisch, an dem Jehuda bereits stand und sich über seine Skizzen beugte. Er sah dem jungen Mann über die Schulter. Abraham stellte sich daneben.

„Jehuda ist gerade dabei, zusammen mit mir den Katalanischen Atlas zu zeichnen. Was Ihr vielleicht nicht wisst, ich habe noch von Jaques de Molay persönlich den Auftrag erhalten, vier Karten zu zeichnen, die alles Bekannte von

Ost nach West abdecken sollten. Sie bilden die Grundlage dieser neuen Atlanten. Ich habe mich viele Monate in den Häfen in Akkon, in Frankreich und auf Mallorca mit Seeleuten getroffen. Nicht nur mit christlichen Seefahrern, auch maurischen und normannischen. Sie waren bis nach Britannien gesegelt, hatten Island kennengelernt und Teile der afrikanischen Küste südlich des Tores von Tarifa bereist. Deshalb besteht die Besonderheit unseres Katalanischen Atlasses darin, dass neben den Ergebnissen der Seegebiete des Mittelmeeres erstmals sowohl die geografischen Erkenntnisse der Reisen Marco Polos als auch Erkenntnisse maurischer Seefahrer aus dem Atlantik westlich Afrikas verarbeitet sind. Er ist, und da sind mein Sohn und ich sehr stolz drauf, der beste Atlas, der je geschaffen wurde. Und er ist noch lange nicht fertig."

Joao sah auf das Werk und konnte nur staunen. Was ihn allerdings verwirrte, waren die vielen geraden Linien, die auf dem, was als Wasser dargestellt wurde, kreuz und quer gezeichnet waren. Er fragte deshalb Jehuda.

„Verehrter Ritter, mein Vater verlässt sich nicht allein auf die Beschreibungen der Seeleute, sondern erfasst Kursbestimmungen mittels Kompass. Wir zeichnen ganz akribisch auf die Karte ein Liniennetz aus verschiedenfarbigen Geraden. Die nennen wir Rumbenlinien. Sie strahlen sowohl vom Zentrum der Karte als auch von sechzehn gleichmäßig auf einer Kreislinie verteilten Punkten aus. Diese Punkte nennen wir, weil sie so aussehen wie Rosen, Windrosen. Die vielen Linien zeichnen wir in unterschiedlichen Farben. Für den Laien verwirrend, für den Kapitän sehr hilfreich. Die vier verschiedenen Haupt- und Zwischenhimmelsrichtungen sind schwarz, die der Halb-Winde grün, die der

Viertel-Winde rot eingetragen. So ist eine Orientierung über lange Strecken möglich."

„Wenn man sich dann an die Sterne hält", ergänzte Abraham, „findet man auf allen Meeren genau das Ziel, welchem man zustrebt. Deshalb rege ich an, dass Ihr euch auch noch mit Astronomie beschäftigt. Hier sind die muslimischen Gelehrten in Córdoba unschlagbar."

Joao nickte, dann drehte er sich zu Abraham um. „Verehrter Meister, schon am ersten Tag stürzt viel Neues auf mich ein. Das werde ich im Kopf erst sortieren müssen und was um Gottes Willen ist ein Kompass?"

Abraham schmunzelte. „Ritter Joao, das werde ich Euch etwas später erklären. Dann, wenn Ihr die nautischen Begriffe alle kennt. Vorher macht das keinen Sinn." Abraham ging zu einer der Wände. Nach kurzem Suchen hatte er ein Buch gefunden, das er hervorzog und damit zu Joao kam.

„Dieses Buch hier ist der Portulan, ein nautisches Buch. In ihm sind nautische Informationen aufgeschrieben mit allen bekannten Landmarken, Leuchttürmen, Strömungen und Hafenverhältnissen. In dem Buch habe ich alle Hinweise und Mitteilungen notiert, die mir die Seefahrer berichtet hatten."

„Darf ich dieses Buch lesen?"

Abraham lachte. „Ritter, Ihr seid kein Seemann. Wenn Ihr etwas über Nautik lernen wollt, dann müsst Ihr das Buch lesen. Deshalb habe ich es auch aus dem Stapel herausgezogen. Lest es und in einigen Tage frage ich Euch ab, ob Ihr etwas davon behalten habt."

Joao hob verwundert seine Augenbrauen. Aber der alte Abraham hatte Recht. Er musste das Buch lesen und wenn er Fragen hatte, konnte er sowohl Abraham als auch seinen Sohn Jehuda fragen. Und nach einer gewissen Zeit wollte Abraham natürlich auch wissen, ob er das alles behalten hatte. Er war schließlich ein Schüler und der Meister durfte ihn prüfen.

So zog sich Joao mit dem Buch in seine Kammer zurück und begann sein Studium. Er las tagelang. Joao wurde nur selten gestört. Gelegentlich kam Abraham zu ihm, erläuterte die eine oder andere Frage, die der Ritter hatte, oder brachte ihm ein neues Buch. Es waren fast ausnahmslos ins Lateinische übersetzte Schriften arabischer Gelehrter.

„Das Wissen, was die Araber dazu haben, ist einfach unerreichbar", erklärte Abraham, „es gibt keine abendländischen Gelehrten, die sich mit diesen Themen beschäftigt haben. Die christlichen Länder wursteln nach eigenem Gusto. Die Kenntnisse der Muslime lehnen sie kategorisch ab. Ein großer Fehler. Glaubt mir. Deshalb beschäftigt Euch ruhig mit den Werken, die ich Euch bringe. Ihr werdet erstaunlich viel dabei lernen. Hier habe ich das Buch von Bin Majid. Er schrieb ausführlich über die Meereswissenschaften und die Schiffsbewegungen. Dann habe ich Euch noch sein Werk über die Grundlagen der Seemannschaft mitgebracht. Es ist in meinen Augen eines seiner besten Bücher. Es heißt Fawa'dh fi-Usl Ilm al-Bahrwa-al-Qawaidah." Joao sah ihn verständnislos an. Abraham lachte. "Ja, das ist der Originaltitel. Nicht die lateinische Übersetzung. Es ist das Buch der nützlichen Informationen über die Prinzipien und Regeln der Navigation. Er schrieb auch Kitab al-Fawa'id, das Buch über den Unterricht in Navigation. Das müsst Ihr auch noch lesen. Aber erst, wenn Ihr die anderen verstanden habt. Außerdem muss ich es Euch erst noch heraussuchen." Joao rauchte der Kopf. Je länger er über den Büchern hockte, umso häufiger sehnte er sich nach der Stadt. Schon allein, um sie kennenzulernen. Zunächst aber steckte er seinen Kopf weiter in die Bücher. Als Abraham wieder einmal nachsah, ob sein Schüler auch eifrig studierte, hielt der seinen Lehrer auf.

„Tengo una pregunta, ich habe eine Frage."

„Fragt, nur zu."

„Mir ist aufgefallen, dass im Portulan die Portolankarten eine unterschiedliche Orientierung aufweisen, sie erscheinen mir ungeordnet. Jeder Seemann, der die Karte benutzt, dreht sie offenbar in die Richtung des jeweils verfolgten Kurses. Gefährliche Passagen werden in der Karte hervorgehoben und mit Eintragungen kommentiert. Die Anlegeplätze werden in verschiedenfarbiger Tinte je nach ihrer Wichtigkeit eingetragen. Das ist alles klar, aber wenn jeder Seemann die Karte immer in Fahrtrichtung drehen muss, so halte ich das für unpraktisch. Vor allem dann, wenn kein Land mehr zu sehen ist."

Abraham nickte staunend. „Ich sehe, Ihr macht Euch Eure eigenen Gedanken. Das ist ganz wichtig. Nur so verinnerlicht Ihr die Probleme. Und diese Probleme können geregelt werden durch die Nutzung eines Kompasses. Der ermöglicht es den Seeleuten, über das Meer zu fahren, ohne sich an festen Landmarken orientieren zu müssen." Abraham war nachsichtig. Er zog sich einen zweiten Schemel an den Tisch und setzte sich zu dem Ritter, der das Buch, in dem er gerade gelesen hatte, zuklappte und beiseite schob.

„So, so, mir scheint, Ihr wollt etwas über den Kompass hören. Bevor ich Euch einen richtigen Kompass zeige und seine Funktion erkläre, will ich Euch das Phänomen Kompass theoretisch erklären. Der Name Kompass kommt aus der italienischen Sprache. Compasso, der Zirkelweg, ist ein Instrument zur Bestimmung einer fest vorgegebenen Himmelsrichtung. Bereits in der ältesten Ausführung gibt es eine Kimme, die das Anpeilen des Polarsterns bei klarer Nacht erlaubt. In Europa wurde der nasse Kompass zuerst vor hundertfünfzig Jahren von dem französischen Mönch Hugues de Bercy in einem kirchenkritischen Buch in französischer Sprache und kurz darauf auf Lateinisch erwähnt. Die Seeleute hatten eine magnetisierte, schwimmende Nadel in Gebrauch. Merkwürdigerweise nutzen die arabischen Seeleute nur selten einen Kompass. Vermutlich, weil sie über gute astronomische Kenntnisse verfügen und dank der gleichmäßigen Winde an den Küsten ihrer Länder gut navigieren konnten. Die Kapitäne der Templer haben während der Kreuzzüge vom nassen Kompass erfahren und ihn optimiert. Da es seinem Besitzer jedoch einerseits große Vorteile gegenüber der Konkurrenz brachte, aber mit im Christentum verbotenen magischen Kräften funktionierte, wurde er geheim gehalten."

Joao unterbrach Abraham. „Verehrter Meister, heißt das, unsere Kapitäne besitzen das Wissen um den Kompass?"

„Ja, ich bin davon überzeugt, dass jeder Templerkapitän einen Kompass besitzt. Er hütet ihn wie seinen Augapfel und da ein Kompass fast immer in einem Kasten aus poliertem Buchsbaumholz steckt, führt ein Kapitän diesen Kasten auch immer bei sich. Er ist nur für ihn, für keinen anderen an Bord."

„Ist es möglich, dass ich auf unserer Seereise, obwohl ich oft mit dem Kapitän zusammen war, das nicht mitbekommen habe?“

Abraham kicherte. Es klang kindisch. „Ritter Joao, das ist nicht nur möglich, das ist sehr wahrscheinlich. Kein Templerkapitän lässt sich von einem Nichtseemann, selbst wenn es der Großmeister wäre, beim Navigieren mit dem Kompass über die Schultern schauen.“

„Und Ihr seid sicher, dass Ihr mir dieses Navigieren beibringen könnt?“

Wieder kicherte Abraham und gab sich kryptisch. „Wer weiß, wer weiß. Aber jetzt möchte ich weiter fortfahren. Ihr sollt mich nicht immer unterbrechen.“

In Joao regte sich Widerspruch. „Meister Abraham, ihr hattet angeboten, dass ich Euch unterbreche, wenn mir etwas einfällt.“

„So, so, hatte ich das? Aber damit hatte ich gemeint, dass das nicht ständig erfolgen soll. Und jetzt geht es weiter mit dem theoretischen Unterricht. Die erste schriftliche Erwähnung einer auf einem Stift spielenden Magnetnadel findet sich im Epistola de magnete, geschrieben von Petrus Peregrinus de Maricourt, womit der trockene Kompass erfunden wurde. Ich kombiniere jetzt als Erster die Magnetnadel mit der Windrose. Aber mehr will ich im Moment nicht dazu sagen. Heute Abend kommt mein Freund, der muslimische Kartenzeichner Abu Ubaid al Bakri, zum Essen. Er fertigt ebenfalls Karten über alle Erdteile an. Ich werde Euch miteinander bekannt machen. Er spricht nicht Eure Sprache und bringt seinen Arzt Abu al Kasim als Dolmetscher mit.

Das wird bestimmt ein sehr informativer Abend für Euch. Ganz bestimmt."

Joao konnte weder mit dem Namen des Mauren noch mit seinen Arbeiten irgendetwas anfangen. Trotzdem war er sehr gespannt auf das, was ihn erwartete.

Abraham richtete sich wieder auf und verließ den Raum. „Ich werde Euch frühzeitig rufen lassen", murmelte er noch, dann schloss er die Kammertür hinter sich.

Joao war wieder allein und schlug das Buch auf, um weiter darin zu studieren. Es war für ihn faszinierend, was er las. Er saugte das neue Wissen regelrecht in sich hinein. Als er von einer Magd zum Abendessen gebeten wurde, schüttelte er fast unwillig den Kopf, weil er das Buch beiseite legen musste. Joao stieg die schmale Stiege hinunter und als er den Essensraum betrat, drehten sich die mit dem Rücken zur Tür sitzenden Muslime nach ihm um. Sie musterten ihn mit neugierig bis reservierten Blicken. Sie waren nicht freundlich, aber auch nicht unfreundlich. Der Ritter grüßte höflich und wartete darauf, den Gästen vorgestellt zu werden. Abraham übernahm das. So lernte Joao den für ihn in der kommenden Zeit wichtigsten Mann, den Arzt Abu al Kasim, kennen. Er erhielt neben ihm den Platz am Tisch.

„Ich habe die Ehre, neben einem der für uns Muslime gefürchtetsten Gegner zu sitzen, die wir in dieser Zeit haben."

Joao schaute seinen Nebenmann erschreckt an. „Ich hoffe, Ihr meint nicht mich, wenn Ihr ‚gefürchteter Gegner' sagt?"

„Nun ja, as sajjid", der Maure tippte mit der rechten Hand an seine Brust und seine Stirn unterhalb des recht großen

Turbans. „Entschuldigung, ich meinte, werter Herr. Die Templer sind nun mal unsere härtesten und gnadenlosesten Gegner und wie unser Freund Abraham uns schon vorbereitet hat, seid Ihr einer dieser Tempelritter. Aber ich bin froh, mal ganz entspannt neben einem beim Essen zu sitzen. Ich denke, wir werden uns gut unterhalten."

Joao musste lachen. „Verehrter Abu al Kasim. Ihr habt Recht. Ich bin wirklich nicht gefährlich für einen Mauren. Hier bin ich Mensch. Hier bin ich kein Ritter. Hier bin ich Schüler. Ich will lernen. Viel lernen und auch die Sprache erlernen. Vielleicht könntet Ihr mir dabei helfen und mir die arabische Sprache beibringen. Ich habe gesehen, dass viele Bücher, die mich interessieren, in arabischer Sprache verfasst sind. Und die Bücher im Original zu lesen, ist sicherlich besser als in der lateinischen Übersetzung."

„Ich weiß nicht, Ritter Joao, ob Ihr da nicht zu viel von mir verlangt. Ich bin Arzt und kein Lehrer."

Joao nickte. „Ich weiß, aber ich bin leidensfähig."

„Leidensfähig? Wie soll ich das verstehen?" Bei dem Mauren war eine steile Falte zwischen den Augen entstanden.

„Oh, nicht im medizinischen Sinn. Ich meinte, dass ich viel ertragen kann. Vor allem, wenn ich davon profitiere. Würdet Ihr mich in Arabisch unterrichten."

„Wollt Ihr nicht erst das Studium der Nautik abschließen?"

„Oh, ich denke, es würde mir sehr viel Freude bereiten, wenn ich zwischendurch etwas anderes mache, als mich in die Bücher zu vertiefen. Ich würde bei Euch lernen und könnte dann auch noch die Stadt kennenlernen."

„Ja, das ist eine gute Idee. Ich könnte Euch meine Heimatstadt näherbringen und gleichzeitig mit der arabischen Sprache vertraut machen. Das ist eine gute Idee.“ Joao reichte dem Mauren die Hand, die der nach einigem Zögern ergriff.

„Abgemacht“, erklärte Joao, „und jetzt lasst uns die köstlichen Speisen genießen, die Abraham für uns aufgetischt hat.“ Die Tischnachbarn bekamen eingeschenkt, wobei sich auch die Mauren Wein einschenken ließen, wie Joao bemerkte. Dann wurde das Essen genossen. Nach dem Essen kümmerten sich der Maure und der Templer wieder umeinander. So erfuhr der christliche Ritter, dass die arabische Medizin deutlich weiter war als die christliche, wenn man bei der christlichen Medizin überhaupt von Medizin reden konnte. Es war mehr eine Art gesundbeten.

„Wisst Ihr, wir Araber haben uns schon vor mehr als dreihundert Jahren unter Harun al Raschid um medizinische Belange gekümmert. Wir haben unser Wissen von den Nestorianern, einer christlichen Sekte, die aus dem Byzantinischen Reich ins Exil gegangen war. In deren Medizinschulen bewahrte man viele Schriften auf, die bei der Zerstörung der Bibliothek von Alexandria verloren gegangen waren. Übersetzungen aus dem Griechischen bildeten die Grundlage für eine Wiederbelebung der Wissenschaft und für ein arabisches medizinisches System. Dieses stützte sich auf griechisches und römisches Gedankengut und wurde in der gesamten arabischen Welt verbreitet. Einige arabische Ärzte wurden sehr berühmt. Wir arabischen Ärzte sind schon seit jeher daran interessiert, den Ausbildungsstand der Mediziner zu verbessern. Jeder angehende Arzt darf seinen Beruf nur nach einer Prüfung ausüben. Wir haben außerdem zahlreiche neue Arzneistoffe eingeführt und sind ganz allgemein viel qualifizierter als die christlichen Ärzte. Wobei ich gar nicht weiß, ob es die wirklich gibt oder ob das nicht Mönche sind, die sich um Heilkräuter kümmern."

„Na, na, das ist ein hartes Urteil über uns Christen."

„Ja, as sajjid, das ist es. Aber es trifft auch zu. Wenn Ihr ehrlich seid, gebt Ihr es auch zu. Bisher gibt es bei Euch keine richtige, sondern eine Art kirchliche Medizin. Soweit ich weiß, hat der christliche Kirchenführer Bernard von Clairvaux verboten, sich mit medizinischen Büchern zu beschäftigen. Er verbannte alle Heilmittel und empfahl dafür das Gebet. Aber glaubt mir, Gebet hilft bei vielen Krankheiten nicht. Und wenn man betet, dann nur, um den Kranken damit ins Jenseits zu verabschieden."

Joao war nachdenklich geworden. Er wusste, es gab Krankenpfleger, richtige Ärzte hatte er auch bei den Templern nicht kennengelernt.

„Wollt Ihr auch das Handwerk der Ärzte kennenlernen?", fragte der Maure. Aber der Ritter wehrte ab.

„Nein, nein, Medizin interessiert mich nicht so sehr. Mir geht es um die Nautik, um Karten, Atlanten und um Astronomie."

„Woher stammt Ihr eigentlich? Bei dem Interesse an der Seefahrt, denke ich, stammt ihr von irgendeiner Küste", wollte der Maure wissen und Joao erzählte ihm völlig unbefangen seine Lebensgeschichte. Als er geendet hatte, sah er den kleinen Mauren fragend an. Der lachte.

„Ja, jetzt bin ich wohl dran. Ich wurde in El Zahra geboren, nicht weit westlich von Córdoba. Meinem Vater begegnet man in den Schriften des Abu Muhammad bin Hazm, der ihn in einer Liste der größten aller maurischen Ärzte in Al Andalus nennt. Die meiste Zeit meines Lebens lebte ich schon in Córdoba. Dort studierte ich und praktiziere noch heute Medizin und Chirurgie. Hier in Córdoba habe ich ein eigenes Haus. Ihr werdet es noch kennenlernen. Es ist nicht weit von hier. Einer der Knechte von Abraham wird es Euch zeigen."

„Habt Ihr Frau und Kinder?"

Abu al Kasim schmunzelte. „Eigentlich fragt man einen Muslim nicht nach seinen Familienangehörigen. Da seid Ihr Christen anders. Aber ich will ehrlich zu Euch sein. Ich habe zwei Frauen und noch keine Kinder."

Joao schaute sein Gegenüber an, als habe der gerade eine Spargelstange quer gegessen.

„Habe ich richtig gehört? Ihr habt zwei Frauen?"

„Ja, das ist bei uns Muslimen normal. Wer es sich leisten kann, nimmt mehrere Frauen. Bis zu vier hat der Prophet uns erlaubt." Joao schüttelte ungläubig den Kopf.

Schon wenige Tage nach dem Essen kam ein Bote des maurischen Arztes und lud den Tempelritter ein, seinen Herrn zu besuchen. Joao ließ sich seine Freude darüber nicht anmerken, beeilte sich aber, der Einladung zu folgen. Abraham Creques bestärkte ihn darin.

„Das ist eine sehr seltene Einladung. Der Arzt muss Euch in sein Herz geschlossen haben, sonst wäre diese Einladung nie erfolgt. Also geht und genießt Córdoba. Der Arzt kann Euch mehr zeigen, als es mir möglich ist."

So ließ sich Joao von dem Boten des Arztes zu dessen Haus führen. Der Templer war überrascht. Ein kleiner Stadtpalast aus edlem Stein. So sah also ein muslimisches Haus aus. Wie erbärmlich kamen ihm jetzt die Hütten in seiner Heimat oder auch die schmutzigen Städte in Frankreich, Spanien und Portugal vor. Er kam, wie er glaubte, in eine andere Welt. Der Arzt erwartete ihn am Tor und empfing ihn persönlich. Die Bediensteten hielten sich im Hintergrund. Joao wurde durch den lichten Innenhof geführt, in dem ein Brunnen plätscherte. Kleine Beete waren symmetrisch um das Wasserspiel herum angelegt und die kleinen Büsche schienen ihm sehr sorgsam kurz geschnitten worden zu sein. Gesäumt wurde der Hof durch Säulenbögen, die spielerisch wirkten und nicht die Wucht der Rundbögen heimatlicher Kirchen hatten. In den Räumen befanden sich Mosaike auf den mit Platten ausgelegten Böden und an den Wänden. Bequeme Kissen lagen überall herum. Abu al Kasim war stolz auf das, was er zeigen konnte. Es war ihm deutlich anzusehen. Joao wurde an eines der Kissenlager geführt und gebeten, dort neben einem kleinen Tischchen Platz zu nehmen. Kaum dass er saß, erschien ein Diener mit einer Kanne und zwei filigranen Gläsern, die er auf dem Tisch abstellte und mit einer braunen, heißen Flüssigkeit aus der Kanne füllte. Kasim sah den fragenden Blick des Ritters.

„Das ist Ataya. Tee. Damit werden in einem muslimischen Haushalt alle Gäste begrüßt."

„Das Getränk kenne ich nicht."

„Ihr wollt lernen. Dann lernt bei mir zuerst den Ataya kennen. Ihr werdet ihn überall im Omaijadenreich und in allen anderen muslimischen Ländern als erstes Getränk serviert bekommen, wenn Ihr ein fremdes Haus betretet."

Joao nahm das heiße Glas vorsichtig zwischen die Finger und nippte an der Flüssigkeit. „Sie schmeckt nach Minze. Nach einem Kraut, das auch bei uns in meiner Heimat wild wächst."

Abu al Kasim kommentierte die Bemerkung nicht. Die beiden so verschiedenen Männer unterhielten sich eine ganze Weile, in der der Arzt seinem Gast eine Menge beibrachte. Schließlich lud er ihn ein, mit ihm in die Stadt zu gehen, um dort in einem speziellen Haus zu entspannen.

„Was ist das für ein Haus?", wollte der Templer wissen, aber Abu al Kasim winkte ab.

„Lasst Euch einfach überraschen. Mir erscheint es einfacher, wenn ich Euch Joao nenne und Ihr könntet Kasim zu mir sagen. Wäre Euch das recht?"

„Das ist mir recht. Es vereinfacht doch vieles."

„Ja, das ist wahr."

„Jetzt entschuldigt mich bitte, ich möchte mich für mein Abendgebet zurückziehen." Kasim erhob sich und ging hinüber in einen anderen Raum. Joao folgte ihm bis zur Tür. Von dort, mit einem Abstand, um die Andacht des Arztes nicht zu stören, beobachte er die Zeremonie. Kasim hatte einen Teppich ausgerollt, seine Schuhe ausgezogen und stand mit nackten Füßen am Ende des Teppichs. Draußen hörte Joao von irgendeiner der vielen Moscheen in Córdoba einen Muezzin rufen. Kasim verbeugte sich gen Osten, kniete sich nieder und verbeugte sich noch einmal, wobei er mit dem Kopf den Teppich berührte. Danach richtete er sich wieder auf, hielt die Hände mit den Handflächen nach oben vor der Brust, so als halte er ein geöffnetes Buch, in dem er lesen wollte. Dann kniete er sich wieder hin, blickte nach rechts und nach links, um sich dann noch einmal nach Osten zu verneigen. Danach stand Kasim wieder auf, rollte seinen Teppich zusammen, legte ihn an der Wand ab und kam zu seinem Gast, der ihn fragend ansah.

„War es das erste Mal, dass Ihr einem Moslem beim Beten zugesehen habt?"

Joao nickte.

„Und war es so anders, als wenn Ihr zu Eurem Gott betet?"

Joao hielt sich zurück. „Jeder betet zu seinem Gott so, wie er es gelernt hat."

„Ja, ja. Das ist wohl wahr. Aber sind wir wirklich so verschieden in unserem Glauben?"

„Ich verstehe Euch nicht. Ich weiß nicht, was Ihr meint?"

„Beide Religionen, die christliche und die muslimische, beten zu einem Gott. Ihr nennt ihn Christus, wir nennen ihn Allah. Und eigentlich kommen die Juden auch noch dazu, sie beten zu ihrem Jahwe. Kommt Euch das nicht irgendwie bekannt vor?"

Joao hatte sich mit der Verschiedenartigkeit der Religionen noch nie beschäftigt. Deshalb wirkte er bei diesem Thema ziemlich hilflos. Er hatte sich bisher ohne den geringsten Zweifel an das gehalten, was ihm die Kapläne oder Bischöfe des Ordens vorgebetet hatten. Er hatte kritiklos übernommen, was ihm seit frühester Kindheit schon von seinen Eltern beigebracht worden war. Er hatte sogar einen Eid darauf geschworen. Und jetzt fragte ihn der Muslim Dinge, mit denen er sich nicht beschäftigen wollte und auch nicht konnte. Etwas hilflos wirkte deshalb seine Antwort auf die recht offene Darstellung des muslimischen Arztes.

„Kasim, Ihr müsst schon entschuldigen. Ich bin seit meiner frühesten Jugend christlich erzogen worden. Ich gehöre einem christlichen Orden an, der dem Papst in Rom untersteht. Einem Orden, der für den Sieg des Christentums auf den verschiedensten Schlachtfeldern der Welt gefochten hat und noch ficht. Hauptsächlich gegen Muslime. Bitte erwartet nicht von mir, dass ich zu Euren Fragen Stellung beziehe."

Kasim nickte. „Ihr seid kein Theologe und habt es auch nicht studiert. Deshalb erwarte ich von Euch auch keine Antwort. Ich möchte auch nicht mit einem christlichen Mönch in eine theologische Diskussion geraten. Selbst wenn Ihr eine Antwort hättet, es würde nichts daran ändern, dass ich Moslem bleibe und Ihr Christ. Das Einzige, was wir tun können, ist, uns gegenseitig zu tolerieren."

„Ja, das ist es wirklich. Wir nehmen uns so, wie wir sind. Keiner wird den anderen in seinem Sinne zu einem anderen Glauben verleiten wollen. Wenn wir uns so verhalten, können wir für immer Freunde werden. Ich werde Euch nicht missionieren. Ihr werdet mich nicht missionieren. So soll es bleiben."

„Ein wahres Wort habt Ihr da gesprochen, Ritter Joao. Möge dieses Verhältnis zwischen uns immer so bleiben. Kommt, ich will Euch noch die feuchten Seiten von Córdoba zeigen."

Es war schon dämmerig geworden und Kasim zog Joao durch die wie ausgestorben liegenden, schmalen Gassen der Altstadt. So richtig wohl war dem Ritter nicht in seiner Haut. Er blickte immer wieder nach oben zu den flachen Dächern. Ohne Mühe konnte von dort irgendwer einen Stein auf ihn werfen oder einen Pfeil abschießen. Eine Chance hatte er dann nicht. Auf seine Frage, wohin es denn ginge, sagte der muslimische Arzt nichts. Er winkte nur, ihm zu folgen. Schließlich zog der Maure den Ritter in einen Innenhof. Wieder eine neue Welt tat sich ihm auf. Keine enge Gasse, sondern ein großzügiger Hof mit mehreren Gebäuden an den Rändern. Mitten auf dem Hof plätscherte wieder mal ein Brunnen. Und auch hier waren Beete angelegt, zwischen denen man spazieren konnte. Alles ähnlich wie in Kasims Haus. Der Arzt führte seinen Gast in das dem Eingang gegenüberliegende Haus. Eine breite Tür stand offen und beide gingen hinein. Es war ein Raum, in dem man sich entkleiden musste, was man an den verschiedenen Gewändern, die ordentlich auf einem steinernen Sims lagen, das sich an der Wand entlangzog, erkennen konnte. Kasim entkleidete sich und legte seine Sachen ordentlich gefaltet auf eine freie Stelle auf den Sims. Dann drehte er sich zu Joao um.

„Kommt. Ziert Euch nicht. Entkleidet Euch und legt die Sachen hier auf das Sims. Wir können sie hier liegen lassen. Sie werden nicht gestohlen. Wir gehen in den nächsten Raum und was dort mit Euch passiert, lasst einfach passieren. Genießt es."

„Ich weiß nicht, was mich dort erwartet. Ich soll in einen anderen Raum gehen ohne Kleider, ohne Waffen und ohne zu wissen, wer oder was mich dort erwartet? Das könnt Ihr nicht so einfach von mir verlangen. Wenn dort Frauen auf uns warten, muss ich Euch enttäuschen. Dann gehe ich nicht hinein."

„Oh, mutiger Ritter", spottete der maurische Arzt, „ich bin ja bei Euch. Ihr müsst Euch nicht fürchten. Schon allein wegen Eurer Körpergröße und Eurer für hiesige Verhältnisse ungewöhnliche Figur sowie die helle Hautfarbe werden die anderen im Raum Abstand halten. Glaubt mir einfach. Dort vorn neben der Tür findet Ihr Tücher. Nehmt eines und bedeckt Eure Lenden, wenn Ihr damit Probleme habt. Ich kann Euch aber beruhigen. Hier sind keine Frauen, deren Anwesenheit Euch beschämen müsste. Wir sind in einem muslimischen Bad und da sind die Frauen von den Männern streng getrennt."

„Ich fürchte mich nicht vor den Frauen", brummte Joao und schämte sich ein wenig. Deshalb versuchte er, das Thema zu wechseln.

„Es ist mir nicht geheuer, weil irgendein Meuchelmörder auf mich warten könnte. Ich bin schließlich ein Tempelritter. Außerdem bin ich ein Christ und nicht beschnitten. Ich falle sofort auf."

Kasim lachte laut auf.

„Kein Mensch weiß, dass Ihr einer der fürchterlichen Templer seid. Was um alles in der Welt glaubt Ihr? Meint Ihr wirklich, dass dort in dem Raum mit mehreren nackten Männern einige sitzen, die nur darauf warten, Euch mit Dolchen zu ermorden? Nein. Hier weiß niemand, dass Ihr kommt. Ich habe es niemandem gesagt und ein Hamam, so heißt hier das arabische Bad, eignet sich nicht wirklich für Meuchelmorde. Es dient der Entspannung und der Säuberung. Nicht nur für Muslime. Es gehen auch Christen hinein. Nun legt endlich Eure Sachen ab und folgt mir."

Es dauerte eine Weile, bis sich Joao aus seinen Sachen herausgequält und sie auf dem Sims gestapelt hatte. Kasim konnte es sich nicht verkneifen, leicht zu grinsen. Die

Christen waren schon eine merkwürdige Gesellschaft. Mit der körperlichen Hygiene hatten sie es nicht so und deshalb schien es ihm ganz vernünftig zu sein, dem christlichen Ritter eine der hervorragenden Institutionen der morgenländischen Hygiene vorzuführen. Er warf dem inzwischen nackt neben seinen Sachen stehenden und ziemlich hilflos wirkenden Ordensritter ein Lendentuch zu.

„Damit könnt ihr euch bedecken, wenn ihr wollt. Erforderlich ist es nicht." Joao sah Kasim merkwürdig an, fing aber das zugeworfene Tuch auf und schlang es um seine Hüften. Es war ein weicher, flauschiger und sehr angenehmer Stoff.

Dann folgte er dem Arzt durch die Tür in den nächsten Raum. Er lag in einem Halbdunkel. Nur durch einige kleine Deckenöffnungen fiel spärliches Licht in den mit farbigen Fliesen ausgelegten Raum. Es verschlug ihm fast den Atem. Die Luft war sehr warm und feucht. In der Mitte war ein flacher, breiter Stein, der ebenfalls gefliest war. Dort lagen zwei nackte Männer. Neben jedem kniete ein Diener, der die Körper mit Seife abwusch und dann mit duftenden Ölen massierte. Kasim winkte Joao zu, ihm auf den breiten Stein zu folgen, wo er sich lang ausstreckte. Vorsichtig stieg der Ritter ihm nach. Zu seiner Überraschung war der Stein warm, so als würde er von innen geheizt. Es war sehr angenehm, als er dort lag. Von einem Moment auf den anderen durchströmte die Wärme des Steins seinen Körper. Joao schloss die Augen und ließ sich fallen.

Er öffnete die Augen auch nicht, als sich einige Augenblicke später die leichten Schritte nackter Füße näherten. Der Diener stellte seine Ölflasche ab und zarter, fremdartiger Duft stieg ihm in die Nase. Vorsichtig begann der junge

Mann ihn mit einem weichen Schwamm vom Scheitel bis zur Sohle abzuseifen. Als er mit der Vorderseite fertig war, bedeutete er ihm, sich umzudrehen, dann wiederholte sich die Zeremonie. Anschließend wurde er mit einem duftenden Öl massiert. Joao genoss die Prozedur. Allmählich begann er, die Vorzüge morgenländischen Lebens schätzen zu lernen. Die Mauren waren in ihrem gesellschaftlichen Leben deutlich fortschrittlicher und vor allem toleranter als die Christen. Ihre Ärzte waren erfahrener und ihre Wissenschaften deutlich weiterentwickelt. Es war die beste Entscheidung gewesen, nach Córdoba zu reiten, um hier etwas lernen. Das wurde ihm klar, als er sich in dem Hamam verwöhnen ließ. Sein Traum, mit einem Schiff über das westliche Meer ins Unbekannte zu segeln, entfernte sich immer weiter aus seinen Gedanken. Irgendwann ist der schönste Traum zu Ende. Kasim riss den Ritter aus den Träumen. Joao rekelte sich auf dem warmen Stein. Es dauerte eine Zeit, bis er wieder richtig zu sich kam.

„Na, hat es Euch gut getan?“

„Ein wahrer Genuss“, bestätigte Joao und rekelte sich weiter auf dem warmen Stein, „Eure muslimische Welt ist schon etwas Besonderes. So etwas gibt es in meiner Welt nicht. Da gibt es Badehäuser mit hölzernen Zubern und Männlein und Weiblein sitzen dort gemeinsam drin. Das ist nichts für einen Tempelritter.“

„Für einen Muslim auch nicht.“ Kasim lachte.

„Ihr lacht mich aus?“

Der Muslim wiegelte gleich ab. „Nein, nein. Ich werde doch einen Ritter nicht auslachen. Ich stellte mir nur gerade die Situation in Eurem Badehaus vor. Ein Ritter in einem Zuber und um ihn herum die Frauen."

Joao winkte mürrisch ab. „Eure Vorstellung ist schamlos. Eines Moslems nicht würdig."

„Eines Moslems nicht würdig? Wäre es nicht besser zu sagen, eines Ordensritters nicht würdig? Ich denke, Ihr verwechselt da etwas. Die Badezuber der christlichen Welt gibt es im Islam nicht. Hier wird in den Hamam streng nach Männern und Frauen getrennt. Aber mich plagt eine andere Frage in diesem Zusammenhang. Würde es Eure Ordensregel zulassen, überhaupt zu baden, wenn Ihr dabei so schlimme Versuchungen befürchten müsst?"

Seit er sich auf die Diskussion eingelassen hatte, befürchtete Joao genau diese Frage. Gingen Templer nur deshalb nicht in Badehäuser, weil dort auch Frauen in den Zubern saßen? Erst einmal antwortete der Ritter nicht. Er grübelte. Das sah man ihm auch an, während ihn der Moslem amüsiert beobachtete. Endlich hatte er eine Antwort gefunden.

„Äh, nun ja, eigentlich stellt sich für einen Tempelritter die Frage gar nicht."

„Und wieso nicht? Säubert Ihr Euch nicht?"

„Natürlich säubern wir uns. Und wir suchen uns auch nicht einen verschwiegenen Fluss, wo wir baden gehen können. Nein, in den Tempeln und Burgen des Ritterordens gibt es natürlich Badehäuser. Mit Holzzubern. Aber bei uns gibt es keine Frauen. Wir sind ein Männerorden. Es ist schon lange her, ich war noch sehr jung, da ging ich ahnungslos in eines der Badehäuser. Niemand fand in Aachen etwas dabei, zu den Frauen in die Zuber zu steigen", Joao machte eine kleine Pause, so als suche er seine Gedanken zusammen,

„niemand sagte, Gott versuche ihn zum Bösen. Ein jeglicher wird von seiner eigenen Lust verlockt. Und doch war ich versucht. Was war nur mit mir geschehen? Enthaltsamkeit ist nicht unbedingt eine Tugend. Aber ich hatte Keuschheit bis zur Ehe gelobt. Deswegen bin ich wieder aus dem Badehaus gelaufen.“

„Die Bitten der Gläubigen werden erhört, ihre Gelübde vom Himmel angenommen und die Fesseln ihrer Sünden gelöst. Das hat Sacrobosco geschrieben. Sein Buch muss ich noch hier in Córdoba finden", sagte der muslimische Arzt kryptisch.

„Ich weiß, wo Ihr das Buch findet“, sagte Joao, „Johannes de Sacrobosco war Mathematiker und Astronom, der an der Universität Paris lehrte. In der Medizin hat er meines Wissens nicht gearbeitet.“

Kasim zuckte regelrecht zusammen und schaute den Templer misstrauisch von der Seite an. Der sah weiter geradeaus. Tat so, als ob ihn das Erstaunen des Muslims gar nicht interessierte. „Herr, Ihr treibt Euren Spaß mit mir“, sagte Kasim, „das ist nicht in Ordnung.“

Joao ging darauf nicht ein. „Ich weiß tatsächlich, wo Ihr dieses Buch findet. Ich weiß nur nicht, ob der jetzige Besitzer es Euch überlässt.“

„Da Ihr hier in Córdoba noch nicht so viele Leute kennt, nehme ich an, Meister Abraham hat das Buch in seinem Bestand.“

Joao lachte. „Um zu diesem Schluss zu kommen, braucht man keinen allzu wachen Verstand.“

Kasim nickte und ging nicht weiter darauf ein, sondern knüpfte das Gespräch an das Thema an, das sie vorher diskutiert hatten. „Ach, fast hätte ich es vergessen. Was ist mit den Frauen der Knechte, die auf Euren Burgen die Drecksarbeit erledigen oder auf den Äckern für die Aussaat und die Ernte sorgen?“

„Die dürfen unsere Badehäuser nicht betreten.“

„Aha, so ist das also bei Euch Ordensrittern. Da bin ich wirklich froh, Euch die Annehmlichkeiten eines Hamam gezeigt zu haben. Da dürfen auch Frauen hinein, wenn Männer nicht dort sind. Mir scheint, das ist doch alles weit komfortabler als der Waschzuber in den Ritterburgen.“

„Ach, sagt das nicht. Das hat auch schon etwas.“

Der Moslem gedachte nicht, das Thema weiter auszuwalzen. Er schwieg. Nach einer Weile fragte er seinen Badegast. „Sagt, Ritter Joao, wann wollt Ihr bei mir der arabischen Sprache näher gebracht werden.“

Der Ritter musste nicht lange überlegen. „Sofort. Das kann sofort beginnen.“

„Gut, dann fangen wir morgen in der Dämmerung nach meinem Gebet damit an. Bei mir in meinem Haus. Ist Euch das recht?“

„Das ist mir sehr recht. Ich werde zum vereinbarten Zeitpunkt erscheinen.“

„Auch wenn ich sicher weiß, dass Ihr Euch den Weg von Abraham zu meinem Haus gemerkt habt, so werde ich Euch doch einen Knecht senden, der Euch abholt und begleitet. Es ist einfach sicherer so in der Stadt. Trotz des Lichts auf den Straßen treibt sich in der Dunkelheit allerlei Gesindel umher. Die haben sich schnell zusammengerottet und in der

Menge ist es auch für einen in vielen Schlachten geübten Tempelritter schwer, sich zu behaupten."

Joao antwortete nicht auf die Bemerkung. Er nickte. „Ich danke Euch für die Fürsorge, die Ihr mir zukommen lasst. Vielleicht kann ich das ja mal wieder gutmachen."

„Ja, vielleicht", murmelte vielsagend der muslimische Arzt. Nachdem sie sich wieder angezogen hatten, begleitete der kleine Moslem den stattlichen Ritter zurück in das Judenviertel. An der Straßenecke, die neben dem Hamam lag, stand im Schatten eines Hauses ein dürrer kleiner Mann in der Kutte eines christlichen Mönchsordens und starrte auf den Eingang, aus dem Joao und Kasim gerade hervorkamen. Der Mönch drückte sich noch enger an die Hauswand, um nicht zufällig gesehen zu werden. Er folgte den beiden, die sich angeregt unterhielten und ihren Verfolger nicht bemerkten. Vor der Tür von Abraham verabschiedeten sie sich.

Der alte Kartenzeichner öffnete dem Ritter selbst die Hoftür. „Na, hat Euch der Moslem die Stadt gezeigt?"

„Ja, ich habe sein Haus und ein Hamam kennengelernt und ich habe mich für den kommenden Abend bei ihm verabredet, um die arabische Sprache kennenzulernen."

Abraham wiegte vielsagend seinen Kopf. „Da habt Ihr Euch eine Menge vorgenommen. Hier das Studium der Nautik und des Kartenzeichnens, dort das Studium der arabischen Sprache. Und über die Astronomie wollt Ihr ja auch noch etwas erfahren."

„Ja, verehrter Meister Abraham, ich bin nicht zu meinem Vergnügen hier. Ich möchte etwas lernen. Viel lernen. Nur das Wissen eröffnet einem die weite Welt. Und eines solltet

Ihr aus Eurer eigenen Vergangenheit bei den Tempelrittern noch kennen, das Wissen schafft auch Vermögen und Vermögen verschafft Respekt."

Abraham sah ihn nachdenklich an. „Vermögen verschafft Feinde, die es an dem gebührenden Respekt mangeln lassen. Das sieht man sehr deutlich an dem Schicksal der Templer in Frankreich und schrittweise auch in anderen christlichen Ländern."

Joao schüttelte traurig den Kopf. „Euer Alter und Eure Weisheit, verehrter Meister Abraham, sind nicht zu schlagen. Ihr wisst natürlich, wie das Leben so spielt. Aber nicht alle christlichen Herrscher haben sich gegen die Templer verschworen. Der portugiesische König hat uns Heimstatt gewährt."

„Ja, ja. Nur wie lange noch?"

„Oh, Abraham, Ihr seid ein unverbesserlicher Pessimist."

„Ach, bin ich das? Oder bin ich jemand, der zwar mit gebeugtem Rücken, aber mit wachen Augen in die Zukunft sieht?"

Joao zuckte mit den Schultern. „Ja, wer weiß schon, was uns die Zukunft bringen wird. Das Leben wird aber nicht schlechter dadurch, dass man viel weiß."

Abraham beugte sich noch weiter Richtung Boden, wobei er seine Arme weit ausbreitete. „So ist es, edler Ritter."

Joao zog sich in seine Kammer zurück, zündete eine Kerze an und las noch geraume Zeit in den Büchern, die ihm Abraham auf seinen Tisch gelegt hatte.

Am nächsten Morgen fand er sich in der Werkstatt ein, um zu sehen, wie genau und intensiv Abraham und Jehuda ihre Karten zeichneten. Dabei beantworteten sie geduldig die neugierigen Fragen ihres Gastes. Am Abend wurde Joao von einem Knecht des Arztes abgeholt, um sich in dessen Haus der arabischen Sprache in Wort und Schrift zu widmen.

So ging das wochenlang ohne Pause. Lediglich unterbrochen durch Besuche im Hamam, die Joao sichtlich genoss. Und die immer mit den heimlichen Blicken des Mönchs verfolgt wurden.

Abraham machte Joao auch mit dem Bibliothekar der großen und sehr umfangreichen Bücherei Córdobas bekannt. Er hieß Aldemao de Baixas und stammte aus Portugal. Da hatten die beiden Gemeinsamkeiten und gleich eine Menge zu erzählen. Die Bibliothek war für alle Bürger und Gäste Córdobas frei zugänglich. Und so besuchte Joao seinen neuen Bekannten häufiger. Nie zuvor hatte er eine so reichhaltige Bibliothek gesehen, gefüllt mit dem Wissensschatz der Antike und der arabischen Welt. Der Ritter stöberte durch die langen Buchreihen und ließ sich von Aldemao de Baixas die besonderen Bücher zur Navigation zeigen. Joao Lourenço war glücklich. Er setzte sich zu dem Bibliothekar.

„Meister Aldemao, endlich bin ich am Ziel und habe das Buch entdeckt, nach dem ich lange gesucht habe. Kann ich es hier erwerben und nach Hause nehmen nach Bragança?"

Der Bibliothekar wiegte bedenklich mit dem Kopf. „Das Original werde ich Euch sicher nicht geben können. Damit wäre der Rat von Córdoba ganz bestimmt nicht einverstanden. Ich werde nachsehen, ob ich Euch eine Kopie verkaufen kann." Joao vertiefte sich wieder in die Bücher. Als er ein neues Buch holen wollte, stieß er gegen seinen Nebenmann, einen kleinen Mönch, der ebenfalls sehr eifrig in irgendwelchen Schriften stöberte. Joao entschuldigte sich in aller Form, aber der Mönch giftete ihn regelrecht an.

„Könnt Ihr nicht aufpassen? Müsst Ihr andere Leser stören, indem Ihr sie rüpelhaft anstoßt? Außerdem, was lest Ihr eigentlich für Bücher? Das sind ketzerische Schriften, die einem Christenmenschen die ewige Verdammnis bringen. Und die verboten sind."

Joao war überrascht. Zum einen über die überzogene Reaktion auf seinen kleinen Schubser und zum anderen, weil der Mönch offenbar aufgepasst hatte, welche Bücher er gelesen hatte.

„Ich habe mich in aller Form entschuldigt für den kleinen Rempler. Das tut mir leid. Aber mich überrascht, dass Ihr alle meine Bücher kennt, die ich hier in der letzten Zeit gelesen habe. Spioniert Ihr mir nach?"

„Ich spioniere niemandem nach. Ich lebe tief in meinem christlichen Glauben und stelle fest, dass Ihr als Christ Bücher lest, die den christlichen Glauben unterwandern und seine Grundfesten in Frage stellen. Das kann ich nicht zulassen. Außerdem geht Ihr mit Muslimen zusammen ins Hamam. Ihr seid dabei, den christlichen Glauben zu verraten. Ihr seid ein Ketzer. Und was mit einem Ketzer geschieht, muss ich wohl nicht erläutern."

„Nun mal langsam, Mönchlein. Was ich hier in Córdoba mache, geht Euch nichts an. Nicht im Geringsten. Meine Freunde suche ich mir ganz allein aus. Und wenn ein Muslim darunter ist, so ist es eben so. Und wenn ein Jude darunter ist, so ist das genauso und wenn ein Katharer darunter ist, so geht Euch das auch nicht das Geringste an. Ich bin Templer und ich studiere das, was für meinen Orden wichtig ist."

„Seht Ihr, es geht mich sehr wohl etwas an. Ihr seid ein Ketzer. Alle Templer sind Ketzer. Ihr seid ein Templer. Der Orden ist vom Papst aufgelöst worden. Alle Templer sind vogelfrei", der Mönch redete immer schneller und verhaspelte sich fast, „ich werde Euch den Schergen des Bischofs melden, damit er Euch und Eure Freunde in den Kerker wirft."

Als Joao ihm jetzt näher kam, hob er abwehrend die Hände und hielt dem Templer ein Kreuz mit ausgestreckten Händen vor die Brust. Er befürchtete wohl, der Templer würde ihm Gewalt antun.

„Ich, Petrus Petri, rufe Gott an, um mich vor dem Ketzer zu beschützen. Mein Herr und Gott, helft den verdammten Templer abzuwehren." Joao musste wegen des theatralischen Auftritts laut lachen. Einige andere Besucher der Bibliothek waren bereits aufmerksam geworden und schauten mehr oder weniger interessiert zu den beiden herüber.

„Jetzt hört endlich mit den Dummereien auf und lasst mich in Frieden"; sagte Joao laut und deutlich zu dem mit entsetzten Augen auf ihn starrenden Mönch.

Petrus Petri ging vorsichtig rückwärts in Richtung der Treppe, das Kreuz immer noch mit ausgestreckten Armen vor sich haltend. Als er an der obersten Stufe angekommen war, drehte er sich blitzschnell um, raffte seine Kutte und lief die Treppen hinunter.

Joao stand noch immer oben und sah dem Mönch wie einer Erscheinung hinterher. In diesem Moment kam Aldemao atemlos die Treppe heraufgelaufen.

„Joao, sagt, was ist Euch geschehen?" Man hat mir berichtet, Ihr wurdet von einem Mönch beleidigt?"

„Es war ein verwirrter christlicher Geist, der mir vorwarf, dass ich Ketzer sei."

Aldemao wiegte bedenklich seinen Kopf. „Ich würde das nicht auf die leichte Schulter nehmen. Wenn der Mönch den Bischof informiert, wird der mit Sicherheit reagieren. Nicht sofort und gewiss nicht öffentlich, aber Ihr solltet Euch vorsehen. Wenn sie Euch hier in der Bibliothek suchen, werde ich Euch durch einen geheimen Gang ins Freie geleiten. Hier seid Ihr also sicher. Aber bei Abraham wäre ich das nicht."

„Und was ratet Ihr mir zu tun?"

„Angriff ist die beste Verteidigung. Geht zum Bischof und berichtet ihm über die Begegnung. Wer zuerst kommt, mahlt in der Regel zuerst. Ich denke, der Erzbischof von Córdoba ist ein verständiger Mann, sonst würden hier nicht alle Religionen friedlich miteinander zusammenleben. Wenn Ihr wollt, gebe ich Euch einen Knecht mit, der den Hof des Bischofs kennt. Er führt Euch." Joao nahm das Angebot dankend an. Und sie machten sich sofort auf den Weg.

Am Palast des Bischofs angekommen entließ Joao den Knecht und klopfte an die Tür. Ein Priester in schwarzem Gewand öffnete die Tür und sah ihn fragend an.

„Ich bin Ritter Joao Lourenço aus Bragança und möchte den Erzbischof sprechen."

Die energische Stimme signalisierte dem Priester sich zu beeilen. Er bat den Ritter in den Hof und ging schnellen Schrittes in den Palast. Schon nach wenigen Augenblicken kehrte er zurück, verbeugte sich und deutete mit Handzeichen an, ihm zu folgen. „Bischof Fernando Gutierrez bittet Euch herein."

Joao nickte huldvoll und folgte dem Priester, der ihn in den ersten Stock des Palastes führte. Der Palast war ein nicht sehr schmuckvolles Steinhaus in der Nähe der Kathedrale, aber es war geräumig mit vielen Zimmer und Gemächern. Der Priester drückte eine Tür auf und zeigte mit einer Handbewegung, dass Joao eintreten möge. Der ließ sich das nicht zweimal sagen und schritt mit festem Tritt durch die Tür. An einem Tisch saßen der Bischof und Petrus Petri. Beide schauten Joao entgegen, der Bischof interessiert, der Mönch lauernd. Als Joao eingetreten war, stellte er fest, dass neben der Tür zwei Soldaten des Bischofs standen. Eine Flucht war unmöglich.

Der Bischof empfing ihn höflich. „Schön, dass Ihr freiwillig kommt. Ich hätte Euch sonst mit meinen Soldaten holen und hierher bringen lassen."

„Warum, Exzellenz, wenn ich fragen darf?"

„Weil Ihr ein Ketzer seid, wie mir Petrus Petri berichtete. Ihr seid Christ und trefft Euch mit Muslimen im Hamam, geht zu ihnen nach Hause, wohnt bei einem Juden und seid auch noch Templer. Hinzu kommt, dass Ihr in der Bibliothek das Buch ..., wie heißt es noch gleich?", fragte der Bischof den vor ihm sitzenden Mönch.

„Es heißt ‚De duobus principiis'. In dem Buch wird die Lehre der christlichen Kirche, nach der es nur das Göttliche

Prinzip gibt, kritisiert. Das Buch enthält andere Ansichten über Gott und den Teufel", dozierte der Mönch mit erregter Stimme, „in diesem Buch über das gute und das böse Prinzip wird erklärt, dass Gott selber den Satan geschaffen hat, das Böse, die Dunkelheit, die Begierden der Menschen und das Mörderische in der Welt. In ‚De duobus principiis' sind ketzerische Gedanken. Wer sich mit ihnen beschäftigt, muss die Heilige Inquisition fürchten. Genauso wie die Katharer, von denen es einige hier in die Stadt geschafft haben. Er ist ein Ketzer. Er muss vor ein Gericht."

Der Bischof nickte und wandte sich an Joao, der noch immer vor dem Tisch stand. „Stimmt das?"

„Ja, Exzellenz, das stimmt. Ich bin Templer aus Portugal, wo wir nicht verfolgt sind. Ich habe in der Tat Kontakte zu einem muslimischen Arzt, der mir die arabische Sprache beibringt und ich wohne bei einem Juden, der als Kartograf den Templern diente. In einer so gelehrten Stadt wie Córdoba sind derartige Kontakte doch wohl nicht als ketzerisch zu betrachten."

Der Bischof hatte sich die Erwiderung angehört, ohne darauf zu reagieren. Auch seiner Mimik war nicht zu entnehmen, wie er dazu dachte. „Ihr habt noch nichts zu dem Buch gesagt. Wie hieß es noch gleich?"

Der Mönch beeilte sich, den Titel zu wiederholen. „Es heißt ‚De duobus principiis' und in dem ..."

Der Mönch wurde vom Bischof mit einer Handbewegung zum Schweigen gebracht. „Habt Ihr in dem Buch gelesen?"

„Sicherlich habe ich in dem Buch gelesen. Genauso wie Petrus Petri."

Der Bischof verzog die Mundwinkel zu einem leichten, kaum merklichen Grinsen. Dem Mönch traten mit Entsetzen die Augen aus dem Kopf. „So, so, wie Petrus Petri. Wie kommt Ihr darauf?“

„Nun, Exzellenz, wenn er es nicht gelesen hätte, könnte er nichts zum Inhalt sagen. Da er das aber kann, muss er es gelesen haben.“

Jetzt grinste der Bischof fast unverschämt. Er wandte sich an Petrus Petri. „Na, habt Ihr es gelesen?“

Petrus Petri bekam einen roten Kopf. Er atmete schwer und begann zu stottern. „Äh, ja, mmh, nein, doch, aber nicht intensiv.“

„Also, was ist jetzt. Habt Ihr oder habt Ihr nicht?“

„Ja, ich habe. Aber nur, um Angriffe gegen unseren Glauben abwehren zu können, nicht um unseren Glauben infrage zu stellen.“

„Das, lieber Petrus Petri ist sehr löblich. So wünsche ich mir alle Mönche. Was ist für Euch denn noch so vorgesehen?“

„Ich werde als Kanonikus an die Universität nach Coimbra gehen“, antwortete der Mönch mit stolzgeschwellter Brust.“

„Da habt Ihr wahrlich eine große Aufgabe vor Euch. Ich nehme an, Ihr werdet jungen Seminaristen den Glauben lehren?“

„Ja, so ist das vorgesehen.“

Der Bischof wandte sich wieder an Joao. „Ritter Joao, nehmt Platz. Ich denke, Ihr habt aus den gleichen Gründen wie Petrus Petri das Buch gelesen. Es ist in der Tat diskussionswürdig. Aber wer will wissen, was richtig ist? Kann man von Gott mehr erkennen als erahnen? Kann man erkennen, dass er wirklich existiert?“

„Exzellenz, das sind in der Tat ketzerische Gedanken“, entgegnete Ritter Joao, „und ich bin mir nicht sicher, ob ich mich wirklich damit befassen möchte. Ich werde nicht Theologe. Ich kümmere mich um Naturwissenschaften. Ich brauche etwas Handfestes.“

„Ja, Templer brauchen immer etwas Handfestes. Ihr könnt gehen, Ritter Joao. Ich werde Euch keinen Prozess wegen Ketzerei machen“, der Bischof wandte sich wieder an den Mönch, „auch wenn Euch das nicht gefällt, Petrus Petri. Aber wenn Ihr darauf besteht, werde ich Euch auch den Prozess machen müssen. Mit den gleichen Argumenten.“

Der Mönch hob abwehrend die Hände. „Ich habe nur im Sinne unseres Glaubens gehandelt. Es ist Eure Entscheidung, den Ritter nicht anzuklagen.“

„Gut, Petrus Petri, Ihr könnt ebenfalls gehen.“ Der Bischof winkte seinen Soldaten an der Tür, die den Weg freigaben.

Draußen auf der Straße wartete Joao auf den kleinen Mönch.

„Bleibt stehen, Petrus Petri! Sollten wir uns irgendwann und irgendwie wiedersehen, nehmt Euch vor mir in Acht. Diese Aktion vergesse ich Euch nicht. Also, haltet Euch von mir fern.“

Der Mönch blickte den Ritter nervös an, dann drehte er sich um und verschwand im Gewühl der Menschen in der Stadt.

Joao ging gedankenverloren zurück zu Abraham und berichtete ihm darüber. Der Jude nickte wissend mit dem Kopf.

„Ja, verehrter Ritter, genau das kann hier in Córdoba geschehen, und es ist Zufall, wie gerade ein Bischof entscheidet. Ob er es gut meint oder nicht. Es scheint pure Glücksache zu sein. Aber es ist ja gut gegangen."

Es dauerte einige Tage, bis Aldemao ihn bei einem erneuten Besuch in der Bibliothek auf die Seite zog.

„Ich habe für Euch das Buch ‚Fawa'dh fi-Usl Ilm al-Bahrwa-al-Qawaidah', ein Werk über die Vorteile der Grundlagen der Seemannschaft, besorgt. Ihr könnt es erwerben. Der Araber schrieb auch ‚Kitab al-Fawa'id', das Buch über den Unterricht in Navigation. Auch das könnt Ihr erwerben. Auch für Kasim habe ich Sacroboscos Buch ‚De sphaera' bekommen. Wenn Ihr es ihm kauft, dann könnt Ihr ihm einen Herzenswunsch erfüllen."

Joao war überglücklich. Er bezahlte dem Bibliothekar den verlangten, doch recht stattlichen Betrag und das, obwohl er sicher war, dass der Bücherwurm ihn gewaltig übers Ohr haute. Das war ihm egal. Er studierte noch einige Wochen lang Astronomie, wobei er seine Studien zur arabischen Sprache bei Kasim etwas zurückstellte. Mit den arabischen Astronomen musste er zwangsläufig arabisch sprechen und dort konnte er das anwenden, was der Arzt ihm beigebracht hatte.

Zum Abschluss seiner Studien ließ Joao sich vom Meister Abraham und dessen Sohn Jehuda prüfen. Dabei waren der arabische Astronom und auch Aldemao, der Bibliothekar. Nach der bestandenen Prüfung machte ihm Aldemao das

Buch „Über die zwei Prinzipien“ zum Geschenk, das bereits nach der ersten Diskussion mit Kasim im Hamam sein Interesse erregt hatte und das ihn beim Bischof in eine schwere Zwangslage gebracht hatte.

„Seid Ihr sicher, dass ich es nehmen kann, ich werde mich als Ketzer unglücklich machen.“

Aldemao lächelte weise. „Nehmt es trotzdem. Ihr werdet es im Orden in Bragança lesen und mit Euren Brüdern lesen und diskutieren. Es erweitert den Horizont.“

„Das will ich gerne glauben, Bruder Aldemao. Ich bedanke mich auch sehr bei Euch, der Ihr mich mit Büchern und Wissen unterstützt habt. Ebenso danke ich Euch, Meister Abraham, für die aufopfernde Geduld, die Ihr mit mir gehabt habt.“ Dann verbeugte er sich noch einmal vor dem Astronomen und berührte mit seiner rechten Hand die Brust und die Stirn.

„Verehrter Meister der Sterne, ich bin ganz sicher, dass mir Eure Lehre in der nächsten Zeit sehr wichtig sein und mich jederzeit wieder auf den rechten Weg geleiten wird.“

Der Araber erwiderte den Gruß.

„Ich bin mir sicher, dass Ihr meine Kunst richtig anwenden werdet. Allah segne Euch und behüte Euch auf Euren Wegen.“

Joao wandte sich zu seinem Gastgeber, wurde aber von Jehuda noch einmal aufgehalten.

„Verehrter Ritter. Wir hatten nie richtig engen Kontakt, aber an den Tagen, an denen Ihr mir über die Schulter gesehen und Eure Fragen gestellt habt, habe ich das riesige Interesse an der Navigation festgestellt. Deshalb möchte ich

Euch von meinem Vater und von mir ein Geschenk überreichen, das ich hier in diesem Lederbeutel vor Wasser und Staub geschützt habe." Der junge Creques nestelte an dem Lederbeutel herum und zog dann ein Kästchen aus poliertem Buchsbaum hervor. Joao schoss es siedend heiß durch den Körper. Fast zögerlich nahm er das Abschiedsgeschenk von Meister Abraham und seinem Sohn entgegen. Zärtlich streichelte er das Holz, öffnete und bestaunte das Wunderwerk mit der magnetischen Nadel, die auf einem Zapfen ruhte und zitternd die Nordrichtung anzeigte. Jehuda erklärte ihm noch einmal das Meisterwerk.

„Auf der Unterseite der Glasscheibe habe ich Weicheisenstäbe befestigt und auf der Oberseite wurde die Kompassrose angebracht. Die Scheibe dreht sich auf einer Nadel. Alles habe ich in einer Dose aus Buchsbaum untergebracht, damit es nicht durch Schmutz und Salzwasser geschädigt wird. Schützt es gut. Es ist nur für Euch bestimmt. Nur Ihr könnt damit umgehen. Andere kennen den Sinn des Gerätes nicht." Ganz vorsichtig nahm Joao dieses wertvolle Geschenk und schob den Ledersack sehr behutsam in seine Satteltasche. Als er sich umdrehte, stand Abraham vor ihm und hatte noch ein Päckchen in der Hand.

„Verehrter Ritter Joao, Ihr wart ein solch gelehriger Schüler, wie ich noch nie einen hatte. Es hat mir viel Freude gemacht, Euch zu unterrichten. Damit Ihr auch mich und nicht nur meinen Sohn Jehuda in guter Erinnerung behaltet, gebe ich Euch eines der ersten Exemplare des Katalanischen Atlas und einen Portulan. Ihr werdet beides gut gebrauchen können."

„Verehrter Jehuda und verehrter Meister Abraham, ich danke Euch von ganzem Herzen. Das sind Geschenke, an die ich niemals gedacht habe. Ein Traum. Ich werde sie ganz bestimmt in Ehren halten und sie werden mir gute Dienste leisten." Dann sah sich Joao noch einmal um.

„Aber ich vermisste Abu al Kasim. Er ist nicht hier. Wo könnte er sein? Was habe ich getan, dass er zu meinem Abschied nicht erscheint?"

Abraham verzog sein Gesicht und breitete seine Arme weit aus, wie er es immer tat, wenn er keine Lösung wusste. „Verehrter Ritter, ich weiß es nicht. Ich habe nach ihm gesandt, damit er an Eurer Prüfung teilnehmen kann. Aber er ist nicht gekommen. Ich hoffe nicht, dass Malach ha Mawet, der Todesengel, eine böse Rolle spielt."

Wie auf ein Stichwort klopfte es am Tor. Ein Knecht des maurischen Arztes stand vor der Tür Meister Abrahams und bat, Ritter Joao sprechen zu dürfen. Jehuda hatte die Tür geöffnet und wies auf die Gruppe der Männer, die mitten im Hof standen und dem Boten interessiert entgegenblickten.

„As salamu alaikum", grüßte der Bote und verbeugte sich fast bis auf den Boden, „ich möchte gerne den Ritter Joao sprechen."

Joao trat einen Schritt vor. „Sprecht", verlangte er in Arabisch.

Der Knecht sagte aber nichts, sondern zog aus seinem weiten Ärmel einen Brief des Arztes. Joao nahm das Papier und prüfte es. Da er das Siegel des Arztes nicht kannte, reichte er es an Abraham weiter. Der sah sich das Wachsstück intensiv an und gab den Brief zurück.

„Es ist Abu Kasims Siegel. Der Brief ist zweifellos echt und auch unbeschädigt. Er ist von Kasim."

Joao brach das Siegel auf und las. Nachdenklich faltete er das Schriftstück wieder zusammen, hielt es eine Zeit lang unschlüssig in der Hand und übergab es dann an Abraham.

„Verehrter Meister Abraham, bitte bewahrt das Schriftstück einige Tage auf und vernichtet es dann. Abu al Kasim bittet mich um meine Hilfe, die ich ihm nicht verwehren möchte. Ihr werdet es verstehen, wenn ich sofort abreise, um einem guten Freund zu helfen."

Abraham nahm das Schreiben so, wie es war, und steckte es in seinen Ärmel. Der Knecht des Arztes hatte sich inzwischen auf leisen Sohlen entfernt und den Hof verlassen. Joao sah sich suchend nach dem Mann um, aber er blieb verschwunden.

Jehuda hatte das gesattelte Pferd des Ritters geholt. Der warf sein Bündel hinter den Sattel, verabschiedete sich noch einmal von seinen Gastgebern des letzten halben Jahres und ritt dann eiligst davon. Für die Schönheiten der Stadt Córdoba hatte er kein Auge mehr. Die Sorge um Abu Kasim trieb ihn voran. Er musste nach Linares, einem kleinen Ort in den Bergen nördlich von Córdoba. Abu al Kasim hatte schon mehrfach davon gesprochen, weil er sich dorthin zurückzieht, um zu meditieren. In dem Brief des Arztes hatte gestanden, dass sich neben einer kleinen, christlichen Eremita ein alter, unbesetzter Wachturm befände. In diesem Wachturm treffe er den Arzt. Er müsse sich aber beeilen. Also trieb Joao sein Pferd an. Immer wieder blickte er sich um, weil er glaubte, verfolgt zu werden. Aber es war wohl ein Trugschluss. Er sah niemanden und sah auch keine Staubfahne, wie sie von schnell laufenden Pferden in der trockenen Extremadura verursacht wurde. Joao hetzte entgegen seiner Gewohnheit sein Pferd. Er wollte schnell den Arzt erreichen, um zu erfahren, was ihn aus der Stadt getrieben hatte. Gegen Mittag wurde es unerträglich heiß, trotzdem trieb der Ritter das Pferd weiter an. Erst als die Berge begannen, zügelte er sein Ross. Hier standen auch Bäume. Erst vereinzelt, dann immer dichter werdend. Sie spendeten angenehmen Schatten.

Einige Male musste er sich orientieren, dann sah er den Wachturm. Er war geschickt angelegt und überwachte das ganze Tal bis in die weite Fläche vor Córdoba. Der Turm selbst war gegen die Felsen hinter ihm nicht zu erkennen. Eine gute Wahl hatte Kasim getroffen. Das musste er dem Arzt lassen. Unten am Turm sprang Joao aus dem Sattel. Jetzt erst war er sich bewusst, dass er keine Waffe bei sich führte. Vorsichtig näherte er sich dem Eingang. Eine Tür war nicht vorgesehen. Ebenerdig befand sich ein kleiner, runder Raum und an der Seite führte eine Wendeltreppe entlang der Wand nach oben. Die Sicht nach oben versperrte eine Holzdecke aus dicken Bohlen, die etwa in der Mitte des Turms eingezogen war.

Joao stellte sich mitten in den ebenerdigen Raum und lauschte. Es war nichts zu hören. Selbst der Wind, der sonst immer durch derartige Türme pfiff, hatte sich gelegt. Joao entschloss sich, die Treppe nach oben zu gehen. Vorsichtig lugte er auf den Boden über ihm. Auch der war leer und gegenüber führte eine zweite Wendeltreppe zu den Zinnen des Turms. Joao stieg höher. Als er sich oben durch die doch recht schmale Öffnung zwängte, sah er Kasim. Der stand hinter einer Zinne, von der er aus den Weg, der aus der Ebene kam, beobachten konnte. Wenn er dort schon länger stand, musste er gesehen haben, wie Joao herangeritten kam.

„As salamu alaikum", grüßte der Arzt, „ich bin froh, dass Ihr so schnell kommen konntet. Ich schaue schon eine ganze Weile hier vom Turm und sah Euch von weitem kommen. Ihr werdet verfolgt."

Joao entbot ebenfalls auf Arabisch den üblichen Willkommensgruß und war überrascht. „Ich werde verfolgt? Ich habe keine Staubfahne von reitenden Pferden erkennen können."

„Es sind keine Pferde, die Euch folgen. Es sind Reitkamele der Söldner des muslimischen Richters. Diese Tiere erzeugen keine Staubfahne und sie sind ebenso schnell wie Pferde."

„Und? Werden sie uns erreichen?"

„Ich denke nicht. Sie kennen ja nicht Euer Ziel und es auf Verdacht zu finden, ist nicht einfach. Sie hatten Euch zu viel Vorsprung gelassen und den Weg durch den Wald zu finden, ist nicht einfach."

„Nun ja, mein Pferd ist ganz schön schnell. Dem werden die Kamele nicht folgen können."

Kasim lachte. „Dass Ihr Euch mal nicht täuscht. Die Kamele sind bestimmt so schnell wie ein Pferd, wahrscheinlich sogar schneller."

„Wir werden es hoffentlich nicht mehr feststellen. Was habt Ihr dem Richter angetan, dass er Euch durch seine Söldner jagen lässt?"

„Dem Richter habe ich nichts angetan. Aber es hat sich ein einflussreicher, muslimischer Bürger über meine Heilkunst beim Richter beschwert. Es ist ein Verwandter des Kalifen, der glaubt, mir einen Fehler nachweisen zu können.

Ich hörte, dass der Richter mich verhaften lassen würde, und ich habe die Befürchtung, dass ich kein gerechtes Urteil über meine ärztliche Kunst zu erwarten habe. Ich möchte mit Euch nach Bragança reiten und warten, bis sich die Wogen gelegt haben.

„Selbstverständlich nehme ich Euch mit nach Bragança. Wir dürfen mit Fug und Recht voneinander behaupten, dass wir in der Zwischenzeit in Córdoba Freunde geworden sind. Und Freunde, das ist bei den Mauren und Christen gleich, helfen sich durch dick und dünn. Aber was warf Euch der Patient vor?“

Kasim grinste. „Ich kenne als Arzt natürlich die Probleme, die viele Frauen vor der Hochzeit haben. Das ist bei den Christen nicht anders als bei uns Mauren. Mich bat eine junge Frau, die den Verwandten des Kalifen heiraten sollte, ihr zu helfen. Ich möge ihr die Jungfräulichkeit wieder verschaffen. Ich gab ihr eine Salbe und habe ihr leise hinter vorgehaltener Hand versprochen, dass sie mit dieser Salbe in wenigen Tagen ihre Jungfräulichkeit wieder hat. Aber die Salbe müsse jede Nacht angewendet werden und dann noch einmal, bevor sie ihrem Bräutigam beiwohnt. Es war eine Salbe mit Stechapfel und Nieswurz. Die reizt die Haut und die meisten Ehemänner sind beim ersten Mal ohnehin viel zu grob, um es zu bemerken. Sie wollen das blutbefleckte Leinentuch vorweisen, alles andere interessiert sie nicht besonders. Aber der Ehemann hatte den Betrug bemerkt und sie hatte ihm gestanden, von wem sie die Salbe bekommen hatte. So ist es zu der Situation gekommen, in der ich mich gerade befinde.“

Joao schüttelte den Kopf. Dass bei einer solchen Diagnose im Islam der Richter eine Truppe beauftragt, den Arzt zu fangen, war ihm schon sehr suspekt. Im Christentum hätte der entsprechende Graf selbst versucht, sich des Arztes habhaft zu machen, um Geld von ihm zu erpressen. Jetzt sahen sie den Berg hinunter. Weder in der Ebene noch zwischen den Bäumen waren die Häscher des Kalifen zu erkennen.

Die beiden Freunde stiegen vorsichtig nach unten. Joao nahm sein Pferd und folgte Kasim, der den schmalen Weg zur Eremitage vorging. Dort hatte er sein Pferd, einen schönen Araberhengst, angebunden. Ohne sich weiter aufzuhalten, saßen sie auf und ritten die Berge hinauf, um auf der anderen Seite christliches Land zu erreichen.

Joao musste unbedingt wieder zurück zum Kloster Santa Maria de Guadeloupe, um sein Schwert und seine Rüstung mit dem weißen Mantel abzuholen, die Sachen, die er dem Abt in Verwahrung gegeben hatte. Der Abt begrüßte den Ritter freundlich, den Mauren mit etwas Abstand. Er ließ sich von Joao die Erlebnisse der letzten Zeit berichten. Sie konnten auch beide im Kloster übernachten und am nächsten Tag ging es weiter. Der Ritter in Rüstung, Mantel und mit Schwert, der Muslim so, wie er war.

Nicht weit vor der Stadt Salamanca ritten Joao, Kasim und ein Kaufmann, der sich ihnen angeschlossen hatte, in vollem Galopp durch den Staub der nördlichen Extremadura. Die Straße wandt sich leicht abschüssig durch ein Tal hindurch. Joao wollte endlich in Bragança ankommen. Und der Arzt wollte mit ihm oder musste mit ihm, ganz wie man es sah. Er wollte neue Erfahrungen machen und andere Länder und neue Kulturen entdecken. Der Kaufmann war froh, mit einem Tempelritter und seinem Begleiter bis Salamanca mitreiten zu können. Der Templer und der Arzt hatten nichts dagegen gehabt. Die Landschaft war trocken. Wochenlang hatte es nicht mehr geregnet. Der feine Staub bedeckte den Boden und machte diesen unter den Hufen der Tiere unsichtbar. Wie durch ein Wunder traten die Pferde nicht in irgendwelche Löcher. Die Strecke war länger, als Joao sie in Erinnerung hatte. Von den Mäulern der Pferde triefte der Schaum, als sie endlich die fahlen Lehmhäuser einer menschlichen Ansiedlung in einer Talsenke sahen.

Im ersten Augenblick hielt Joao es für eine Halluzination, als der Kaufmann, hinter dessen Pferd der Templer ritt, sich nach vorne beugte und langsam aus dem Sattel rutschte. Aber dann sah er auch schon den Pfeil in seinem Rücken. Joao trieb automatisch sein Pferd an und ritt im Zickzack, um weiteren heranzischenden Pfeilen kein festes Ziel zu bieten. Ununterbrochen hörte er das sirrende Geräusch der Pfeile. Er trieb sein Pferd hinter einen Felsen. Offenbar waren es Straßenräuber, die hier, nur eine viertel Tagesreise von Salamanca entfernt, glaubten, sichere Beute machen zu können. Joao sah sich um und versuchte, die Räuber ausfindig zu machen. Noch ließen sie sich nicht sehen.

Nur Kasim saß noch auf seinem Pferd und statt zu fliehen, hockte er wie gelähmt da und starrte den für Joao noch nicht sichtbaren Angreifern entgegen. Der Erste, den der Ritter endlich sehen konnte, war ein untersetzter Kerl mit einer flachen Nase, die ihm das Aussehen eines Bullterriers verlieh. Er trug ein Schwert am Gürtel und zog es gerade heraus, um es Kasim an die Kehle zu setzen. Der Maure bog seinen Kopf zurück, soweit es nur ging, wobei ihm seine dunkelbraunen Augen vor Anstrengung förmlich aus dem Kopf traten. Aber das Schwert des Bullterriers folgte seiner Halsbewegung. Joao beobachtete die Szene. Er dachte über eine schnelle Lösung nach, um den maurischen Arzt zu befreien. Dann ritt er an. Dreistigkeit siegt, sagte er sich und galoppierte auf den Räuber zu. Der ließ von Kasim ab und wandte sich dem neuen Gegner zu. Joao zügelte sein Pferd, sprang ab und drang auf den Räuber ein. Der wollte mit seinem kurzen Schwert auf Joao einschlagen. Joao unterlief den Schlagarm, hebelte den Räuber aus und warf ihn auf den Boden. Bei dem Fall verlor der sein Schwert. Joao nahm es, wich einem Tritt des am Boden Liegenden aus und schlug ihm mit einem Hieb den Arm ab. Der Schrei des Räubers ging in ein Winseln über. Die zwei anderen Räuber, die auf den Kampfplatz gelaufen kamen, blieben abrupt stehen. Mit dem Bogen konnten sie nicht mehr in den Kampf eingreifen, sie hatten ihre Pfeile alle verschossen. Als sie jetzt sahen, dass ihr Anführer seinen Arm verloren hatte, drehten sie sich um und rannten, so schnell sie konnten, davon. Joao ließ sie rennen. Er musste Kasim aus seiner Starre wecken.

„Kommt, Kasim, es ist nichts passiert. Wir wollen weiterreiten.“ Der Arzt röchelte noch und griff sich an den Hals.

„Ihr müsst nicht suchen. Der Kopf ist noch dran und der Hals hat keine Verletzung."

„Aber es hat nicht viel gefehlt. Ihr habt ziemlich lange mit dem Eingreifen gewartet."

„Denkt nicht weiter darüber nach. Es ist ja gut gegangen." Kasim nickte. Sie nahmen dem toten Kaufmann noch seine Habseligkeiten ab, wobei Joao dem Arzt den doch recht prallen Geldbeutel zuwarf.

„Bevor ihn sich die Räuber holen, wenn wir fort sind, nehmen wir ihn mit. Ihr könnt ihn sicherlich gut verwerten. Nehmt ihn als Entschädigung für die Ängste, die Ihr ausstehen musstet." Kasim steckte ohne Probleme den Beutel ein. Sie ritten schweigend weiter. Den verletzten Räuber und den toten Kaufmann ließen sie dort liegen, wo sie waren.

Nach einer Wegbiegung sahen sie vor sich den kleinen Weiler. Kaum dass sie die ersten Häuser erreicht hatten, stolperte Joaos Pferd. Im hohen Bogen stürzte der Tempelritter über den Pferdehals und landete krachend auf dem staubigen Boden. Der Aufschlag war das Letzte, was er merkte, dann wurde es dunkel um ihn. Joao kam erst wieder zu sich, als eine kühle, sehnige Hand auf seiner Stirn lag. Jemand stützte seinen Rücken und flößte ihm etwas ein. Unwillkürlich schluckte er und öffnete seine Augenlider. Kasim hatte sich neben ihn gekniet und hielt den Lederbeutel mit dem erfrischenden Wasser. Alle seine Knochen taten ihm weh. Er hatte Schwierigkeiten beim Atmen. Das Kettenhemd, was ihm auf seinen Reisen immer Schutz gewährt hatte, war ihm jetzt fast zu schwer. Er röchelte und wollte etwas zu Kasim sagen. Aber seine Stimme gehorchte ihm noch nicht wieder. Es war nur ein unartikuliertes Krächzen zu hören. Inzwischen war man in dem Weiler auf sie aufmerksam geworden. Einige Kinder und Halberwachsene liefen auf sie zu, dahinter kamen zwei oder drei Erwachsene.

„Das ist ein Maure und der andere ist ein verfluchter Templer. Ich habe ihn an seinem weißen Mantel erkannt. Sie sind beide verflucht und der Papst hat zugestimmt, sie zu töten. Los, helft mir, steinigt die Ketzer“, rief ein halbwüchsiger Junge mit abgerissenen Kleidern, schmutzigem Gesicht und wirren schwarzen Haaren den anderen Neugierigen zu. Er bückte sich und hob einen faustgroßen Stein auf, um ihn gegen den Ritter und den Mauren zu werfen. Ein alter Mann in einem zerfetzten Mantel, der vielleicht früher einmal weiß gewesen war, hielt seinen Arm fest, bevor er den Stein werfen konnte.

Joao atmete tief durch. Sein Schicksal lag in den Händen des alten Mannes. Der Templer war im Moment nicht in der Lage, seine Waffen zu benutzen, und auch Kasim traute er das nicht zu. Der war Arzt und kein Kämpfer. Vor ihnen breitete sich eine angespannte Stille aus. Allmählich begannen die Leute verstohlen zu tuscheln. Ohne sich darum zu kümmern, dass sein schmutziger, vielfach geflickter Mantel im Dreck schleifte, kam der alte Mann heran. Wortlos beugte er sich herab und schaute längere Zeit auf den am Boden liegenden Ritter. Der sah verständnislos zu dem Gesicht auf. Das lange, graue Haar war streng zurückgekämmt und betonte die kühn hervorstehende Nase und die edel geschwungenen Lippen. In den hellen Augen stand Überraschung. Joao musterte ihn lange und eingehend und hatte dabei das Gefühl, einer Prüfung unterzogen zu werden. Dann wandte sich der Alte ab. Er winkte einem Priester, der hinter ihm herangekommen war.

„Fra Domenico, helft dem Mann auf die Beine und bringt ihn und den Mauren mit in unser Lager. Ich will dort mit ihm sprechen."

Der Priester beugte sich zu Joao hinunter. Gemeinsam mit dem Mauren hob er den schweren Körper hoch. Dann trugen sie ihn hinüber zu einem Zelt, das am Ende der Gasse hinter den letzten armseligen Häusern aufgeschlagen worden war. In dem Zelt legten sie Joao auf ein Kissenlager. Der Arzt kam wie selbstverständlich hinter ihnen her. Als Kasim sich über Joao beugte, wurde er mit harter Hand zurückgerissen.

„Kein Maure berührt in meinem Zelt einen Christenmenschen und schon gar nicht einen Ordensritter", herrschte der alte Mann den Mauren an. Kasim ließ sich nicht beirren. Er kannte das Verhalten christlicher Ritter. Es störte ihn zwar, machte ihn aber nicht mehr wütend. Deswegen schob er vorsichtig die Hand des alten Mannes von seiner Schulter und drehte sich nach ihm um.

„Verzeiht, aber ich bin Arzt und der Gefährte und Freund des Ritters. Ich werde ihm kein Leid antun, sondern ich werde ihm helfen."

Der alte Mann stutzte einen Moment. Dann trat er einen Schritt zurück. „Verzeiht mein Verhalten. Aber ich habe böse Erfahrungen mit Muslimen gemacht. Deshalb war ich vielleicht etwas zu hart."

Kasim nickte nur und enthielt sich eines weiteren Kommentars. Ihm war natürlich klar, dass christliche Ritter und muslimische Kämpfer mit Hass und Verachtung miteinander umgingen und sich nicht schonten. Und der alte Mann war ein Kämpfer alter Schule, das sah Kasim gleich. Überrascht war er, als er hinter dem Kissenlager, auf dem Joao gerade wieder zu sich kam, den ordentlich gefalteten, weißen Mantel der Ordensritter entdeckte. Der Alte war, wie Joao auch, Tempelritter. Deshalb hatte er sich um sie gekümmert, als der Mob sie steinigen wollte. Nachdem Kasim die Verletzungen Joaos versorgt hatte, drehte er sich noch einmal zu dem Alten um und entbot ihm den Ehrengruß, in dem er mit der rechten Hand seine Brust, danach den Mund, zum Schluss die Stirn berührte und dann eine tiefe Verbeugung machte. Langsam rückwärts gehend, verließ er das Zelt, um sich zu den Pferden zu begeben. Dort traf er auf den christlichen Priester, der keine Berührungsängste mit dem Moslem zu haben schien.

„Wir sind auf dem Weg nach Portugal, weil es dort keine Verfolgung der Templer geben soll. Und wohin wollt Ihr?"

Kasim sah den Priester einen Moment prüfend an. Dann war er zu dem Entschluss gekommen, dass ihn der Mann nicht aushorchen wollte, sondern es ehrlich meinte. „Mein Freund will nach Bragança. Das liegt in dem Land Al Ghartave, das ihr Portugal nennt. Da haben wir den gleichen Weg."

„Ob wir ihn gemeinsam reisen, werden die Ritter entscheiden", meinte der Priester reserviert, „wir haben uns ihrer Meinung anzuschließen. Oder ist Euer Ritter so schwer verletzt, dass er nicht reiten kann?"

Kasim schüttelte den Kopf. „Nein, das wird schon bald wieder gehen." Dann kümmerte er sich um das Pferd von Joao.

Im Zelt hatte sich der alte Ritter einen Schemel genommen und an das Kissenlager gesetzt. „Wer seid Ihr? Ach, was frage ich. Sicher seid Ihr ein Ritter der armen Ritterschaft

Christi und des salomonischen Tempels zu Jerusalem. Aber bitte nennt mir Euren Namen."

Joao war noch nicht so richtig wieder bei klaren Gedanken. Der Sturz von seinem Pferd und der Aufschlag mit dem Kopf auf den harten Boden machte ihn noch immer benommen. Deshalb antwortete er langsam und stockend auf die Fragen des älteren Ritterbruders.

„Verzeiht, dass ich mich noch nicht vorstellen konnte. Ich bin Ritter Joao Lourenço. Ich war in Córdoba und habe dort studiert. Deshalb ist auch mein Freund, der mir die arabische Sprache näher gebracht hat, in meiner Begleitung. Er wollte mit mir nach Bragança und einmal eine andere Welt als die muslimische kennenlernen."

„Ja, ich habe ihn bereits kennengelernt", brummte der alte Ritter, „ich habe ihn wohl zu hart angefasst, weil ich nicht wusste, in welcher Beziehung Ihr zu ihm steht. Er hat es mir gesagt und mir verziehen."

Joao konnte sich an nichts erinnern, fragte aber jetzt auch nicht nach. Das wollte er bei Gelegenheit nachholen. „Vor etwas mehr als einem Jahr bin ich von Paris nach La Rochelle, von dort nach Asturien und weiter nach Ponferrada gereist. Von dort aus ritten wir nach Portugal und sind seither in Bragança."

„Wart Ihr vorher im Tempel in Paris?"

„Ja, warum fragt Ihr?"

„Ist Euch dort ein Tempelritter aus Spanien bekannt geworden, der Pablo de Alvares heißt?"

„Ja, er ist in meinem Templerzug nach La Rochelle und weiter nach Bragança gezogen. Er sucht gerade für mich ein

Schiff, mit dem ich meinen Traum verwirklichen kann, über das westliche Meer zu fahren und die Welt zu umrunden."

Der alte Ritter sah ihn an, als sehe er ein Gespenst. „Verehrter Bruder. Das will ich nicht verstehen. Die Welt ist eine Scheibe. Die Mitte ist unser geliebtes Jerusalem, das uns die Mauren wieder entrissen haben. Wer über den Rand der Scheibe fährt, fällt ins Nichts."

„Oh, nein, Bruder. Genauso ist es eben nicht. Aber wie heißt Ihr eigentlich. Ihr hattet Euch noch nicht vorgestellt."

„Ich bitte vielmals um Entschuldigung. Ein unverzeihlicher Fehler. Ich bin Ritter Romero de Alvares. Mein Sohn Pablo ist nach dem Fall von Akkon nach Zypern geflohen. Ich kann mir vorstellen, dass er mit Jaques de Molay weiter nach Paris gegangen ist."

„Ja, Bruder Romero, das ist er in der Tat. Dort lernte ich ihn kennen. Seine Kampfkraft ist aller Ehren wert. Und seine Entschlusskraft auch. Deshalb habe ich ihn auch gebeten, das richtige Schiff zu suchen. Ich werde ihn auch bitten, mit mir auf die Reise ins Unbekannte zu gehen. Ich kann ihn an meiner Seite gut gebrauchen."

Der alte Mann nickte. „Vorher möchte ich aber noch mit ihm reden. Ich muss mit ihm reden. Es gibt da noch einiges zu klären."

So wie der Alte das sagte, schellten bei Joao die Warnglocken. Da gab es offenbar zwischen den beiden tatsächlich etwas, was geklärt werden musste. „Wenn ich wieder reiten kann, werde ich mit meinem Freund Kasim direkt nach Bragança reiten und Pablo von Eurem Kommen unterrichten."

Der Alte winkte ab. „Tut das bitte nicht. Ich möchte meinen Sohn überraschen. Es wäre für mich besser, wenn er von meinem Erscheinen nichts erführe."

Joao schaute den Alten nachdenklich an. Nach einer Weile nickte er. „Ihr werdet Eure Gründe haben, Bruder Romero. Euren Wunsch respektiere ich natürlich. Aber lasst mich bitte jetzt schlafen. Mir fallen die Augen zu. Mein Schädel dröhnt und ich fühle mich noch nicht gut."

„Ich werde Euch Euren muslimischen Freund schicken, damit er Eure Ruhe bewacht." Damit erhob sich er Alte und ging leise aus dem Zelt hinaus zu den Pferden, wo er Kasim traf.

„Der Ritter braucht Euch jetzt an seiner Seite. Geht ins Zelt und bleibt bei ihm."

Kasim sah den Alten mit großen Augen an, verbeugte sich, berührte Brust und Stirn mit der Hand und ging in das Zelt zu Joao, um mit ihm zu reden. Aber der Ritter schlief bereits. Leise ging Kasim wieder aus dem Zelt.

Am nächsten Morgen wachte Joao mit schwerem Kopf auf. Vorsichtig erhob er sich aus dem weichen Kissenlager, streckte und reckte sich, schlug den Vorhang vor dem Zelteingang zurück und ging zu dem Platz, an dem die Pferde standen. Auf dem Stroh neben den Tieren lagen friedlich nebeneinander schlafend, wie an einer Kette aufgereiht, Ritter Romero, der Kaplan und der Moslem. Joao sah sich um. In einiger Entfernung standen schon wieder die Kinder des Ortes. Unter anderem auch der, der ihn gestern noch hatte steinigen wollen. Als Joao Anstalten machte, zu ihnen zu gehen, rannten sie sofort davon und verschwanden zwischen den Häusern. Der Ritter weckte Kasim. Die anderen beiden ließ er noch liegen. Sie wurden wach, als Kasim und Joao die Pferde sattelten.

„Ihr wollt schon weiter? Seid Ihr denn wieder gesund?", wollte Ritter Romero wissen.

„Ja, mein Bruder. Ich will nach Bragança. Dorthin solltet Ihr ebenfalls reiten. Auf der Burg unseres Bruder Joao Soares wird kein Templer verfolgt und Ihr könnt dort auch Euren Sohn treffen. Ich werde ihm allerdings nicht sagen, dass Ihr kommen werdet."

„Ja, das ist gut so. Wir werden nach Bragança reiten. Ich will aber vorher in Salamanca noch einige Dinge erledigen. Reitet schon weiter und reitet mit Gott." Der Kaplan des Ordens segnete Joao. Bei Kasim wusste er nicht so recht, was er tun sollte. Ein christlicher Segen mit dem Zeichen des Kreuzes schien ihm aber dann doch nicht angemessen, also unterließ er es. Kasim konnte sich ein leichtes Lächeln nicht verkneifen. Aber er wusste ja, Begegnungen zwischen Christen und Muslimen waren nie frei von Befindlichkeiten. Er war sicher, dass das noch viele, viele Jahre so bleiben würde.

Als sie aufsaßen, winkten sie noch einmal zurück, dann verschwanden sie hinter den Häusern und ritten hinunter zum Rio Tormes. Die Stadt Salamanca, deren Türme schon eine ganze Weile zu sehen waren, ließen sie rechter Hand liegen. In dem Ort Almenara setzten sie über den Rio Tormes und gingen zu einem Händler, der ihnen für Kasim eine für christliches Gebiet unverfängliche Kleidung verkaufte. Das erschien ihnen sicherer als Turban und Kaftan. Nach drei weiteren Tagesritten erreichten sie die Burg in Bragança.

Joao Soares kam mit weit geöffneten Armen auf Joao Lourenço zugelaufen, umarmte ihn und drückte ihn an sein Herz.

„Der Herr hat Euch sicher geleitet und wieder zurück in den Schoß des Ordens geführt. Ihm sei Dank. Aber ich sehe, Ihr seid nicht allein?“

„Nein, Bruder. Ich habe einen Freund aus Córdoba mitgebracht. Er ist ein muslimischer Arzt, der mir die arabische Sprache beigebracht hat. Ohne ihn hätte ich mich in der riesigen Stadt niemals zurechtgefunden. Er hatte mich gefragt, ob ich ihn nicht in die christliche Welt mitnehmen wolle. Er will Neues kennenlernen. Ich habe zugestimmt. Und so ist er mit mir geritten. Er war mir unterwegs schon eine große Hilfe, als ich vom Pferd stürzte und mit dem Kopf aufschlug. Da konnte er seine ärztliche Kunst beweisen.“

Soares musterte ganz ungeniert den Begleiter des Ritters. „Und er ist wirklich Muselman? Ich habe sie mir immer ganz anders vorgestellt. Er sieht ja fast aus wie wir. Vielleicht ein wenig dunkler.“

„Ja, und er hat auch keine Hörner und keinen Huf, sondern die gleichen Gliedmaßen wie wir.“

„Bruder Joao, Ihr macht Euch über mich lustig. Das ist nicht in Ordnung. Will er sich denn missionieren lassen und zum christlichen Glauben übertreten? Dann würde ich den Kaplan rufen lassen.“

Lourenço schüttelte lächelnd mit dem Kopf. „Ich habe ihn nicht gefragt. Und ich werde das auch nicht tun, denn ich glaube, genau das will er nicht. Gibt es trotzdem eine Möglichkeit, ihm eine Kammer zuzuweisen. Vielleicht sogar in meiner Nähe?“

Soares rieb sich mit der rechten Hand das Kinn und bekam einen Schluckauf. „Wir wären der erste christliche Orden, bei dem ein Muslim übernachten kann. Habt Ihr darüber schon einmal nachgedacht?"

„Nein, habe ich nicht", gestand Joao Lourenço, „einmal ist immer das erste Mal. Nennt ihn einfach nur Kasim, das fällt weniger auf."

Soares fühlte sich nicht richtig wohl, sorgte dann doch dafür, dass der Arzt nicht im Gesindehaus schlafen musste, sondern eine Kammer bei den Rittern bekam. Bevor sie sich trennten, zog Joao das Buch ‚Über die zwei Prinzipien' aus dem Bündel, das ihm nach der bestandenen Prüfung Aldemao, der Bibliothekar aus Córdoba, zum Geschenk gemacht hatte.

„Bruder Joao Soares, ich habe hier ein Buch, das ganz bestimmt Euer Interesse wecken wird. Ihr könnt es lesen und es dann in der Bibliothek allen anderen interessierten Rittern zugänglich machen. Es heißt ‚De duobus principiis'. In dem Buch wird die Lehre der christlichen Kirche, nach der es ja nur das Göttliche Prinzip gibt, kritisiert."

„Kritik an der Kirche ist nicht unbedingt das, was ein gläubiger Christenmensch lesen sollte", sagte Soares vorsichtig.

„Nicht jeder Christenmensch. Aber ich denke, wir als kritischer Orden dürfen uns sehr wohl mit derartigen Gedanken befassen und sei es nur darum, vernünftige Gegenargumente zu finden. Ich jedenfalls fand es sehr interessant."

„Nun gut, dann will ich es mir mal zu Gemüte führen."

„Das Werk enthält andere Ansichten über Gott und den Teufel“, sagte Lourenço, „in diesem Buch sind in der Tat ketzerische Gedanken. Aber wer will nicht wissen, was richtig ist. Oder?“

„Ketzerische Gedanken sind gefährlich. Das ist genau das, was unserem Orden vorgeworfen wird“, entgegnete Soares, „und ich bin mir nicht sicher, ob ich mich wirklich damit befassen möchte.“

Joao Lourenço lächelte. „Genau das habe ich auch gesagt, als ich es erhielt. Nehmt es trotzdem. Ihr werdet es lesen und bestimmt mit den Brüdern lesen und diskutieren. Ich bin mir da ganz sicher.“

Soares bedankte sich artig und fasste das Buch so vorsichtig an, als könne er sich damit die Finger verbrennen.

Beim Abendessen nach der Andacht in der Kirche traf Joao auch Pablo wieder. Sie umarmten sich herzlich.

„Na, Ihr Student. Seid Ihr jetzt deutlich schlauer geworden?“

„Ja, ich denke schon und habt Ihr ein vernünftiges Schiff gefunden?“

„Ja, habe ich. In Viana do Costelo liegt ein schneller Segler. Stellt Euch vor, es ist die Buscard.“

„Die Buscard? Mit der wir von La Rochelle nach Asturien gefahren sind? Es ist ein ziemlich schnelles Schiff.“

„Ja, genau die. Sie ist nur nicht mehr seetüchtig. Wir werden sie reparieren müssen. Ich habe schon alles in die Wege geleitet. Morgen werde ich wieder nach Viana reiten, um zu sehen, wie weit die Arbeiten gediehen sind.“

Joao hatte Tränen in den Augen und umarmte erneut seinen Ritterbruder. „Ich habe inzwischen so viel über Navigation und über Sternenkunde gelernt, dass wir niemals verkehrt fahren können. Es wird bestimmt eine wunderbare Reise werden. Außerdem spreche ich Arabisch, sodass wir uns bei den Mauren auch verständlich machen können."

„Ja, und ich habe einen tüchtigen Seemann, der auch gleichzeitig Schmied ist, für uns angeworben. Es läuft alles so, wie Ihr es Euch erträumt habt. Ihr seid vom Glück getragen, Bruder."

Joaos Herz war so übervoll, dass er Pablo fast verraten hätte, dass sich sein Vater auf dem Weg nach Bragança befindet. Im letzten Moment konnte er sich den Satz noch verkneifen. „Ich habe auch jemanden mitgebracht", wich er aus und erläuterte auf Pablos fragenden Blick hin, „mit mir reist ein muslimischer Arzt, der die christliche Welt kennenlernen möchte."

„Kennenlernen? Oder ausspionieren?"

„Nein, Pablo, Ihr seid ungerecht. Kasim ist Arzt und kein Spion. Ich habe ihn als hervorragenden Menschen in Córdoba kennengelernt. Ich möchte ihn als Freund nicht mehr missen."

„Eure Freunde sind die Ritter unseres Ordens. Ich hoffe, dass Ihr das nicht vergesst", brummte Pablo, drehte sich um und ließ Joao ein wenig hilflos im Raum stehen.

Lange konnte er über das merkwürdige Verhalten von Pablo nicht nachdenken, denn die anderen Brüder kamen alle und er musste erzählen, was er in Córdoba erlebt und studiert hatte.

Kasim stand derweil etwas einsam und verlassen im Hof der Burg, streichelte den Hals seines Pferdes und strich ihm über die zitternden Nüstern. Es war kalt und regnerisch. Plötzlich musste er an den glühenden Himmel über Andalusien denken. An den kleinen Ort nahe der Stadt Córdoba, in dem er seine Kindheit verbracht hatte. Er sah das enge Gewirr der Straßen vor seinen Augen, in denen sich jeder Fremde verlaufen konnte, wenn er sie nicht von Geburt aus kannte. Wie oft war er als Kind durch diese engen Gassen gerannt auf der Flucht vor einem Händler, dem er eine Dattel oder eine Melone von seinem Stand gestohlen hatte. In der erbarmungslosen Hitze der Extremadura hatte er den gleißenden Planeten oft verflucht. Jetzt, im Norden Portugals, vermisste er die Sonne, sehnte er sich nach dem Flechtwerk über den Souks, welches die ärgsten Strahlen abhielt. Er vermisste hier in dem manchmal unerträglichen Gestank der kleinen Städte den betäubenden Duft der Karawanen, die verwirrende Mischung aus allen möglichen Gewürzen. Und oft genug dachte er angesichts der schmucklosen, grauen Stein- und Holzhäuser der Portugiesen an die kunstvollen, schlanken Säulen, die Arabesken in den Palästen, die verschwenderischen Gärten seiner Heimat Al Andalus. Er fuhr sich mit der Hand über die Augen, so, als wollte er die Gedanken fortwischen. Das alles war Vergangenheit und so richtig glaubte er auch nicht, dorthin zurückkehren zu können. Er schrak zusammen, als sich ihm von hinten eine schwere Hand unvermittelt auf die Schulter legte.

„Du hast wohl geträumt, Maure?", ließ sich die für ihn unangenehme Stimme des Templers Pablo hören. Der Ritter war ein enger Gefährte Joaos und ein guter Kämpfer. Joao hatte oft von ihm erzählt. Kasim hatte ein Gespür für

Menschen, Ritter Pablo war im Umgang mit anderen Templern und ganz sicher mit Fremden unangenehm. Weiß der Teufel, welchen Narren Joao an dem gefressen hatte.

„Du solltest nicht mit dem Feuer spielen", knurrte er in seiner arabischen Muttersprache, ohne sich zu dem Templer umzudrehen, „sonst landest du eher in der Hölle, als dir lieb ist."

Pablo war neben Kasim stehen geblieben und schaute ihn aus zusammengekniffenen Augen an. „Wenn man nicht versteht, was du sagst, könnte man glauben, es ist nichts Ehrenhaftes. Deine Miene spricht dafür. Und wenn das so ist, dann gehört das bestraft. Deshalb müsste ich dir eigentlich die Peitsche überziehen. Aber in meiner unendlichen Güte glaube ich einfach, es war etwas Ehrenhaftes und lass dich in Ruhe. Aber lass dir gesagt sein, wenn du weiterhin in deiner Muttersprache redest, in der dich keiner versteht, dann darfst du dich nicht wundern, wenn man dich hier in Portugal wie einen Fremden behandelt. Eben wie einen Mauren, der du ja auch bist. Und Mauren sind hier nicht sehr beliebt." Ohne eine Antwort des Arztes abzuwarten, drehte sich Pablo um, warf seinen weißen Mantel über die Schulter und ging zum Wohnhaus hinüber, in dem er sein Quartier hatte.

Am nächsten Morgen ritt Pablo zusammen mit Ragnar Sverreson und einem weiteren Gesellen des Schmiedemeisters nach Viana do Costelo, wo sie sich um die Reparatur des Schiffes kümmern wollten. Er hatte sich von Soares eine erkleckliche Menge Geld mit auf den Weg geben lassen, um die bisher entstandenen Kosten begleichen zu können. In

Viana do Costelo angekommen, versammelte er die Templergemeinde um sich. Er erläuterte die Pläne und erfuhr, dass eine Menge an Holz und andere Dinge benötigt wurden, um das Schiff so herzurichten, wie sich Ritter Joao das vorgestellt hatte. Die Zimmerleute und die Schmiede rechneten Ritter Pablo alles vor. Es war teurer, als gedacht. Soviel Geld hatte er nicht mitgenommen. Pablo blieb nichts anderes übrig, als einen Boten zu Soares zu senden, um weiteres Geld zu erbitten.

Es hatte sich in der Gegend herumgesprochen, dass die Templer in dem kleinen Küstenort nahe der galizischen Grenze Arbeit zu vergeben hatten. So meldeten sich bei Ritter Pablo unter vielen anderen auch drei wandernde Männer. Ein Vater mit seinen beiden Söhnen suchte um Arbeit nach. Ritter Pablo prüfte die drei nicht unbedingt vertrauenswürdig aussehenden Männer und teilte sie dem Holzkommando zu, das in der näheren Gegend Bäume zu fällen und zu Brettern zu verarbeiten hatte.

Kaum waren die drei aus dem Zelt des Ritters hinausgegangen und hatten sich bei einem der Sergeanten gemeldet, der sich um die Holzknechte kümmerte, als Senora Rosaria um ein Gespräch bei Ritter Pablo nachsuchte. Sie erzählte ihm mit stockender Stimme, was ihr vor gar nicht langer Zeit auf dem Feld in der Nähe ihres Wohnortes widerfahren war.

„Das ist wahrlich schrecklich, Senora Rosaria“, erklärte Pablo, „und derartige Unholde gehören natürlich bestraft, wenn man sie denn hätte, aber warum kommt Ihr gerade jetzt zu mir?“

„Edler Ritter, die drei Männer, die mich entehrt hatten, sind eben von Euch als Holzknechte in den Dienst gestellt worden."

Ritter Pablo zuckte zusammen. „Und Ihr täuscht Euch nicht?"

„Oh, nein, edler Ritter, ich täusche mich nicht. Einem der Söhne dieses bösartigen Mannes habe ich mit meinem Messer einen Schnitt durch das Gesicht gezogen. Er müsste eine frische Narbe an der linken Wange haben. Daran könnt Ihr ihn ganz sicher erkennen."

Ritter Pablo schickte Rosaria wieder hinaus, befahl ihr aber, in der Nähe zu bleiben. Dann wies er Ragnar an, die drei Holzknechte noch einmal zurückzuholen. Die drei kamen recht unterwürfig zurück und blieben vor dem Ritter stehen. Der kam ohne Umschweife zur Sache.

„Ich habe gehört, dass Ihr drei vor wenigen Tagen eine Frau geschändet habt. Ist der Vorwurf richtig?"

Der Vater empörte sich. „Herr, was wollt Ihr uns unterstellen? Wir sind ehrenhaft und haben uns nie unehrenhaft einer Frau genähert."

„Euch ist bekannt, dass wir bei den Templern die Lüge nicht dulden und niemanden in unserer Gemeinschaft haben wollen, der sich nicht an unsere Regeln hält."

„Herr, wir lügen nicht." Ritter Pablo sah sich die drei Männer von oben bis unten an. Dann zeigte er auf einen der Söhne.

„Tritt vor."

Der junge Mann begann zu zittern und trat zögerlich vor den Ritter. Er wusste die Blicke seines Vaters in seinem Rücken.

Pablo zeigte auf die frische Narbe auf der linken Wange. „Wie seid Ihr an die Verletzung gekommen?"

Der junge Mann stotterte herum. „Er hat sich in einem Gebüsch das Gesicht aufgeschnitten", antwortete der Vater, bevor der Gefragte auch nur einen vernünftigen Satz herausbringen konnte.

Pablo sah strafend zu dem Vater hinüber. „Ich habe Euren Sohn gefragt, nicht Euch. Und ich erwarte von Eurem Sohn eine Antwort und nicht ein unartikuliertes Gestammel. Wenn es so wäre, wie Ihr behauptet, dann müsste Euer Sohn nicht so herumstammeln. Also", wandte er sich wieder an den Sohn, „woher habt Ihr die Verletzung?"

„Ich habe sie mir in einem Dornengestrüpp zugezogen", erklärte er ziemlich kleinlaut.

„In einem Dornengestrüpp? Und nur ein Dorn hat Euch einen Schnitt vom Ohr fast bis zum Mundwinkel verpasst? Nein, mir sieht das eher wie ein Messerschnitt aus."

„Nein, nein", heulte der junge Mann auf, „es war kein Messerschnitt, es war ein Dorn."

„Dann ist es ja gut", sagte Pablo und winkte Ragnar zu sich heran, dem er einige Worte zuflüsterte.

„Geht zurück zu Eurem Vater und bleibt da stehen", ordnete der Ritter an. Einige Momente schwieg er und sah die vor ihm Stehenden an, die von einem Moment zum anderen unruhiger wurden. Dann wurde Senora Rosaria hereingeführt und einige Knechte der Templer stellten sich so an den Eingang, dass niemand ohne Probleme aus dem Zelt entkommen konnte.

„Ich frage Euch nochmals. Die Narbe stammt nicht von einem Messer?“

„Nein.“

„Habt Ihr eine Frau geschändet?“

„Nein, das haben wir nicht getan.“

„Gut, dann dreht Euch jetzt einmal um.“

Die drei Männer drehten sich um und erstarrten vor Schreck. Während der Vater ohne Reaktion stehen blieb, sackte der Sohn mit der Narbe zusammen und fing an zu jammern. „Edler Ritter, ich wollte das nicht. Mein Vater und mein Bruder haben mich dazu gezwungen. Die Frau hatte mich mit einem Messer verletzt. Bitte, lasst mich am Leben.“

Pablo sah die drei streng an. Die Gesichtsmuskeln beim Vater arbeiteten. Ihm war klar, dass der Zusammenbruch seines Sohnes das Todesurteil für ihn, wahrscheinlich aber für alle war und jetzt dachte er darüber nach, wie er aus dieser Situation herauskommen konnte.

„Ihr Verbrecher müsst Euch keine Gedanken machen, wie Ihr entkommen könnt“, dämpfte Pablo die Gedanken des Verbrechers, „Ihr könnt nur noch Euer Gewissen erleichtern und uns weitere Schandtaten beichten, die Ihr begangen habt.“

Der Vater spuckte auf den Boden. Der Ältere der beiden Söhne sagte noch immer nichts, aber der Jüngere wollte offenbar sein Gewissen erleichtern. „Mein Vater und mein Bruder haben in der Nähe von Bragança eine Frau geschändet und erschlagen. Sie war eine Gauklerin und zog einige

Zeit mit uns. Ich wollte das nicht, aber ich werde ja von meinem Vater nicht gefragt. Ich muss das tun, was er sagt."

„Ja, das verstehe ich", sagte Ritter Pablo mit milder Stimme, „und was war noch?"

Es sprudelten noch einige andere Verbrechen aus seinem Mund. Alle waren an Grausamkeit nicht zu überbieten. Als es nichts mehr zu erzählen gab, hob Ritter Pablo die Hand.

„So verkünde ich jetzt das Urteil über Euch. Ihr habt Euer Leben verwirkt. Ein verbrecherischer Vater mit seinen verbrecherischen Söhnen, die ein Weiterleben nicht mehr verdient haben. Ragnar, Ihr werdet die drei am Rande der Klippe aufhängen und so lange hängen lassen, bis die Möwen sie aufgefressen haben. Knechte, ergreift und bindet sie."

Als die drei Verbrecher aus dem Zelt geschleift wurden, mussten sie an Rosaria vorbei. Ohne eine Regung sah sie die Männer an, die vor ihr den Kopf senkten und auf den Boden sahen. Eine große Erleichterung durchströmte die kleine Frau, als sie zurück in ihren Verschlag ging. An der Hinrichtung wollte sie nicht teilnehmen. Dieses Handwerk verrichteten die Knechte der Templer schnell und routiniert. Und noch tagelang sah man die Schwärme der Krähen und Möwen, die sich an der Klippe um die drei Toten kümmerten.

Das Leben in Viana do Costelo ging seinen gewohnten Gang weiter. Nach einigen Tagen dachte niemand mehr an die Toten auf der Klippe. Für Rosaria hatte das Leben wieder eine neue Richtung bekommen. Die Lebensfreude war wieder da und sie genoss ihre Arbeit in dem kleinen Städtchen. Sie war sicher, es war die richtige Entscheidung gewesen, ihren alten Lebensbereich zu verlassen. Nach einiger Zeit kam es ihr in den Sinn, sich bei dem Mann zu bedanken, der sie gerächt hatte.

Rosaria hatte in der Zwischenzeit ihren Verschlag verlassen und war in ein kleines Haus mitten im Ort gezogen. Sein Besitzer war verstorben und der Alkalde hatte es ihr gestattet, dort zu wohnen. Zug um Zug war es ihr gelungen, das Häuschen wohnlich einzurichten. Als Pablo durch den Ort ging, befand sich Rosaria gerade vor ihrem Haus und so lud sie ganz spontan den Ritter ein, sie zu besuchen und sich ihr kleines Reich anzusehen. Der Ritter sah sich um. Niemand schien ihn zu beobachten, wie er das Haus von Rosaria betrat.

Senora Rosaria hob Pablos Hände auf ihre Hüften. Verstohlen nahmen ihre Blicke voneinander Besitz. Den ganzen Tag schon hatte sie den Mann gewollt, der ihre Rache möglich gemacht und die drei Männer gerichtet hatte, die ihr Unrecht getan und sie schwer gedemütigt hatten. Es war ihr egal, dass es ein Ordensmann war. Das machte ihre Begierde noch interessanter, jemanden zu besitzen, den man eigentlich nicht besitzen durfte.

„Kommt zu mir“, flüstere sie ihm ins Ohr und umarmte ihn heftig. Sein Gewand war voller Schweißflecken, aber sie genoss seinen Geruch. Pablo konnte sich nicht mehr halten. Er riss sich sein Hemd vom Leib, hob die kleine Frau auf und setzte sie auf den Rand des Bettes. Sie raffte ihr Hemd über die Schenkel und schlang ihre Beine um seine Hüften. Sie liebten sich unbeherrscht und leidenschaftlich. Keuchend suchten ihre Lippen einander. Mit rhythmischen Schreien der Lust schob sie ihm ihren Leib entgegen, bis sie mit schweißnassen Haaren in seine Arme sank und ihre feuchten Lippen an seine Schulter presste.

Wie lange sie zusammenlagen, wusste keiner mehr. Irgendwann stand Pablo auf, weil irgendjemand nach ihm gerufen hatte. Er ordnete seine Unterkleider und ging aus der Kammer. Vor dem Haus zuckte er zusammen. Ein hochgewachsener, älterer Ritter in einem ziemlich alten, ja, heruntergekommenen Mantel der Templer wartete auf ihn. Das lange, wellige Haar war grau und er wirkte gezeichnet von lange vergessenen Leidenschaften. Pablo schluckte.

„Vater, was macht Ihr denn hier?“, war das Einzige, was er zu sagen vermochte. Ansonsten stand er wortlos dem Mann gegenüber, den er bei der letzten Schlacht der Templer vergeblich gesucht und von dem er schließlich geglaubt hatte, dass er tot in Akkon geblieben war. Jahre waren seither vergangen, seit er seinen Vater im Getümmel der Schlacht verloren hatte. Aber jetzt erinnerte er sich sofort an das Gesicht seines Vaters, der ihm in der Burg die ersten Übungen mit einem Schwert beigebracht hatte. Auch wenn er deutlich älter und grauer geworden war. Pablo sah an sich herunter. Er schämte sich, bei seiner ersten Begegnung seit vielen Jahren hier in Viana do Costelo dem Vater im durchgeschwitzten Untergewand gegenüberzutreten. Aber dem alten Herrn schien das egal zu sein. Keiner von beiden machte Anstalten, sich zu bewegen. Sie standen da und sahen sich an. Ganz langsam hakte der alte Ordensmann seine Daumen in den Gürtel ein.

„Du bist also mein Fleisch und Blut“, stellte er sachlich fest, „lange habe ich auf dich warten müssen. In der Schlacht von Akkon habe ich auf dich gewartet. Habe gehofft, du würdest mich finden und mir helfen. Stattdessen bist du geflüchtet und hast mich den Mauren ausgeliefert.“

Pablos Gesichtszüge erstarrten. „Ich muss Euch keine Rechenschaft ablegen. Ihr wart im Getümmel der Schlacht verschwunden und ich habe mich um verletzte Brüder gekümmert. Ich glaubte, Ihr wärt im Kampf gefallen. Wie und wo in Akkon hätte ich Euch denn suchen sollen?" Wütend versetzte Pablo einem Hocker einen Tritt. In seinem schweißfeuchten Untergewand fror er mit einem Male. Er starrte den staubigen Boden an, nur um seinen Vater nicht ansehen zu müssen.

„Warum bist du gekommen? Woher hast du gewusst, wo ich bin? Bist du nur gekommen, um mir Vorwürfe zu machen?"

Sein Vater beantwortete die Frage nicht. Er stand vor seinem Sohn wie in sich selbst versunken. Der strich sich fahrig über das Untergewand und durch die noch immer schweißnassen Haare. Er hoffte inständig, dass nicht jetzt noch die kleine Senora aus der Tür kam. Aber die hielt sich wohlweislich im Hintergrund.

„Du bist mir sehr ähnlich", sagte der alte Ordensritter nach längerem Schweigen.

„Du bist schließlich mein Vater", antwortete Pablo.

„Ja, und ich bin gekommen, dir zu verzeihen. Ich verzeihe dir, dass du mich auf dem Schlachtfeld hast liegen lassen. Ich verzeihe dir, dass du dich um mich, deinen Vater, nicht gekümmert hast. Und ich verzeihe dir, dass du mir die Schmach der Sklaverei nicht erspart hast. Aber ich verlange auch was von dir."

„Und du bist sicher, dass ich dein Verlangen erfüllen kann?"

„Ja, Pablo, ich bin sicher, dass du das kannst. Ich will nichts Unmögliches von dir. Ich verlange von dir, dass du deinem Ritterbruder Joao immer und jederzeit treu zur Seite stehen sollst. Egal, wo er hingeht und was er von dir verlangt. Ich weiß, er hat noch Großes vor und dabei kannst du ihm helfen. Schwöre es."

Pablo zögerte. Er wusste nicht genau, was Joao geplant hatte. Mit dem Schiff aufs Meer, das war klar. Aber wohin er wollte, wusste er nicht. Wahrscheinlich wusste das selbst Joao nicht so genau. Und warum sollte er auf etwas schwören, was im Nebel der Zukunft hinter dem Horizont des Meeres lag.

„Schwöre es", verlangte der Vater eindringlich mit lauter Stimme von seinem Sohn. Einige Fischer auf der Gasse vor dem kleinen Haus wurden schon aufmerksam und blieben stehen, um die Szene zu beobachten. Pablo hatte das Gefühl, der Boden würde unter ihm weggezogen. Seine Knie wackelten und die kalt gewordenen Hände begannen zu zittern. Noch einmal dröhnte die laute Stimme des alten Herrn durch die Gasse.

„Schwöre es. Ich will es und danach ist alles, was war, verziehen." Pablo wandt sich. Er musste sich durchringen, über seinen Schatten springen. Natürlich war er Ritter Joao bisher immer treu gefolgt. Aber das war freiwillig. Er hätte jederzeit einen anderen Weg einschlagen können. Wenn er einen Eid leistete, war er gebunden. Seine Freiheit war dahin und als Gegenleistung erhielt er die Verzeihung von einem Verhalten, das ihm bis dato schon gar nicht mehr in Erinnerung gewesen war.

Wie von weitem hörte er noch einmal den Ruf des Vaters. „Schwöre es!“

Pablo war auf die Erde gesunken. Er kniete wie ein Büßer vor seinem Vater. Er legte die linke Hand auf sein Herz und die Rechte streckte er mit drei gestreckten Fingern in den Himmel. Den kleinen Finger und den Ringfinger hatte er eingeknickt.

„Ich schwöre es“, stöhnte er.

„So sei es und jetzt vergebe ich dir.“ Der alte Ritter wartete nicht, bis sich Pablo erhoben hatte. Er drehte sich um und verschwand mit kräftigen Schritten in der Gasse.

Pablo kniete noch immer auf dem staubigen Pflaster, als er von einer bekannten Stimme angesprochen wurde. Er blickte wie erschrocken hoch. Es war ein Kaplan des Templerordens.

„Fra Domenico, wo kommt Ihr denn so plötzlich her?“

„Ich begleitete Euren Vater. Außerdem hat mich Joao beauftragt, hier in Viana als Priester zu wirken, damit Ihr auch geistlichen Beistand habt. Ich bin mit Eurem Vater hierher geritten und habe Euren Schwur gehört. Ich werde ihn in der Kirche vor dem Altar Gott empfehlen. Ich glaube, es war ein guter Schwur.“ Dann half er dem Ritter wie ein barmherziger Samariter wieder auf die Beine. Pablo nickte, während er sich den Staub aus seinen Sachen klopfte. Dann drehte er sich um und ging in die Hütte zu der Senora zurück. Fra Domenico sah ihm nachdenklich nach. Irgendetwas störte ihn daran, wie Pablo geschworen hatte. Er konnte nicht sagen was, aber ihm schien der Schwur nicht ehrlich gewesen zu sein. Deshalb wollte er ihn in der Kirche vor allen Gläubigen auch Gott empfehlen. Das würde den Ritter an seinen Eid binden. In der Kammer angekommen, ging Pablo sofort zu seinen Sachen, ohne sich weiter um Senora Rosaria zu kümmern.

„Es war schön“, sagte er mit rauer Stimme, „aber ich werde zu meinem Ritterbruder zurückkehren und mit ihm reisen, wohin er auch geht. Haltet mich in guter Erinnerung und im Herzen. So wie ich es auch tun werde.“ Er nahm sich seine Sachen, zog sie an und verließ das kleine Haus, ohne sich noch einmal umzudrehen.

In Bragança war der Bote mit dem Wunsch nach finanzieller Unterstützung für den Bootsbau in Viana do Costelo angekommen. Soares hatte Joao Lourenço rufen lassen und nun saßen sie zusammen, um darüber zu beratschlagen, was zu tun sei. Aus dem Vermögen der Templer, das Soares zu betreuen hatte, wollte er nichts mehr abzweigen. Jedenfalls nicht mehr, als er Pablo schon nach Viana mitgegeben hatte. Nicht für eine Aktion, die schließlich ein Traum von Lourenço war und nicht zu den primären Zielen der Templer gehörte.

„Joao, ein Bote von Pablo ist gekommen, um nach weiterem Geld anzufragen, damit der Schiffbau vorwärts geht. Ich habe nicht vor, von unserem Ordensvermögen dafür etwas abzuzweigen. Das Vermögen soll sich vermehren, nicht untergehen. Wie habt Ihr Euch das gedacht, den Schiffbau zu finanzieren?“

„Ich hatte Euch bereits erzählt, dass ich weiß, wo sich das Gold befindet, welches mein Freund Jan van Koninck vor dem Zugriff des französischen Königs gerettet hat. Das heißt, ich weiß es nicht, ich vermute es.“

Soares hob die Augenbrauen. „Ach, ich dachte, Ihr wisst es. Jetzt, sagt Ihr, Ihr vermutet es. Was ist denn nun wirklich?“

Joao erzählte Soares die ganze Geschichte und auch die Ahnung, die ihn beschlich, als er seinen Freund vor der Kirche in Santiago de la Requejada auf einer kleinen Hochfläche in den Bergen zwischen Ponferrada und Sanabria beerdigt hatte.

„Ja, jetzt kann ich Eure Gedanken gut nachvollziehen, Bruder“, murmelte Soares nachdenklich, „wollt Ihr denn alles Gold von dort abholen?“

„Nein, das werde ich nicht tun. Es ist ein gutes Depot und bis jetzt kennt es keiner. Ich werde einen Teil des Goldes abholen und den größten Teil dort lassen.“

„Wenn es mehrere Leute wissen, wird es dort nicht mehr sicher sein, befürchte ich.“

„Da mögt Ihr Recht haben. Aber dieses Risiko müssen wir eingehen. Es ist das Vermögen unseres Ordens und nur einige wenige Ordensmitglieder werden wissen, wo das Gold liegt. Damit ist die Gefahr, dass Fremde sich des Goldes bemächtigen, doch sehr gering. Ich werde jedenfalls nicht verhindern, dass die, die mir helfen, erfahren, wo wir das Gold holen. Das schafft Vertrauen. Sie wissen dann, dass sich, wie in der Ordensregel festgelegt, jeder auf jeden verlassen kann. Aber ich werde auf dem Weg nach Santiago einen Umweg fahren. Über Mombuey. Damit weder Räuber noch die Leute in Sanabria auf dumme Gedanken kommen, wenn ein Wagenzug der Templer innerhalb weniger Tage gleich zweimal durch den Ort fährt.“

„Macht das. Das ist ein kluger Zug. Nehmt auch kampferfahrene Sergeanten mit und nicht nur Knechte.“

„Ja, das werde ich und ich brauche auch bestimmt zwei oder drei Gespanne, um die Kisten transportieren zu können.“

„Die könnt Ihr von mir bekommen. Lasst Euch vom Kastellan die Wagen geben und sucht Eure Männer selbst aus.“

Joao bedankte sich artig und ging in den Hof, um nach dem Kastellan zu suchen und mit ihm die Fahrt nach Santiago zu besprechen. Innerhalb eines Tages hatte er alle seine Leute ausgesucht und den kleinen Wagenzug zusammengestellt. Dann ritt er an der Spitze des Zuges aus der Burg. Oben am Fenster des Rittersaals stand Joao Soares und schaute Lourenço nachdenklich hinterher.

Joao Lourenços Wagenzug brauchte einige Tage für den Umweg über Riofrio de Aliste und Mombuey. Mühsam hatten sie sich über schmale Wege, die kaum für schwere Fuhrwerke geeignet waren, hinauf auf die Hochfläche gearbeitet. In dem verlassenen Ort stellten sie die Wagen direkt vor der Kirche ab. Einige der Sergeanten waren schon einmal hier gewesen, als sie Ritter Jan van Koninck beerdigt hatten. Sie sagten nichts, wunderten sich aber, als sie schon wieder, dieses Mal zusammen mit drei Fuhrwerken, in dem kleinen Ort standen. Sie erhielten jetzt den Befehl nachzusehen, ob sich inzwischen wieder Leute angesiedelt hatten. Aber die Suche blieb erfolglos. Es war niemand hier. Noch nicht einmal Hirten mit ihren Herden waren zu entdecken. Während die vier mitgereisten Tempelritter die Umgebung der Kirche vor unbefugten, neugierigen Blicken sicherten, befahl Joao Lourenço die Knechte mit Werkzeug und Seilen in die kleine Kirche. Dort erklärte er, was zu machen war. Zunächst hoben sie mit vereinten Kräften den Altar an und trugen ihn nach hinten in die Apsis. Danach legten sie dicke Seile um den Altarsockel und zogen auf Kommando des Ritters vorsichtig an. Knirschend bewegte sich der Sockel langsam zur Seite. Immer wieder mussten sie mit kleinen Pausen an den Seilen ziehen. Der Sockel war enorm schwer. Endlich wurde ein Spalt sichtbar. Immer weiter zogen sie mit aller Macht, bis die Öffnung so groß war, dass eine Person hindurchpasste. Sie ließen eine Leiter hinab. Joao nahm eine Fackel und stieg langsam hinunter in den Raum, der sich unter dem Altar befand. Keiner der Knechte wagte es, ohne Befehl hinter dem Ritter nach unten zu steigen. Sie warteten schweigend neben ihren Seilen. Es dauerte eine Weile, bis Joao wieder in der Öffnung erschien. Er winkte einen der Knechte heran und befahl, zwei Ritter zu rufen. Nach wenigen Augenblicken kamen Odo von Mümpelgard und Jean de Ibelin heran, die zu Joao in die Krypta hinunterstiegen. Wenige Augenblicke später drückten sie mit vereinten Kräften eine schwere Kiste nach oben. Die Knechte halfen sofort, die Kiste aus der Öffnung zu ziehen, um sie in dem freien Raum vor dem Altar abzustellen. Eine Kiste nach der anderen wurde nach oben gezogen und gestapelt. Fünfzehn Kisten fanden so ihren Weg nach oben. Dann kamen die drei Ritter wieder aus der Krypta. Die Knechte schauten ehrfürchtig auf Ritter Joao. Das, was sie gerade ans Tageslicht gehoben hatten, war der verschwundene Schatz des Ritters Jan van Koninck. Das war allen sofort klar. Aber keiner konnte sich erklären, wieso Joao gewusst hat, wo er suchen musste.

„Das, verehrte Ritter und liebe Templerbrüder, ist ein Teil des unermesslichen Vermögens unseres Ordens. Wir werden die Kisten hier oben auf die Wagen verladen und nach Viana do Costelo bringen. Das ist unsere Aufgabe. Die Krypta unter dem Altar wird wieder verschlossen. Niemand darf erkennen, dass dort unter dem Altar eine Krypta ist. Wenn die Krypta verschlossen ist, vergessen wir alle, dass wir hier waren. Ich nehme jedem von euch einen Eid der Verschwiegenheit ab. Ihn zu brechen, würde das Todesurteil bedeuten.

So, und nun kniet alle nieder. Beugt den Kopf und gelobt euer ewiges Schweigen.“

Wie im Chor erklärten alle feierlich: "Wir geloben."

Dann ging Joao zunächst an den Rittern, dann an allen anderen vorbei und legte jedem seine Hand auf das Herz. „Möge das Geheimnis in Eurem Herzen versiegelt sein“, sagte er bei jedem. Anschließend ging der Ritter zum Altar zurück und die Knechte verschlossen die Krypta wieder, indem sie Zug um Zug den Altarsockel wieder über die Öffnung zogen und hinterher den Altar wieder auf den Sockel stellten. Es dauerte eine ganze Weile, bis alles zur Zufriedenheit von Joao verlaufen war. Von einem Fremden, der sich zufällig in diese kleine Kirche verirrte, konnte nicht erkannt werden, dass der Altarsockel bewegt worden war. Die schweren Kisten wurden mühsam aus der Kirche hinausgetragen und auf den Fuhrwerken verladen. Jedes Fuhrwerk erhielt fünf Kisten. Danach wurde die Kirche mit Reiserbesen gereinigt. Joao blieb am Grab von Jan noch einmal stehen. Beugte dann sein Knie und sprach ein kleines Gebet für seinen Freund, mit dem er eine Entschuldigung verband, weil er einen Teil des Goldes aus der Krypta geholt hatte. Als er aufstand, war er sicher, dass Jan ihn verstehen würde.

Joao stieg auf sein Pferd und langsam bewegte sich der Wagenzug, dieses Mal über den normalen Fahrweg nach Sanabria, weiter über Verin nach Chaves und weiter nach Viana. Die Fahrt dauerte einige Tage. Den örtlichen Räuberbanden war ein Wagenzug mit Templern nicht geheuer. Angreifen und sein eigenes Leben riskieren wollte keiner. Und so verlief die Fahrt ohne Zwischenfälle.

In Viana do Costelo wurden sie von Pablo empfangen. Die Ankunft des Wagenzuges hatte Joao schon reichlich vor dem Ort durch einen Boten melden lassen. Und so empfing ihn der Ritterbruder so angemessen, wie es ihm geboten schien. Er zeigte ihm den Fortgang der Arbeiten an dem Schiff und Joao war sichtlich erfreut. Er bedankte sich sehr bei seinem Ritterbruder.

„Ich habe es richtig gemacht, als ich Soares gebeten hatte, Euch mit der Aufgabe zu betrauen. Ich wusste, dass sie bei Euch in den richtigen Händen ist. Wenn ich mir den Ort so ansehe, ist ja aus dem Fischerdorf eine richtige Templerkomturei geworden."

Pablo lachte. Natürlich fühlte er sich durch die Worte von Joao geehrt, gleichwohl hatte er noch immer einen leichten Groll im Herzen. Zum einen, weil er als adeliger Ritter den Ideen und Anweisungen eines Aufsteigers hatte folgen müssen und noch immer folgen musste und zum anderen, weil er inzwischen erfahren hatte, dass Joao seinem Vater den Weg nach Viana gezeigt hatte. Und sein Vater hatte ihm einen Treueeid abverlangt, den er normalerweise nicht abzulegen bereit gewesen wäre. Gleichwohl hielt er sich an den abgelegten Eid, wohl wissend, dass Fra Domenico ihn misstrauisch beobachtete.

Er zeigte Joao das Schiff. Die Arbeiten waren weit fortgeschritten. Nach den Plänen der Zimmerleute und den Ratschlägen des Normannen Ragnar hatte man die Buscard umgestaltet, ohne ihr ihre guten Segeleigenschaften zu nehmen. Es war ein Deck eingezogen und die Bordwand erhöht worden. Das, was fehlte, war noch ein vernünftiger Mast. Der alte Mastbaum war zu klein gewesen. Für eine längere Reise über See, so hatte Ragnar verkündet, war der alte Mast zu dünn und hätte den Kräften auf See niemals standgehalten. So war er mit Pablo in die Wälder gezogen, um nach einem vernünftigen Baum Ausschau zu halten, der sich für das neue Schiffsteil besonders eignete. Gefunden hatten sie einen, aber den wollte der Besitzer nicht hergeben. Nur gegen sehr viel Geld, das Pablo nicht zu zahlen bereit gewesen war. Auch weil er es nicht hatte. Jetzt führte Joao ihn zu den Fuhrwerken. Er schlug die Planen zurück und zeigte Pablo die Kisten. Sein Ritterbruder war überrascht.

„Wo habt Ihr denn plötzlich das Templervermögen her? Habt Ihr es Soares weggenommen?"

Joao lachte laut auf. „Nein, Bruder Pablo. Das hier ist nicht Soares weggenommen worden. Das hier ist das Gold, das Jan van Koninck transportiert hat. Wir nutzen es, um das Schiff zu bauen, und wir werden es ins Schiff verladen. Unten am Kiel, um die Stabilität des Schiffs zu erreichen. Wir werden Gold dort brauchen, wo wir hinreisen. Deshalb nehmen wir es mit."

Pablo sah sich die Kisten an. „Die wollt Ihr wirklich alle mitnehmen?"

„Ja, das, was wir jetzt noch für den Bau des Schiffes brauchen und was wir an Lebensmitteln brauchen, finanzieren wir von dem Gold. Und das, was übrig bleibt, verladen wir in das Schiff und nehmen es mit."

Pablo stand neben Joao an den Fuhrwerken und rieb sich mit der Hand nachdenklich das Kinn. „Ihr habt in Córdoba offenbar richtig gut studiert und an alles gedacht. Ich bin ziemlich beeindruckt. Wer soll denn alles mitkommen auf die Reise? Habt Ihr Euch dazu auch schon Gedanken gemacht?“

Joao nickte. „Ja, das habe ich. Als Erstes und Wichtigstes möchte ich, dass Ihr mich als mein Stellvertreter begleitet. Dann wird natürlich auf Euren normannischen Steuermann Ragnar nicht zu verzichten sein. Ich werde Abu al Kasim mitnehmen, da wir sicherlich einen Arzt brauchen, und der braucht den Krankenpfleger Bernhard Nivelon. Dann wollen noch die Ritter Guyot de Provins, Harmann de Peragors, Jean de Ibelin und Odo von Mümpelgard mitfahren. Die Ritter haben mit mir das Gold geholt und werden hier im Ort bleiben. Ich nehme an, dass auch unser Kaplan Fra Domenico mitfahren wird. Wie viele Knechte mitkommen wollen, weiß ich noch nicht.“

„Na, das werden so etwa zehn bis fünfzehn sein, die das große Abenteuer wagen werden. Der Schiffszimmermann, Dodo Rostagne, hat es mir schon gesagt, dass er das Schiff, was auch mit seines ist, nicht im Stich lassen will.“

„Schön, einen guten Zimmermann kann man immer gut gebrauchen. Ich freue mich, dass Dodo Rostagne mitfahren will.“

„Die meisten anderen Knechte haben aber schon gesagt, dass sie lieber zu Joao Soares nach Bragança gehen wollen, wenn wir abgefahren sind. Sie wollen ihre Frauen und Kinder nicht alleine lassen. Dafür habe ich Verständnis. Es ist, wenn ich das so richtig sehe, keiner bei den Mitfahrern, der an eine Frau oder anders an eine Familie gebunden ist. Diejenigen, die mitfahren, sind ausnahmslos reine Templer ohne Familienbande.

„Wirklich ohne? Hat Euch Euer Vater nicht besucht?“ Pablo zuckte sichtbar zusammen, was Joao natürlich registrierte, und er ärgerte sich sofort, seinen Templerbruder danach gefragt zu haben. Aber jetzt konnte er die Worte nicht mehr rückgängig machen.

„So habe ich mit meiner Annahme, dass Ihr ihm den Weg zu mir gewiesen habt, richtig gelegen. Warum habt Ihr das getan? Ihr müsst doch von meinem Vater, weiß Gott, wo Ihr ihn getroffen habt, gehört haben, dass seit Akkon etwas zwischen uns war.“

„Ja, das hat er mir erzählt. Aber ich maße mir kein Urteil darüber an, ob Euer Verhalten rechtens war oder nicht. Es ist so, wie es ist. Und es ist im Sinne unseres Herrn, wenn sich Vater und Sohn wieder versöhnen. Das steht auch als Gleichnis in der Bibel.“

„Ja, es ist so, wie es ist“, echote Pablo, „und bibelfest seid Ihr auch. Das ist ja auch nicht verkehrt. Aber mir war es nicht recht und das sollt Ihr auch wissen.“

„Ich konnte das nicht ahnen und jetzt sollten wir die Sache auch vergessen. Es gibt wichtigere Dinge zu erledigen, als über Vergangenes zu streiten. Die Welt liegt vor uns, nicht hinter uns.“

Pablo reagierte nicht auf die Anmerkung und wechselte das Thema. „Wir müssen uns Gedanken machen, wie lange wir auf See bleiben werden und was wir an Lebensmitteln und Wasser mitführen müssen.“

„Ja, Bruder Pablo, lasst uns einen Plan machen, den wir dann schnellstmöglich umsetzen.“

Die Fuhrwerke, mit denen die Goldkisten herangeschafft worden waren, fuhren leer an ihnen vorbei zurück nach

Bragança. Einer der Fuhrknechte rief ihnen noch einen Reisewunsch zu, dann verschwanden die Wagen in einer kleinen Staubwolke am Ortsausgang.

Das Jahr neigte sich im Herbst bereits langsam dem Ende zu und es war nicht mehr einfach, frische Lebensmittel zu bekommen. Sie luden reichlich getrockneten Fisch und gepökeltes Fleisch ein, Angeln, Holzkohle, Granatäpfel, richtige Äpfel, Orangen, Keramikkrüge mit Wasser, Amphoren mit Wein und sogar einen Langbogen mit etlichen Pfeilen. Die Waffen wurden so verstaut, dass man sie im Bedarfsfall schnell erreichen konnte. Es wurde Garn eingeladen, um das Segel reparieren zu können, und ein zweites Segel vorn im Bug verstaut. Auch wurde eine wasserdichte Kiste für die Ritter bereitgehalten, in der sie ihre Kettenhemden verstauen konnten. Es wurden Hühner in Käfigen an Bord geschleppt und kleine Spanferkel, die für unterwegs als Nahrung dienen sollten. Der Kaplan verstaute sein Kreuz, einen Kelch, die Patene und eine Bibel, um in geeigneter Form die heilige Messe lesen zu können. Endlich war auch der Mast gekommen und mit der Kraft aller Männer eingesetzt worden. Er war deutlich höher als der alte und auch sehr viel dicker. Oben an der Spitze des Mastbaums hatte Ragnar dafür gesorgt, dass ein Korb befestigt worden war, in den sich ein Ausguck setzen konnte, der von oben mehr sah als unten von Deck. Auf die Wikingerfiguren am Bug hatten sie verzichtet, dafür aber einen breiten Balken angebracht, von dem man an Land springen konnte, ohne dass der Bug des Schiffes auflaufen musste. Das war bei felsigen Küsten ein riesiger Vorteil. Karim und Bernhard hatten sich mit einer Vielzahl von Kräutern und Tüchern versorgt, um Verletzungen, Wunden und Krankheiten besser behandeln zu können, und die Zimmerleute hatten es, wie auch immer, geschafft, Holz und Werkzeug mit unterzubringen. Endlich war das Schiff fertig. Einige

Übungsfahrten waren gemacht worden, um den mit Seefahrt wenig erfahrenen Templern ein Gefühl für die Seereise zu vermitteln.

Die ersten drei Tage auf See werden die schlimmsten sein. Das hatte Ragnar erzählt. Die ständigen Bewegungen durch Wind und Wellen, das Gewöhnen an die Wache- und Ruhezeiten von nie mehr als vier oder sechs Stunden, immer aufgeweckt zu werden, sobald man endlich einmal annähernd tief schlief, all das war körperlich fordernd. Deshalb hatten sie den Umgang mit dem schnellen Segler trainiert. Für die Neuen an Bord des Templerschiffs galt es zunächst, die Namen der Segel und Leinen und ihre Funktionen zu lernen, um schnell reagieren zu können, wenn Ragnar seine Befehle gegen den Wind schrie. Immer wieder waren sie, teilweise nur für Stunden, zum Üben hinausgefahren. Auch bei rauerer See.

Mit seinem großen, viereckigen Segel wirkte die Buscard sehr beeindruckend, als sie an einem Novemberabend vor Viana ankerte. Sie war nicht an Land gezogen worden. Der Vollmond erhob sich hinter der Silhouette des Schiffs. Jetzt war es geschafft. Der Segler war geputzt, alle Wasserkrüge gefüllt und Lebensmittel gekauft. Alles war genau eingeteilt und in den zwei Vorratsräumen im Bug und im Heck verstaut worden. Während der ganzen Zeit spazierten Joao, Pablo, Ragnar und Kasim immer wieder über Deck, von Backbord nach Steuerbord, kreuz und quer, von Bug nach Heck und wieder zurück, um sich alles einzuprägen und die anderen zu beaufsichtigen. Jetzt war der Tag der Abreise da. Ragnar ging gemessenen Schrittes zum Steuer und brüllte seine Kommandos über das Deck. Man merkte es ihm an, wie sehr er in seinem Element war.

Als die Buscard vor dem Hafen gewendet hatte, der Wind von hinten in das große, viereckige Segel blies und das Schiff langsam Fahrt aufnahm, versammelte sich der ganze Ort am Strand. Die Templer wurden in allen Ehren verabschiedet und es wurde immerwährendes Glück auf der Reise gewünscht. Dabei war den Gesichtern anzusehen, dass die daheim Gebliebenen keine Hoffnung hatten, ihre seefahrenden Ordensbrüder irgendwann einmal wiederzusehen. Nach einer halben Stunde auf See beugte sich der erste Templer über die Bordwand, um sich zu übergeben. Die ersten Tage waren wahrlich die schlimmsten. Nur allmählich gewöhnten sich die Körper an die neue Umgebung, die Übelkeit und Schwere in den Gliedern schwand. Trotz allen Übens mussten alle ihre einstudierten Handgriffe gemächlich ausführen, immer und jederzeit angepasst an die Schaukelbewegungen des Schiffs. Den Start hatte Joao gut gewählt. Aus dem Portolan wusste er, dass in der zweiten Hälfte des Novembers die Winde immer von Nordost blasen und damit in Richtung Süden fast nur mit dem Wind im Rücken gesegelt werden kann. Jetzt wehte der günstigste Wind, um schnell nach Afrika zu gelangen.

Die Buscard ging auf Parallelkurs zur portugiesischen Küste. Der Passat blies deutlich aus Nordost. Selbst in der Nacht wurde jeder Windhauch genutzt und das Segel beobachtet. Rund um die Uhr musste Wache gehalten werden. Die Männer waren dafür in drei Gruppen aufgeteilt worden, die einander tagsüber und nachts abwechselten. Die Nachtschicht hatte dann erst wieder am kommenden Tag die Schicht. Die Nächte vor Portugals Küste waren noch kühl und auch tagsüber brauchte man lange Gewänder, um sich vor dem ständigen Luftzug zu wärmen.

Nachts funkelten die Sterne beeindruckend am Himmel. In der Nacht war es still draußen auf dem weiten Ozean. Lediglich das Geräusch des Windes im Segel und der Wellen, die gegen die Bordwand schlugen, begleitete das Templerschiff. Nichts als Wasser war um das Schiff herum, in dem Plankton aufleuchtete, wenn es durch die Wellen glitt. Wie Diamanten glitzerten die kleinen Teilchen im Wasser. Gelegentlich tauchten Delfine auf, die das Schiff begleiteten. Sie waren zauberhaft, kaum zu sehen, nur ihre Schatten tauchten immer wieder aus dem Wasser hervor. Der Mond ließ ihre feuchten Körper kurz aufblitzen, bevor sie wieder in die dunklen Tiefen des Wassers tauchten.

Als Joao mit einem anderen Templer am Mast arbeitete, hörten sie ganz nahe ein tosendes Brausen. Nur wenige Ellen auf der rechten Seite schwamm ein großer, graubrauner Körper direkt neben dem Schiff her. Es war ein riesiger Fisch. Joao starrte mit Entsetzen auf das Tier. Von einem solchen großen Fisch hat er in den Büchern in Córdoba nichts gelesen. Misstrauisch bis ängstlich beobachtet er das riesige Tier. Auch die anderen Templer waren aufmerksam geworden.

„Es ist ein Wal“, rief Ragnar vom Steuerruder aus, „der tut uns nichts. Wir müssen uns nicht fürchten.“ Es war ein tolles Schauspiel, so ein riesiges Tier aus der Nähe zu sehen. Langsam hob sich der Koloss über die Wasseroberfläche. Deutlich war das lange Maul im unteren Viertel des Kopfes zu erkennen. Der Fisch kam sehr nahe. Joao war sich trotz des beruhigenden Rufes von Ragnar nicht sicher, ob er das Schiff nicht doch verschlingen konnte. Er musste an das Gleichnis in der Bibel denken, wo der Prophet Jonas von einem Wal verschlungen und nach drei Tagen wieder ausgespuckt worden war. Tatsächlich nahm der Wal einen schrägen Kurs auf die Buscard zu, tauchte aber gerade noch im richtigen Moment darunter weg, einen hellblauen Fleck erzeugend. Dann war er nicht mehr zu sehen. Joao weinte ihm keine Träne nach.

Am frühen Morgen war die Buscard voll im Wind, die sie nach Süden trieb. So liebte die Buscard das Segeln. Es war dem Schiff anzumerken. Es war leicht zu steuern. Der Wind kam fast von hinten und das Schiff rauschte mit einer gewaltigen Bugwelle durch das Wasser. Der ideale Wind. Joao erinnerte sich. Der Portolan riet in einem solchen Fall, den Kurs geringfügig zu ändern, um schräg von hinten mit noch schnellerer Geschwindigkeit dahinzuschießen. Joao gab dem Steuermann einen Hinweis, aber der hatte das schon aufgrund seiner Erfahrung selbst gemacht. Nach einer Weile stellte Ragnar fest, dass das unangenehme Rollen, welches bei den Langschiffen immer im direkt von hinten kommenden Wind entsteht, nicht mehr vorhanden war. Und das war für die meisten der mit der Seefahrt unerfahrenen Templer eine Menge wert. Die Seekrankheit hielt sich dadurch in Grenzen.

Nachts wurde das große Segel gerefft und erst am frühen Morgen wieder losgebunden und am Mast nach oben gezogen. Auch bei etwas stärkerem Wind gab es keine Schwierigkeiten, das schwere Segel hochzuziehen. Schön sah es gegen den blauen Himmel aus. Der Wind ließ sie nicht im Stich. So ging es zügig weiter nach Süden. Im Dunst lag auf der linken Seite des Bootes die afrikanische Küste. Das Tor von Tarifa hatten sie wohl über Nacht passiert, ohne es gemerkt zu haben. Das Schicksal meinte es mit Joao und seiner Besatzung gut. Stetig blies der Wind jetzt im späten Herbst von hinten und trieb das schnelle Schiff nach vorn.

Aber der Wind blieb nicht so. Am sechsten Tag war Flaute. Nichts ging mehr. In der Flaute blieb viel Zeit, um sich mit Spielen an Bord die Zeit zu vertreiben. Joao hatte sich zurückgezogen und studierte die Karte von Meister Abraham. Ritter Pablo starrte zusammen mit Fra Domenico am Bug ins Wasser. Plötzlich wurde er laut und wedelte hektisch mit den Armen hin und her. Immer wieder zeigte er auf das Wasser vor dem Schiff. Eine Schule von Hunderten von Delfinen schwamm am Bug bei der Buscard über eine Stunde, bis es ihnen offensichtlich zu langsam wurde.

Die Meeresoberfläche wurde deprimierend glatt und ölig. Kein Windhauch. Ein wenig hilflos schaute Joao zur afrikanischen Küste. Die hohen Berge des Atlas, die noch gestern den genauen Verlauf der Küste zeigten, waren fast verschwunden. Nur noch gelegentlich zeigte sich ein eher kleiner Hügel. Es blieb nur, an Deck zu schlafen und zu fragen, wo der Wind blieb. An Bord herrschte Stille, keiner sprach, jeder hing seinen Gedanken nach. Joao betrachtete das wie Blei liegende Meer. Es erweckte den Eindruck, als ob die Hitze die Wellen einschlafen ließ.

Joao hatte sich am Mast herunterrutschen lassen. Jetzt saß er dort auf den Planken, seine Augen wurden schwer, kleine Bleigewichte zogen die Lider nach unten, wie eine schwere Falltür fielen sie zu. Schlafen, was war das, wo gingen wir hin, wenn wir schliefen? Schlafen war für ihn wie ein kleiner Tod. Der Schlaf umschloss seine Existenz. Im Schlaf hatte er Träume, in denen er seine Erlebnisse verarbeitete. Joao schlief in Zeiten der Flaute viel. Man verpasste nichts.

Der Rhythmus der Wachen und die immerwährende Arbeit an Bord forderten Entspannung. Die Ruhe und Stille zerstreuten Sorgen und Leid. Gedanken drifteten dahin, Meeresalgen gleich, verschwanden in der fernen, grauen Schläfrigkeit unbemerkt und vage. Der Körper sank tief hinab, das teilnahmslose Herz schlug schwach und manchmal wisperte noch ein Atemzug. Dumpfes Nichts lähmte die Glieder und Joao glitt immer tiefer hinunter ins Vergessen. Dann plötzlich eine kleine Welle, die ihn nach oben spülte wie Blasen in einer Lagune. Langsam tauchte er wieder auf. Er wusste für einen kurzen Moment nicht, ob er wachte oder träumte.

War es ein Traum oder die Wirklichkeit, die er erlebte? Er fühlte sich entspannt. Seine Energie war wieder da und er freute sich auf den Tag und den Rest seines Lebens, von dem er nicht wusste, wie lange es dauern würde. Und das war auch gut so. Wenn er auf die See hinausschaute, glaubte er nicht, dass dieses ruhige, unbewegte und glatte Wasser ein unendliches Meer sein sollte. Es sah eher aus wie ein See oder eine Lagune in Portugal. Gestern hatten sie versucht zu segeln. Nach dem Frühgebet wurde bei schwachem Wind das Segel in voller Größe gesetzt. Im Laufe des Tages wurde der Wind aber immer weniger, sodass am frühen Nachmittag das Segel wieder eingeholt wurde.

Die Stimmung an Bord war trotzdem gut. Im Vorfeld der Reise hatte sich Joao gedanklich immer nur mit Stürmen beschäftigt. Bewegte See hatten sie ja auch schon gehabt, aber nur kurz. Ansonsten hatten sie ruhige See und guten Wind. Doch die Herausforderungen einer Flaute waren eine neue Erfahrung. Die Suche und Überlegung nach einem Platz im Schatten mit eventuellem Lufthauch bestimmte den Tag. Gegenüber dem Land bot die Hitze auf See den großen Vorteil der Sauberkeit. Es gab keine Mücken, keine Fliegen, keine üblen Gerüche, außer denen, die von den Seeleuten selbst kamen. Nur wenige pflegten die körperliche Hygiene. Was hatte einer der Knechte in Viana kurz vor der Abfahrt den anderen Knechten zugerufen, als einer der Fischer wie tot von seinem Boot auf den Sand fiel? Macht Euch keine Gedanken. Ein Fischer stirbt nicht, der riecht nur so. Und er lag damit nicht verkehrt. Die Seeleute strömten einen herben Geruch aus. Kasim war einer der wenigen, der sich immer wieder säuberte. Er stand an Bord und schüttete Wasser aus einem kleinen Kübel über sich, den er vorher an Bord gezogen hatte, von Pablo misstrauisch und von Ragnar grinsend beobachtet.

Joao hoffte weiter auf Wind und zeigte dem Steuermann an, er möge in Richtung der afrikanischen Küste steuern, denn die zwei Tage Flaute machten manche an Bord recht ungeduldig. Nichts war zu tun. Die Sonne schien unbarmherzig vom Firmament. Selbst die Fische wollten bei den Anglern nicht beißen. Joao studierte intensiv die Karte von Meister Abraham. Er hoffte, dort an der Küste Afrikas eine Stadt zu finden, wo sie ihre Vorräte ergänzen und frisches Wasser aufnehmen konnten. Aber die Karte endete dort, wo sie sich befanden. Sie mussten es auf eigenes Risiko versuchen.

„Und, was sagt Eure Karte zu Orten hier an der Küste?“, fragte neugierig Ragnar Sverreson, der während der Flaute eher gelangweilt am Steuer stand.

„Nichts“, antwortete Joao wahrheitsgemäß.

„Und trotzdem glaubt Ihr, Ihr werdet an der fremden Küste eine Ortschaft finden?“

„An Küsten der ganzen Welt findet man immer Ortschaften“, orakelte Joao. Aber ganz wohl war ihm bei dieser Aussage nicht. Er durfte keine Unsicherheit zeigen. Unsicherheit würde dazu führen, dass die Mannschaft ihm über kurz oder lang das Vertrauen entzog und ohne ihn zurücksegelte. Sein Traum wäre mit einem Schlag geplatzt. Und er würde auch nicht ausschließen, dass die Templer ihren Eid vergaßen und sich des Goldes bemächtigten, das hinten im Heck des Schiffes und unten im Kiel lag, um das Boot stabil zu halten. Deshalb ordnete er an, die Ruder klar zu machen. Sie wollten zur Küste rudern, wenn sie schon der Wind nicht schob. So quälten sich die Templer eine ganze Zeit, um das Schiff mit der Kraft der Arme in Richtung Küste zu bringen. Endlich, nach einer unendlich erscheinenden, ungeduldigen Wartezeit frischte der Wind wieder auf. Nicht so fest, um zügig nach Süden segeln zu können, aber die afrikanische Küste war problemlos zu erreichen. Die Ruder wurden wieder eingeholt und unter der Bordwand vertäut.

In der Nacht begann Joaos Wache um Mitternacht. Es war noch immer ruhig, wenig Seegang. Der Templer sah in den Sternenhimmel. Da, auf einmal zog ein heller Strahl über den Himmel. Joao bekam eine Gänsehaut und war tief berührt von diesem Schauspiel. Dieses Leuchten am Himmel zu sehen, den Strahl, eine so unerwartete Erscheinung wie ein Wunder, mystisch, ein Zeugnis der Schöpfung und ihrer Schönheit. Er verspürte eine tiefe Dankbarkeit gegenüber seinem Schöpfer, dass er diesen Augenblick so wahrnehmen durfte.

Am Morgen kam die afrikanische Küste im Dunst immer näher. Einer der Knechte kletterte am Mast empor, um oben in dem Korb Platz zu nehmen, von dem man einen besseren Ausblick hatte und weiter sehen konnte als unten vom Deck. Langsam schob sie die Buscard auf die Küste zu.

„Holla, holla, ein Boot, nein zwei, nein drei Boote“, hörte Joao den Ausguck rufen, „sie kommen auf uns zu. Sie haben dreieckige Segel so wie die Boote der maurischen Piraten.“ Joao sah hinauf auf den Mast und folgte mit dem Blick dann dem ausgestreckten Arm des Ausgucks. So sehr er sich auch anstrengte, er konnte noch nichts sehen. Dann aber rief auch Pablo und zeigte in die gleiche Richtung. Jetzt sah auch Joao die kleinen Segel. Sie kamen schnell näher.

„Zu den Waffen!“, befahl Joao und die Ritter legten ihre Kettenhemden an, während die Knechte, die gerade nichts mit der Fahrt des Schiffes zu tun hatten, ihre Waffen suchten und sich dann an der Bordwand aufstellten. So erwarteten sie die anderen Boote. Sie kamen ziemlich schnell und umkreisten die Buscard in einer Entfernung, die ein schnelles Entern durchaus ermöglichte. Es waren Piraten. Ganz ohne Zweifel. Sie waren mit mehr Leuten besetzt, als die Buscard an Bord hatte. Sie wägten ab, ob sich die Erstürmung des etwas größeren, unbekannten Schiffes lohnen könnte. Joao stellte sich nach vorne in den Bug des Langschiffes und rief auf Arabisch Grußworte hinüber. Erst nach längerer Zeit antwortete offenbar der Anführer von einem Boot. Er schien völlig überrascht, dass jemand an Bord des größeren Schiffes Arabisch sprach, und hatte sich mit seinen Leuten beraten.

„Wir wollen bei Euch unser Wasser und unsere Vorräte auffrischen. Geleitet Ihr uns in Euren Hafen?“, rief Joao.

„Allah wird Euch schützen, folgt unseren Booten. Ihr seid uns willkommen." Die kleinen Boote wendeten ihren Bug in Richtung der Küste und die Buscard folgte ihnen in einiger Entfernung, ohne aber wirklich langsamer zu sein. Joao rief seine Leute zusammen.

„Ich traue den Piraten nicht", sagte er, „deshalb behaltet Eure Waffen. Ich werde zunächst allein mit ihnen reden. Ritter Pablo wird das Kommando derweil hier an Bord haben. Ich weiß noch nicht, was uns erwartet. Sollten der Empfang friedlich sein, kommt maximal die Hälfte der Besatzung an Land, um die neuen Vorräte und das Wasser zu transportieren. Die anderen sichern unser Schiff. Das ist im schlimmsten Fall unsere einzige Überlebensstrategie. Gibt es Fragen?" Die Besatzung schüttelte den Kopf und Joao wählte Bernhard Nivelon und Abu al Kasim aus, die ihn begleiten sollten. Kurz bevor sie das Land erreichten, erkannten sie das kleine Dorf, das sich mit eingeschossigen Häusern auf einer nicht sehr breiten Landzunge zwischen Meer und einem flachen Hügel auf das Land duckte. Einen richtigen Hafen gab es nicht. Die Piraten hatten ihre Schiffe bereits verlassen und so an Land gezogen, dass sie mit wenigen Handgriffen wieder fahrbereit waren. So hielten es die Templer mit ihrem Schiff auch. Ragnar hatte die Buscard mehrere Schiffslängen entfernt an den Strand gesetzt, wo Joao und seine beiden Begleiter an Land sprangen. Sie gingen den Mauren entgegen, die sie bereits erwarteten.

„Wie heißt Euer Dorf?", wollte Joao wissen.

„Al Dakhla", war die einsilbige Antwort.

„Könnt Ihr uns Wasser und etwas zum Essen geben?"

„Wenn Ihr dafür bezahlen könnt."

„Selbstverständlich bezahlen wir dafür. Nennt uns zuerst Euren Preis." Der Maure beriet sich mit seinen Getreuen, dann drehte er sich wieder zu Joao.

„Ihr seid Christen. Deshalb müsst Ihr mehr bezahlen, als wenn Ihr Glaubensbrüder wärt." Jetzt fuhr Kasim aus seiner Haut.

„Ich bin ein Glaubensbruder von Euch. Und ich fahre mit den Christen. Sie tun mir kein Leid an und behandeln mich ehrerbietig, so wie es sich gehört. So wollen auch wir von Euch behandelt werden."

„Wir behandeln Euch so, wie es sich für Christen gehört. Und wenn Ihr als gläubiger Muslim zusammen mit Christen auf einem Schiff fahrt, gehört Ihr zu ihnen. Und so werdet Ihr auch wie ein Christ behandelt. Also, entweder Ihr bezahlt unseren Preis oder Ihr müsst wieder fahren, ohne Eure Vorräte erneuert zu haben." Das Gefeilsche ging noch eine Weile so weiter.

Auf dem Schiff der Templer wurde die Mannschaft unruhig. Das blieb auch den Mauren nicht verborgen. Schließlich einigten sich der Pirat und Joao auf einen Preis. Während Joao die Münzen aus seinem Gürtel nestelte, versuchte der Pirat zu erkunden, wo der Ritter seine Münzen verborgen hatte, aber die Sicht wurde ihm durch Kasim und Bernhard verdeckt. Als der Preis bezahlt war, winkte der Pirat zur Buscard und von dort setzten sich einige Leute mit den Karaffen für Frischwasser in Bewegung. Die kleine Karawane wurde von mehreren Mauren in Empfang genommen und zwischen die Häuser des Ortes geleitet. Joao und der Piratenführer blieben am Strand stehen und beobachteten den

Vorgang. Gleichzeitig kamen einige Leute aus Al Dakhla, die verschiedene Lebensmittel trugen. Es waren Granatäpfel, Datteln und Beutel mit Getreide. Sie stellten die Waren in einiger Entfernung von der Buscard an den Strand und verschwanden wieder zwischen den Häusern, ohne ein Wort zu sagen. Es dauerte eine Weile, bis die Wasserträger wieder erschienen. Sie hatten die großen Karaffen bis zum äußersten Rand gefüllt und es verging einige Zeit, bis sie die Behälter an Bord geschafft und dort verstaut hatten. Joao wartete auf die nächste Lieferung mit weiteren Lebensmitteln. Die Mauren hatten viel zu wenig für das gezahlte Geld an den Strand getragen. Trotzdem wandte sich der Pirat, ohne ein Wort zu sagen, zum Gehen.

„Halt“, rief Joao in scharfem Ton, „Ihr habt noch nicht alle Waren geliefert.“

„Wir sind Euch nichts schuldig und jetzt verschwindet wieder von hier und lasst Euch nie wieder in Al Dakhla sehen.“ Das war eine Frechheit. Joao und Bernhard hielten Abu al Kasim fest, der sich diese Frechheit nicht bieten lassen und sich auf den Piraten stürzen wollte. Der Anführer der Piraten hatte die Gesetze der Gastfreundschaft gebrochen. Vielleicht glaubte er, dass sie für Christen nicht galten. Joao trat einige Schritte vor und verstellte dem Mauren den Weg in die Stadt. Er stand dem Templer jetzt direkt gegenüber. Die Lage war gefährlich.

„Lasst mich vorbei oder ich muss Euch töten“, drohte der Pirat und stierte Joao finster an. Er wirkte wie ein Panther vor dem Sprung. Joao hielt dem Blick kalt stand. Langsam hob er sein Schwert. Die Klinge funkelte in der Sonne. Mit vorsichtigen Schritten umkreisten sie sich. Immer wieder zerrte ein Windzug an dem Mantel des Templers. Er hätte ihn besser abgeworfen, weil er ihn behinderte. Abschätzend musterte der Maure seinen Gegner. Joao setzte seine Beine gewandt wie ein Tänzer, den man auf den Jahrmärkten in Portugal und anderswo bestaunen konnte, übereinander. Der Maure erkannte die Absicht des Templers, ihn auf die Buscard zuzutreiben. Deshalb wich er geschickt aus. Die Klingen der Schwerter, das Langschwert des Ritters und das Krummschwert des Mauren, schleiften vor beiden Kämpfern über den Boden und malten Kringel in den Sand. Mit einem plötzlichen Ruck ließ Joao sein Schwert hochschnellen und verstärkte die Bewegung durch einen Schritt nach vorn. Der Maure hatte die Bedrohung frühzeitig bemerkt. Sein Krummschwert schlug gegen das Langschwert. Eisen klirrte. Funken sprühten. Der Maure warf sich gegen die ineinander verkeilten Waffen, um Joao den Knauf ins Gesicht zu stoßen. Mit einer kräftigen Bewegung schleuderte der Templer seinen Gegner zurück. Für einen Moment strauchelte er, fand sein Gleichgewicht aber sofort wieder. Seine Entschlossenheit, den Mauren zu töten, war für jeden zu sehen, der den Kampf beobachtete. Nach kurzer Zeit bluteten beide aus kleineren Verletzungen. Der Mantel machte Joao schwerer zu schaffen, als er es vor sich selber zugeben wollte. Aber jetzt hatte er nicht mehr die Zeit, sich des lästigen Stoffes zu entledigen. Der Maure war kleiner und gewandter. Er nutzte geschickt seine Vorteile. Dafür war die Reichweite des Ritters größer und die Kräfte der beiden Kämpfer waren ausgeglichen. Joao machte einen schnellen Schritt nach vorn. Erst im letzten Moment gelang es dem Mauren, die Klinge wegzuschlagen. Haarscharf hatte ihn der Schlag verfehlt, der ihm den Kopf gespalten hätte. Kurz sah Joao die Angst in den Augen des Gegners. Aber der hatte sich sehr schnell wieder in der Gewalt und drang auf den Templer ein. Immer öfter musste Joao kraftraubende Schritte zur Seite machen. Für den Mauren rächte es sich, dass er die kürzeren Arme hatte. Ihm blieb nichts anderes übrig, als immer näher an den Ritter zu drängen, um so überhaupt die Spur einer Chance zu haben, einen Schlag oder Stich erfolgreich ansetzen zu können. Joao rollte sich ab, um den Druck des Mauren los zu werden. Dabei hinderte ihn erneut sein Mantel. Als er auf die Beine kam, zischte ein Schlag des Krummschwertes so nahe an seinen Augen vorbei, dass ihm Hören und Sehen verging. Er versuchte, einen Stich in die Seite des Mauren anzubringen, doch der hatte sich mit einem tänzelnden Schritt aus der Reichweite des Schwertes gebracht. Sofort drang er wieder auf den Ritter ein. Sie standen sich keuchend gegenüber, die behandschuhten Hände aneinandergepresst. Die Gerüche von Eisen, Klingenfett und Blut mischten sich mit dem Schweiß. Joao spürte die Körperwärme des Mauren. In seinen Augen sah er den Hass und den Willen, ihn zu töten, und gleichzeitig wusste er, dass der Maure ihn ebenso wahrnahm. Mit einer Handbewegung schlug er seinen ehemals weißen Mantel zurück und rollte sich mit derselben Bewegung erneut ab. Dann schlug er mit dem Schwert nach den Beinen des Mauren, der sich nur durch einen schnellen Sprung nach hinten aus der Gefahrenzone bringen konnte. Das verschaffte Joao einen Moment Luft. Er konnte den Mantel lösen und abwerfen. Als der Maure mit einem Schlag von unten erneut angriff, konnte er ihn mit einer blitzschnellen Drehung parieren. Er nutzte die Drehung und zog mit dem Schwert durch. Er traf die Hüfte seines Gegners. Ein heiserer Schrei kam aus dessen Kehle. Er versuchte, sein Krummschwert zu heben, aber die Muskeln versagten ihm den Dienst. Er bekam das Schwert nicht mehr hoch und Joao schlug es ihm aus der Hand. Dann stieß er seinem Gegner die Klinge mit voller Wucht in den Brustkorb. Ungläubig starrte der Maure auf die Waffe in seiner Brust, dann verdrehte er die Augen und stürzte nach hinten um. Mit einem Ruck zog der Templer das Schwert aus dem Körper des Toten und blickte sich mit leeren Augen um. Die Piraten hatten sich bereits umgedreht und liefen, so schnell sie konnten, in die Gassen der kleinen Stadt. Ein Teil der Templer hatte inzwischen mit Äxten den Booten der Piraten so zugesetzt, dass sie kein Segel mehr aufziehen konnten. Sie hätten rudern müssen, wenn sie wegkommen wollten. Jetzt standen die Templer ungerührt vor ihrem Schiff und warteten auf Joao, der mit seinen beiden Begleitern wieder zum Schiff kam. Es brandete kein Beifall auf. Die Ordensleute nahmen es so, wie es gekommen war. Ihr Anführer hatte gegen den Piratenkapitän gesiegt. Nichts anderes hatten sie erwartet. Sie würden, wenn die Sonne im Meer versunken war, Gott loben und preisen und ihm für den Sieg über den Mauren danken. Jetzt hoben sie die letzten Karaffen mit Trinkwasser auf das Schiff und schoben die Buscard wieder in das tiefere Wasser.

Joao sah nach den Sternen und schaute sich die Karte noch einmal genau an. Sie hatten jetzt fast das Ende der bekannten Welt erreicht. Es mussten noch einige unbewohnte Inseln auf der rechten Seite des Schiffes kommen und dann gab es nur noch Neues zu entdecken. Bis hierher waren schon die alten Phönizier gekommen, hatte Abraham Creques in Córdoba doziert. Bis hierher war auch Joao Lourenço gekommen, dachte amüsiert der Templer. Die

Fahrt ging weiter. Immer den langsam auffrischenden Wind im Rücken. An einem Tag zogen gelbliche Wolken über das Wasser und auf dem Deck sammelte sich jede Menge Staub. Den ganzen Tag waren alle damit beschäftigt, den Sand zusammenzufegen und ins Meer zu werfen.

An jedem Tag wurde die Buscard immer wieder von Delfinen besucht, die vor ihren Bug schwammen und sprangen. In der Nähe der unbewohnten Inseln, bei denen Joao den Steuermann anwies, den Kurs nach Westen zu steuern, ließ sich ein Bussard ähnlicher Vogel auf der Buscard nieder, setzte sich zutraulich auf den Steuerstand und blieb die ganze Nacht, bevor er im Morgengrauen davonflog. Joao, der während der sternenklaren Nacht auf dem Deck stand, beobachtete das Tier und wertete das vertraute Sitzen eines Raubvogels, der sonst nie weit aufs Meer hinausflog, auf der Buscard als positives Omen. Und es war bisher auch eine glückliche Reise. Sie hatten noch keinen Sturm erleben müssen. Gleichmäßig war ihr Schiff durch den Wind nach Westen oder Südwesten geschoben worden, von den Zeiten der Flaute abgesehen.

Besonders beeindruckend war die Begegnung mit einem zweiten Wal, der am nächsten Tag hundert Meter voraus beobachtet wurde, wie er mit riesiger, erhobener Schwanzflosse in die Tiefe abtauchte. Und Schildkröten konnten ebenfalls täglich friedlich treibend auf der Wasseroberfläche ausgemacht werden. Eine von ihnen, über einen Meter lang, ließ die Buscard ganz nahe herankommen, bevor sie laut prustend wegpaddelte. Die Männer, die sie fangen wollten, sahen ihr enttäuscht hinterher. Ansonsten vertrieben sie sich die Zeit mit Angeln und die Beute wurde von ihnen gleich gegessen.

Der Passatwind blies stetig, das Schiff machte immer gute Fahrt und inzwischen war es richtig heiß geworden. Wenn Joao in die Gesichter seiner Männer sah, konnte er die ersten Sorgenfalten entdecken. Liebevoll und verständnisvoll zu bleiben, das fällt auf so engem Raum gar nicht leicht, ebenso wie das richtige Maß zu finden, sich in der Gemeinschaft einzubringen. Die Templer waren zwar ein bunter Haufen, der es gewohnt war, während des gemeinsamen Unterwegseins als Gemeinschaft zu leben. Aber auf See war es doch etwas anders als an Land.

Auf dem Schiff musste der Alltag anders organisiert werden. Dem Koch musste geholfen, Geschirr gewaschen, geputzt, am Schiff Ausbesserungsarbeiten vorgenommen und Rücksicht aufeinander genommen werden, da immer irgendwer gerade schlief, weil er vorher Wache gehalten hatte. Trotz aller Arbeit, Ablenkung, fester Verwurzelung im Glauben schienen doch einige der Templer zu rätseln, ob sie nicht der Hölle immer näher kamen. Besonders, als eines Morgens das Meer mit zunehmendem Tageslicht nicht langsam vom Dunkelgrau ins leuchtende Blau wechselte, sondern dunkel bis schwarz blieb. Das Ruder war kaum mehr zu sehen, sondern nur noch ein grüner Schimmer. Ein ekelhaftes Giftgrün von der gleichen Farbe wie ein Teich, wenn er nach einem Gewitter umgeschlagen und völlig mit Algen überzogen ist.

Mehrere Tage fuhr die Buscard durch diese grüne Brühe. An Fischfangen war nicht zu denken und die Mienen der Männer wurden immer skeptischer. Sicher, von Giftgrün hatte noch kein Priester gesprochen, wenn er auf die Hölle zu reden kam. Eher von Hitze, aber sie waren ja auch hier, um Neues zu erfahren. Immer wieder sahen sie zu Joao hinüber, wie der sich verhielt. Der aber sah in seine Karte, sah auf seinen Kompass und fuhr unbeeindruckt weiter. In einer der sternenklaren Nächte saß Joao am Mast und starrte in den Himmel. Ihm fiel wieder ein, was er in Córdoba von Abraham und den anderen Gelehrten gehört hatte. Nach deren Aussagen lebten die Menschen nicht auf einer Scheibe im Zentrum des Alls, sondern auf einem winzigen Planeten in einem riesigen Universum. Wenn er in den Nachthimmel schaute, war er überwältigt von den zahlreichen Sternen. Die meisten waren so weit entfernt, dass sie ohne Einfluss auf die Erde waren. Doch zwei Sterne bestimmten das Leben. Die Sonne versorgte die Erde tagsüber zuverlässig mit Wärme und Licht. Und der Mond, der dafür sorgte, dass das Meer im Rhythmus von Ebbe und Flut atmete. Joao seufzte so laut, dass der Rudergänger neugierig zu ihm herüberspähte und ihn fragend ansah. Joao merkte, dass er in Gedanken einen Leichtsinnsfehler gemacht hatte. Zu schnell konnte sein Seufzen als Mutlosigkeit gewertet werden und Unruhe in die Mannschaft bringen. Deshalb stand er auf und ging zu dem Rudergänger ans Heck.

„Wisst Ihr“, sagte er zu dem Mann, legte beruhigend seine Hand auf dessen Schulter und zeigte mit der anderen ins Firmament, „so viele Sterne in einer klaren Nacht. Ist das nicht herrlich? Wir können mit dem bloßen Auge Tausende Sterne wahrnehmen. Seht Ihr, das milchige Band, das sich über den Nachthimmel erstreckt, das ist die Milchstraße.“

Der Rudergänger murmelte irgendetwas, was Joao nicht verstand. So richtig Interesse hatte der Mann offenbar nicht am Sternenhimmel, deshalb ließ er ihn auch wieder allein und ging zurück zum Mast, wo er sich anlehnte und langsam aufs Deck herunterrutschen ließ. Der kommende Tag begann wie alle anderen Tage vorher. Sie fuhren in der giftgrünen Brühe, ohne dass es die Geschwindigkeit der Buscard behinderte. Dann plötzlich von einer Stunde zur anderen war der Spuk vorbei. Das Wasser war wieder sauber und Fische ließen sich auch wieder fangen. Nach der Berechnung von Joao war Sonntag und der Wind blies nach wie vor kräftig von hinten. Kein Sturm hatte bisher ihnen das Leben schwer gemacht. Das Meer wirkte friedlich. Zwanzig Tage waren sie jetzt schon seit Al Dakhla auf dem Wasser. Die Mannschaft wurde zunehmend unruhig. Hinzu kam, dass nur noch in wenigen Karaffen trinkbares Wasser vorhanden war. Regen war bis jetzt nicht gefallen, den man hätte auffangen können.

Mit finsteren Mienen sahen sie zu Joao hinüber. Der hatte das Gefühl, dass sich gegen ihn etwas zusammenbraute. Offenbar steckte Pablo dahinter. Einen konkreten Verdacht hatte er nicht, aber er nahm sich vor, mit ihm darüber zu sprechen. Am Abend, nach dem Gebet. Doch dazu kam es nicht mehr. Von einer Stunde auf die andere waren Wolken aufgezogen. Die erste Regenwolke wurde fast euphorisch begrüßt. Nach tagelanger Hitze ist ein kühler Sommerregen einfach wohltuend. Da seit drei Tagen das Wasser rationiert war, reagierten alle ziemlich schnell, als der Regen anfing, vom Himmel zu prasseln. Mit allem, was gefunden werden konnte, wurde das wertvolle Trinkwasser aufgefangen und gleich gierig in sich hineingeschüttet. Nur Kasim war sehr vorsichtig. Er trank nur in kleinen Schlucken.

Aber die Freude über das erfrischende Nass dauerte nicht lange. Erst kamen noch einige schwächere Regenwolken, dann hörte der Regen auf. Mehr Wasser kam nicht mehr vom Himmel. Am nächsten Morgen wurde es wieder fast unerträglich heiß. Hinzu kam die hohe Luftfeuchtigkeit. Ein Schattenplatz war auf der Buscard kaum zu bekommen. Jeder stöhnte, der eine leise, der andere laut. Der Wächter im Bug, welcher neben dem Beobachten von Untiefen auch die Aufgabe hatte, immer mal wieder Wasser zu schöpfen und den Salzgehalt zu prüfen, war der Erste, der sich meldete. Der Salzgehalt des Meerwassers ließ deutlich nach. Es musste ein großer Strom in der Nähe sein. Die Mannschaft fasste wieder Hoffnung. Jeder spähte nach allen Seiten, aber es waren nur die Wellen des Meeres zu sehen. Gerade als die Sonne begann unterzugehen, war in ihrem Licht für den Mann im Ausguck plötzlich eine schmale Küstenlinie zu erkennen. Er hatte sie nur entdeckt, weil er die Wolken am Horizont gesehen hatte, unter denen sich der dunkle Strich abzeichnete. Er brüllte sich fast die Seele aus dem Leib.

„Holla! Land!!! Land in Sicht!“, und er zeigte hektisch in die Richtung, in die die Buscard bereits fuhr. Das Schiff wurde stark buglastig, weil alle nach vorne rannten, um das lang ersehnte Land sehen zu können.

„Jeder wieder an seinen Platz. Aber schnell. Wir wollen doch nicht, dass unser Schiff sinkt, bevor wir das Land betreten haben. Außerdem ist es noch ein ganzes Stück entfernt. Wir werden es morgen mit dem Sonnenaufgang erreichen und dann Gott loben für das, was er uns heute gezeigt hat. Es gibt das Land im Westen. Meister Abraham hatte Recht und die islamischen Gelehrten in Córdoba hatten Recht. Wir haben es gefunden. Ehre sei Gott.“ Und dann hoben sie alle an, um das Lied zur Ehre ihres Gottes zu singen.

Abu al Kasim hatte sich derweil ans Heck zurückgezogen, seinen Teppich ausgerollt und betete in die Richtung, aus der sie hergekommen waren, misstrauisch beobachtet von Pablo, der an dem am Steuer stehenden Ragnar vorbei sah und den Moslem musterte. Joao bemerkte davon nichts. Er war richtig euphorisch. Er hatte Recht gehabt. Es gab ein Land hinter dem Horizont. Es war weit. Zugegeben. Zwanzig Tage sind eine lange Zeit. Aber Odysseus war länger unterwegs gewesen und hatte das Mare Nostrum nie verlassen.

Diese Nacht konnte keiner schlafen. Alle starrten in die Dunkelheit nach vorn. Sehen konnten sie nichts. Im ersten Dämmerlicht kletterte der Ausguck wieder nach oben. Es war eigentlich nicht nötig. Vor sich sahen sie Land. Hügelig. Drei charakteristische, nicht sehr hohe Bergspitzen ragten über den grünen Wald in den Himmel. Sonst war nur Wald zu sehen. Knirschend bohrte sich der Bug der Buscard in den weißen Sand und über Heck wurde ein Anker ins Meer geworfen. Joao sprang vom Bug an Land. Keiner wagte, vor ihm auf den Sand zu springen. Direkt hinter ihm sprangen zwei weitere Männer an Land, fingen die zugeworfenen Seile auf und schlangen sie um eine Palme. Die Buscard, das umgebaute, schnelle Wikingerschiff, hatte angelegt. Alle jubelten. Es hatte geklappt. Joao erfüllte es mit Stolz, auf der anderen Seite des westlichen Meeres angekommen zu sein. Pablo kletterte etwas umständlich von Bord des Schiffes und auch die anderen Templer folgten ihm. Am Strand umarmten sich die Männer. Geredet wurde kein Wort. Alle waren sehr ergriffen. Sie wussten nicht, wie lange sie so miteinander gestanden hatte, als sie Fra Domenicos Stimme hörten.

„Templer, lasst uns den Herrn loben, der uns durch alle Gefahren des Meeres geleitet und uns wieder an das Gestade eines fremden Landes geführt hat. Lasst uns einen Gottesdienst halten.“

Joao nahm Fra Domenico zur Seite. „Lieber Bruder Kaplan, wir wollen sicher alle Gott loben. Aber für einen Gottesdienst haben wir jetzt noch keine Zeit. Lasst uns erst dafür sorgen, dass wir wissen, wo wir sind und mit welchen Gefahren wir es hier zu tun haben. Danach will ich gerne einem Gottesdienst zustimmen.“

Etwas widerwillig fügte sich der Templerkaplan. Nachdem alle etwas zur Ruhe gekommen waren, sah Joao sich um. Der Strand aus weißem, sehr feinem Sand war nicht breit, nur wenige Ellen bis zum Waldrand, wo die Palmen sich teilweise dem Wasser zuneigten. In einiger Entfernung waren zwei, drei winzige Inseln, deren Felsen dicht mit sattem Grün überwuchert waren, das bis ins Wasser reichte. Dahinter mündete ein kleiner Fluss ins Meer. Dahin beorderte Joao sofort zwei Mann, um zu erkunden, ob es dort trinkbares Wasser gab, mit dem die zur Neige gegangenen Vorräte erneuert werden konnten. Menschen waren nicht zu sehen. Es waren auch keine Hinweise zu erkennen, dass es hier an Land welche gab. Pablo stimmte sich mit Joao ab. Ein Teil der Mannschaft sollte einen Lagerplatz herrichten und er würde mit zwei Leuten versuchen, durch den Wald auf einen der vor ihnen liegenden drei Hügel zu kommen, von dem aus sie einen besseren Überblick haben würden. Joao stimmte zu und so zog Pablo mit zwei Knechten in den Wald.

Kasim hatte sich mit Bernhard Nivelon auf den Weg gemacht, Pflanzen zu suchen, die sie zum Heilen nutzen konnten. Jetzt, nachdem das Rufen und Johlen der Männer aus Freude über die Ankunft auf festem Boden abgenommen hatte und sich jeder mit seiner neuen Aufgabe befasste, waren endlich auch die Geräusche der neuen Welt zu hören. Ein Gepfeife, ein Gekrächze, ein Grunzen und das Singen kleinerer Vögel sowie ein ewiges Windrauschen waren aus dem dichten Wald zu vernehmen. Es war schwül. Die Luftfeuchtigkeit war hoch und die Männer entledigten sich fast ihrer gesamten Kleidung. Auch Joao hatte sich seines Kettenhemdes entledigt und trug nur eine leichte Leinenhose und ein Leinenhemd, an dem er die Ärmel hochgekrempelt hatte. Auch seine Waffe, das scharfe Schwert, war auf dem Schiff zurückgeblieben. Kasim kam eilig aus dem Wald gelaufen und zeigte auf einige Laubbäume am Waldrand.

„Affen!", rief er, „Affen. Wie in Nordafrika und am Felsen von Jabal Tariq in Al Andalus." Alle Anwesenden starrten in die angegebene Richtung. Tatsächlich, in den Bäumen turnten Affen und schauten neugierig auf das, was sich gerade am Strand abspielte. Joao musste lachen. Das, was er sah, war, dass sich die Menschen und die Affen gegenseitig neugierig anstarrten.

„Es sind Tiere!", rief er seinen Männern zu, „es sind keine kleinen, braunen Menschen, die durch die Bäume turnen. Das könnte das erste Fleisch sein, was wir bekommen könnten, wenn sie gefangen und geschlachtet werden."

Das musste Joao nicht zweimal sagen. Sofort versuchten einige Männer mit Feuereifer, die kleinen, wendigen Tiere zu fangen. Aber das war nicht einfach. Sie hatten den Vorteil, behände in den Bäumen zu verschwinden, bevor sie einer der Männer zu fassen bekam.

„Mit der Hand wird es keinem der Männer gelingen, eines der Tiere zu fangen", grinste Kasim, „das habe ich noch nie erlebt, dass einem das gelungen wäre. Haben wir nicht Pfeile und mehrere Bögen mitgenommen?“ Joao sah ihn einen Moment nachdenklich an, dann nickte er.

„Ja, haben wir“, sagte er und schaute über die Schulter zum Schiff. „He, wollt ihr wohl da runtergehen!“, rief er laut in Richtung des Schiffs. Einige Männer blieben stehen und schauten zur Buscard, auf dem einige der Affen bereits am Mast und am Segel herumsprangen. Immer schneller werdend, liefen Joao, Kasim und einige weitere Männer auf ihr Schiff, um die Affen von dort zu vertreiben. Es erwies sich als nicht ganz einfach. Immer wieder narrten die kleinen, wendigen Tiere die Männer und ließen sich nicht fangen. Es schien für sie ein lustiges Spiel zu sein, während die Templer immer ärgerlicher wurden.

Schließlich kramte Joao von irgendwoher den Bogen mit den Pfeilen hervor. Er legte einen Pfeil auf die Sehne und visierte eines der Tiere an. Das hatte sich auf die Rah gesetzt und sah neugierig zu Joao hinunter, was der denn jetzt veranstaltete. Das war der letzte Gedanke, wenn er überhaupt denken konnte. Der Pfeil war durch seinen Oberkörper gedrungen und am Rücken wieder herausgetreten. Mit einem dumpfen Geräusch fiel das Tier auf die Planken des Schiffs. Ohne viel Federlesens ergriffen die Männer den Kadaver, trugen ihn von Bord und begannen, ihn nahe des gerade erst eingerichteten Feuers am Strand zu enthäuten und zu zerlegen. Die anderen Affen hatten sich derweil behände mit lautem Gekreisch entfernt. Ihr Schreien war noch aus weiter Entfernung zu hören. Als Pablo zurückkam, schien er geschafft zu sein. Er setzte sich zu Joao, bekam etwas zu essen und zu trinken und danach berichtete er. „Das Wichtigste zuerst. Wir sind auf einer Insel gelandet.

Nicht sehr groß. Oben von der Spitze des Berges konnte ich überall die Küstenlinie sehen. Eine Siedlung oder einzelne Menschen waren nicht zu erkennen. Kein Rauch, keine Hütte, kein Leben, außer Affen. Der Marsch hoch zu der mittleren Bergspitze war mühevoll und beschwerlich. Die Pflanzen versperrten den Weg und Schwärme von Stechmücken fielen über uns her. Oben auf der Kuppe angekommen, sahen wir auf der anderen Seite des Berges ebenfalls nur grünes Gestrüpp und Wasser. Weit im Süden scheint es wieder neues Land zu geben. Ich sah einen dünnen Streifen am Horizont. Es ist nur eine Vermutung, die Ragnar aber teilt."

„War das auch eine Insel?" Pablo zuckte mit den Schultern.

„Habt Ihr Frischwasser gesehen?"

„Ja, nur ein wenig weiter vom Strand, nördlich von uns, mündet ein kleiner Rio ins Meer. Nicht sehr breit, nicht sehr tief. Er dürfte trotzdem genug Wasser haben, dass wir uns wieder damit versorgen können."

„Auf, Männer!", rief Joao, „das Wasserkommando marschiert am Strand nach Norden. Dort gibt es frisches Wasser. Füllt die Krüge voll und kommt schnell wieder her. Wir segeln morgen weiter nach Süden." Sorgenvoll sah der Schiffszimmermann zu ihnen herüber. Er mühte sich gerade verzweifelt, mit dem Garn das Segel zu reparieren, das auf der zwanzigtägigen Überfahrt doch gelitten hatte. Die Affen hatten zudem gerade an den Rissen herumgezogen und die Löcher noch größer gemacht.

„Wir sollten zumindest warten, bis wir mit unserer Arbeit fertig sind!", rief er zu Joao und Pablo hinüber, „sonst werden wir nicht segeln, sondern rudern müssen." Unruhiges Gemurmel war von den Templern zu hören, die mit den Krügen Wasser holen gegangen waren, und Joao entschied sich dafür, den Schiffszimmermann zuerst fertig arbeiten zu lassen.

„Dann wäre es gut, wenn wir noch Früchte sammeln und frisches Fleisch erbeuten würden. Ich stelle dafür den Bogen zur Verfügung." Guyot de Provins meldete sich und suchte sich einen Sergeanten und zwei Knechte aus, die mit ihm auf die Jagd gehen sollten. Die Jagd blieb mäßig erfolgreich, aber alle hatten für die kommenden Tage genug zum Essen. Nur größere Vorräte konnten sie nicht anlegen. Zwei Tage blieben sie noch auf der Insel, dann segelten und ruderten sie weiter in Richtung Süden. Bereits am nächsten Tag hatten sie das neue Land erreicht. Es sah auf den ersten Blick genauso aus wie die Insel, die sie verlassen hatten. Es gab keine Möglichkeit, irgendwo anzulanden. Die üppig bewachsenen Ufer waren überall gleich. Sie wiesen keine Merkmale auf, an denen sich ein Seemann orientieren konnte. So ging es etliche Tage weiter nach Süden. Abends suchten sie sich einen Platz, an dem sie die Buscard vertäuen und von wo sie jagen konnten. Dann wurde das Wasser des Meeres lehmig und der Salzgehalt nahm wieder deutlich ab. Gelegentlich schwamm ein Baumstamm vorbei, argwöhnisch beäugt von Ragnar, dem ein Zusammenstoß mit einem solchen Baum nicht lieb gewesen wäre. Er brüllte nach vorn, dass die Wache am Bug ihn auf derartige Störenfriede aufmerksam zu machen habe.

Es dauerte nicht lange und sie erkannten, dass es eine Flussmündung war, in die sie hineinfuhren. Sie war unendlich breit. Die Flut schob sie immer weiter. Es war unmöglich, dagegen zu segeln, zumal der Wind immer noch recht kräftig schob. Auf der rechten Seite des Schiffes sahen sie vor sich die dichte, grüne Wand des Waldes, auf der linken Seite war der Wald nur in der Ferne zu erahnen. Da der Wind weiter von Osten blies, konnte die Buscard trotz der recht kräftigen Gezeitenströmungen fast mühelos weiter den Fluss hinaufsegeln. Nach einigen Tagen bemerkten sie, wie sich das gelblichgraue Wasser des Stromes verfärbte. Es wurde schwarz. Fra Domenico, der die Wache am Bug innehatte, bekreuzigte sich, bevor er Joao rief. Der Ritter wusste auch keine Lösung und rief Ragnar. Der sah sich das Wasser an, nickte und erklärte, dass von der rechten Seite ein gewaltiger Fluss einmündete, der schwarzes Wasser führt. „Wieso kommt Ihr darauf, dass es ein gewaltiger Strom ist?“, wollte Joao wissen.

„Nun, wenn es ein kleiner Fluss wäre, hätte dieser große, gelbgraue Strom das Wasser ohne Probleme direkt am Ufer verwischt. Dass das schwarze Wasser aber noch so weit im Strom zu erkennen ist, zeigt, dass es große, schwarze Wasser sind, die hier münden.“ Joao nickte. Er hatte verstanden. Ragnar ließ das Segel einholen, da der Wind nicht mehr von hinten kam. Im Moment schob sie noch die Flut in die Flussmündung mit dem braunen Wasser hinein, bald mussten sie rudern, um nicht von der Ebbe wieder aufs Meer hinausgezogen zu werden. Das wechselte sich doch noch ein paar Tage ab, bis sie näher an das rechte Ufer des Stroms fuhren. Dann sahen sie die ersten Menschen auf dem neuen, unbekannten Land. Zwei Eingeborene standen oben auf dem Steilufer über dem Strom und beobachteten das unbekannte Schiff, das sich langsam der steilen Böschung näherte. Die beiden braunen, hochgewachsenen Männer hatten einen kräftigen Körperbau und waren lediglich mit einem Bastschurz bekleidet. Über ihrer Schulter hingen kleine Beutel, eine Art Kalebasse. In der Hand hielt jeder von ihnen einen dünnen Stab, ähnlich einem Pilger, der auf dem Camino nach Santiago strebte. Sie bewegten sich nicht vom Platz. Auch nicht, als sich die Buscard knirschend in den Ufersand bohrte. Fra Domenico sprang ans Ufer und hielt den Eingeborenen das Kreuz entgegen. Als Erwiderung hoben die beiden ihre Stäbe in der gleichen Art. Sie glaubten offenbar, dass es ein Gruß sei. Domenico ging auf sie zu und die Eingeborenen ließen den Mann in seinem langen, schwarzen Gewand auf sich zukommen. Als er vor ihnen stand, schmetterte er ihnen laut „Dominus vobiscum" entgegen. Die Antwort der Eingeborenen war deutlich leiser. Und sie war nicht in Latein. Aber sie luden ihn und, das war aus der Armbewegung zum Schiff hin zu erkennen, die anderen Mitglieder der Besatzung zu sich in das Dorf ein, welches unweit der Landungsstelle am Rande des Urwaldes lag. Fra Domenico stand etwas unschlüssig oben an der Abbruchkante und schaute hilflos zum Schiff.

„Sie laden uns ein, in ihr Dorf zu kommen. Das entnehme ich ihren Handbewegungen!", rief er hinunter. Joao ordnete an, dass mindestens die Hälfte der Templer unter dem Kommando von Pablo als Wache an Bord zurückbleiben. Er bat die Ritter Odo von Mümpelgard und Guyot de Provins ebenfalls an Bord zu bleiben. Nur Harmann de Peragors und Jean de Ibelin sollten ihn begleiten und natürlich nahm er Kasim und Bernhard sowie mehrere Knechte mit.

„Eure Waffen sind so zu tragen, dass sie nicht sofort von den Eingeborenen zu erkennen sind. Sie scheinen friedlich zu sein und das wollen wir auch bis zum Beweis des Gegenteils sein. Vielleicht gelingt es Fra Domenico ja, sich in kurzer Zeit mit ihnen zu verständigen."

„Wir könnten es ja in Arabisch versuchen", schlug Kasim vor.

„Ja, oder in Latein oder in Französisch oder in Spanisch oder in Portugiesisch. Nein, Kasim, ich glaube nicht, dass unsere Sprachen hier verstanden werden." Joao sah sich noch einmal nach den Leuten um, die mit ihm in das Dorf gehen sollten, dann sprang er an Land und hörte, wie hinter ihm einer nach dem anderen auf den Boden sprang. Pablo de Alvaro wäre gern ebenfalls in das Dorf gegangen, er fügte sich aber ohne Murren. Mit finsterer Miene schaute er hinter Joao und den anderen her, die gerade den steilen Lehmhang am Flussufer hinauf ins Dorf kletterten.

Fra Domenico wartete noch. Allein hatte er sich nicht getraut, hinter den Eingeborenen herzugehen. Jetzt, wo er eine Gruppe Templer hinter sich wusste, ging er als Erster auf das Dorf zu und trug das Kreuz ein wenig theatralisch mit beiden ausgestreckten Händen vor der Brust. So, als müsse sein Heiland den Weg freipflügen. Die zwei Eingeborenen, die sie mit offenen Händen und mit großen Gesten eingeladen hatten, waren schon vorgegangen und warteten jetzt mit einer Menge neugieriger Eingeborener am Dorfrand auf ihre Gäste. Zwei Welten trafen aufeinander.

Die Eingeborenen waren wohlgestaltet und gesittet. Und sie waren fast alle nackt. Lediglich Lendenschurze aus Bast bedeckten die Geschlechtsteile der Erwachsenen. Kriegerisch schienen sie nicht zu sein. Waffen waren auch nicht zu erkennen. Die Häuser waren aus Holz gebaut und standen auf Pfählen. Es war nicht zu erkennen, ob das wegen möglicher Hochwasser so errichtet oder Schutz vor unbekanntem Getier war. Die Eingeborenen begrüßten die Templer mit einem Korb voller unbekannter Früchte. Joao überfiel es siedendheiß. An Geschenke für Menschen, die er möglicherweise auf der anderen Seite des Ozeans treffen würde, hatte er nicht gedacht. Nun opferte er aus der Not heraus sein Messer mit scharfer Eisenklinge, das er dem Dorfältesten, der auch die Obstkörbe dargereicht hatte, übergab. Das Messer wurde ehrfurchtsvoll entgegengenommen und bestaunt. Unschlüssig hielt es der Älteste in der Hand. Dann fasste er über die scharfe Klinge und schnitt sich. Unwillkürlich zuckte er zurück. Das Messer fiel auf den Boden. Mit ihm machten alle männlichen Eingeborenen einen Schritt zurück. Joao hob die Hand. Ganz langsam bückte er sich, nahm das Messer auf, griff in den Korb und nahm eine Frucht, die er der Länge nach aufschnitt. Das Fruchtwasser tropfte ihm zwischen den Fingern auf die Erde. Er reichte dem Häuptling erneut das Messer zusammen mit der zerteilten Frucht. Die Eingeborenen scharten sich um Ihren Häuptling und bestaunten den feinen Schnitt und die Schärfe des Messers. Jetzt hatten sie begriffen, welchen Zweck der Gegenstand erfüllte. Joao zeigte mehrfach auf den Fruchtkorb und auf sein Schiff. Der Häuptling stutze einen Moment, überlegte, dann drehte er sich um und rief einige Sätze in einer unbekannten Sprache zu den Frauen und Kindern hinter ihm. In Windeseile rannten die davon und nur kurze Zeit später brachten sie körbeweise Obst. Joao nickte freundlich und zeigte noch einmal auf die Körbe und das Schiff. Wieder hatten sie verstanden. Die Frauen und Kinder brachten sie hinüber und stellten sie oben am Steilufer ab.

Pablo hatte sofort erkannt, wofür sie waren und ließ die Körbe holen, leeren und die leeren Körbe wieder an Land bringen, wo sie von den Kindern johlend wieder ins Dorf getragen wurden. Die Templer blieben bei den Eingeborenen. Sie lernten die Häuser der Arawaken kennen. Die langen Hütten waren groß, geräumig und innen mit bunten Ornamenten verziert. Feinmaschige Netze aus Bast hielten zusammen mit Schalen, die mit einer gar nicht einmal so schlecht riechenden Flüssigkeit gefüllt waren, das unzählige Ungeziefer fern. In den Häusern waren Hängematten gespannt, in denen sie schliefen. Fra Domenico versuchte sofort, sie zu missionieren, was ihm aber nicht gelang. Dafür lernte er ziemlich schnell viele Begriffe aus ihrer Sprache und konnte sich in dem einen oder anderen Fall schon mit ihnen verständigen, was jedes Mal großen Jubel bei seinen Gesprächspartnern auslöste.

„Sie sind wie Kinder", sagte er strahlend zu Joao, als dieser einmal an ihm vorbeikam, „und sie nennen sich Arawaken."

„Ja, das sind sie und auch genauso leicht zu verführen, Eure Arawaken, befürchte ich." Fra Domenico sah etwas irritiert hinter dem Ritter her und wusste nicht, was der damit meinte. Inzwischen war auch Pablo mit Erlaubnis von Joao an Land gekommen und sah sich im Dorf um. Als er am Rande der Siedlung Joao traf, der mit Kasim und Bernhard im Dorf und in der Nähe durch den Wald streifte, war er des Lobes voll über das Land und seine Leute. „Bruder Joao, das, was wir gefunden haben, ist das Paradies."

Joao war skeptisch. „Ach ja, ist es das?"

„Ja, das ist es. Die Felder hinter dem Dorf sind fruchtbar, die Bäume hängen voller Früchte und im Wald gibt es jede

Menge Federvieh und Wild. Die Gewässer hier rund um das Dorf sind voller Fische. Die Menschen laufen so herum, wie uns die Bibel das Leben von Adam und Eva erzählt. Es ist das Paradies. Da gibt es keinen Zweifel."

Kasim sah ihn überrascht an. „Er redet irre", flüsterte er Joao zu, „er sieht nur das, was er sehen will. Er hat den Sinn für die Realität verloren. Ich befürchte, er wird Euch bald aus dem Ruder laufen."

„Kasim, jetzt redet Ihr irre. Pablo ist ein Templer und kein Schöngeist, der die Realität verkennt. Ich denke nicht, dass er aus dem Ruder läuft. Ich weiß ja, dass Ihr nicht gut zu ihm steht. Aber deshalb müsst er ihn nicht schlechter machen, als er tatsächlich ist."

Kasim zuckte zusammen. Hatten denn hier in dem fremden Land mit dem undurchdringlichen Wald, mit fremden Geräuschen, fremden Tieren, giftigen Insekten und vielem anderen mehr alle den Sinn für die Realität verloren? Kasim blieb vorsichtig und ging auch auf leichte Distanz zu Joao.

Am nächsten Tag luden die Arawaken ihre Gäste zur Jagd ein. Dabei lernten die Templer ein neues Tier kennen, das sie nie zuvor gesehen hatten. Es war ein Wassertier. Es war so groß wie ein halbjähriges Kalb, besaß aber weder Hörner noch Ohren. Sein Körper war ganz von Haaren bedeckt und seine Flossen waren wie Paddel geformt. Darunter hatten die weiblichen Tiere Brüste, mit denen sie ihre Jungen säugten. Das Tier konnte nicht lange unter Wasser bleiben. Die Arawaken verfolgten es in ihren Einbäumen und töteten es, wenn es auftauchte, um nach Luft zu schnappen, mit einer Art Harpune. Das Fleisch schmeckte wie Rind und eine kleine Portion sättigte mehr als eine doppelte Portion Ziegenfleisch. Die Arawaken schnitten das Fleisch in Scheiben und räucherten diese über Holzfeuern, um sie haltbarer zu machen. Auch rieben sie das Fleisch mit der Asche einer bestimmten Palmenart ein, weil es ihnen an Salz fehlte. So konnten sie es über einen längeren Zeitraum noch essen. Nach einigen Tagen wurden die Templer zum Festmahl gebeten. Es begann erst nach Einbruch der Dunkelheit. Kasim war nicht wohl in seiner Haut und zog sich zusammen mit dem fast nie von seiner Seite weichenden Bernhard auf das Schiff zurück. Sie übernahmen freiwillig die Wache. Im Dorf wurde eifrig gegessen. Viele Stunden wurden alle möglichen Speisen aufgetragen. Auch brachten sie Schalen mit vergorenem Saft, der von den Templern gierig getrunken wurde. Als alle gesättigt waren, wuschen sie sich die Hände in großen Schalen, die von den Frauen herangetragen worden waren. Dann erzählten sie Geschichten, von denen die Templer nicht ein Wort verstanden. Zum Schluss ertönten Trommeln und Flöten und die Männer sprangen auf und tanzten im Kreis stampfend auf dem Dorfplatz herum. Das Essen und vor allem das vergorene Getränk wurde nicht von allen Templern vertragen. Etliche schlichen noch während des Festes wieder an Bord zurück, wo sie sich von Kasim und Bernhard verarzten ließen.

Nach einigen Tagen wussten die Templer, dass die Arawaken ihre Rohstoffe alle aus den riesigen Wäldern hinter dem Dorf holten. Weit mussten sie nie laufen. Die festlichen Umhänge waren beeindruckend. Mehrere tausend bunte Vogelfedern waren ineinander gebunden und auf Umhänge genäht, die aus im Wasser aufgeweichtem und mürbe geklopftem Bast der Rinde einer Feigenart bestanden.

Andere Bäume lieferten einen klebrigen, weißen Saft, der viele Sachen miteinander verband und nur ganz schwer gelöst werden konnte. Von weiteren Bäumen gewannen die Eingeborenen eine Art Öl, das wertvolle Dienste als Wundsalbe leistete und für das sich Kasim und Bernhard interessierten. Am Abend gab es an Bord des Templerschiffs Buscard eine Templerversammlung. Pablo hatte sie einberufen und so saßen sie alle an Oberdeck im Kreis und lauschten, was der Ritter vorzutragen hatte.

„Verehrte Templer, liebe Brüder, ich habe um die Versammlung gebeten, weil mir daran gelegen ist zu wissen, was in Zukunft auf uns zukommen wird. Ich bin der Meinung, dass wir nach alledem, was wir bisher gesehen und erlebt haben, im Paradies gelandet sind. Nirgendwo ist es besser zu leben als hier. Wir brauchen kein Geld, wir haben alles zum Leben. Hier wächst alles, hier gibt es genug Wild und Fische und man braucht noch nicht einmal Kleidung. Fra Domenico wird mir zustimmen, wenn ich sage, so ist in der Bibel das Paradies beschrieben." Alle sahen zu dem Templerkaplan, der heftig nickte. Pablo de Alvares fuhr fort.

„Seht Ihr. Deshalb bin ich der Meinung, wir sollten hier bleiben. Niemand vermisst uns. In Portugal sind wir bereits vergessen. Wer von den Menschen in Portugal, in Frankreich, in Kastilien und sonst wo kann behaupten, er lebe im Paradies? Wir hier können das. Aber nur, wenn wir hier bleiben. Nun hat mir Ritter Joao gesagt, dass er mit uns das Paradies wieder verlassen will. So, als hätten wir die Frucht des verbotenen Baumes gegessen. Er maßt sich an, der Erzengel Cherubim zu sein, der uns das Paradies verwehrt. Das dürfen wir nicht hinnehmen." Pablo sah aufreizend jeden Einzelnen an. Joao folgte dem Blick und erkannte, wer fasziniert an den Lippen Pablos hing und wer ihm eher gelangweilt zuhörte. Jeder wartete, dass Pablo seine Rede fortsetzte. Das tat er aber nicht. Er setzte sich hin und Joao stand auf.

„Verehrte Ritterbrüder, liebe Tempelbrüder, verehrter Doktor Kasim, wir haben die Worte von Pablo gehört. Er hält die Gegend hier für das Paradies. Und er vergleicht mich mit einem Cherubim, der Adam und Eva auf Befehl Gottes aus dem Paradies vertrieb und seither darüber wacht, dass sie es nicht wieder betreten. Ich bin kein Cherubim. Ich bin Tempelritter. Lasst Euch nicht verwirren. Wir sind gerade erst zwei Wochen hier. Wir wissen noch gar nicht, was im Winter passiert, was im Sommer oder im Frühjahr. Bevor wir feststellen, dass wir im Paradies sind, sollten wir mindestens ein Jahr hier gewesen sein. Dann erst wissen wir auch, welche Krankheiten wir bekommen können. Bisher wissen wir das noch nicht. Darauf hat mich unser Arzt Kasim hingewiesen, der ja gestern etlichen von Euch den verdorbenen Magen kurieren musste. Ich halte die Feststellung vom Paradies auf Erden durch Bruder Pablo für vorschnell."

Pablo traten die Augen aus dem Kopf. Die Rede von Joao war eine deutliche Ohrfeige gegen ihn und das vor den nachgeordneten Sergeanten und Knechten. Das konnte so nicht im Raum stehen bleiben. Er erhob sich wieder und wartete nicht ab, ob die Rede von Joao bereits zu Ende war.

„Verehrte Brüder. Die Antwort von Ritter Joao war deutlich. Sie ist aber nicht gerechtfertigt. Wir sind Ritter Joao bis hierher ohne Murren gefolgt, obwohl es reichliche Gründe gegeben hätte, ihn seines Amtes zu entheben. Zumal er kein Adeliger ist, sondern ein elender Emporkömmling, der Sohn eines Leibeigenen. Ich denke, es ist genau jetzt

Zeit, über einen neuen Anführer nachzudenken. Ritter Joao kann mich nicht irre machen. Wir sind hier im Paradies. Es gibt hier bei den Arawaken keinen Streit. Es gibt keinen Zank. Es ist alles friedlich. Es ist das Paradies der Bibel. Und dieses Paradies ist über das Meer schwer zu erreichen, was wir aus eigenem Erleben erfahren haben. Wir haben es geschafft. Wir sollten uns von hier nicht mehr vertreiben lassen. Wer mir zustimmt, der hebe die Hand."

Zögerlich gingen einige Hände nach oben. Joao registrierte, dass auch Guyot de Provins und Harmann de Peragors Ritter Pablo zustimmten, während Odo von Mümpelgard und Jean de Ibelin ihre Hand unten behalten hatten. Dazu hatten sich etwa die Hälfte der Knechte und der Sergeanten für Pablo entschieden. Ebenso Fra Domenico, was Joao aber nicht weiter verwunderte, da er ohnehin der Familie Alvaro zugetan war.

Ritter Odo von Mümpelgard, der schon etwas ältere Templer, hatte vor Wut ein rotes Gesicht bekommen. Jetzt war er aufgestanden und ergriff das Wort. „Was um Gottes Willen soll eine solche Abstimmung, Ritter Pablo, und was soll der Hinweis auf eine adelige Abstammung? Als Ritter sind wir eine Gemeinschaft. Eine adelige Gemeinschaft. Wer von unserem Großmeister zum Ritter geschlagen wurde, ist adelig. Die Abstammung spielt keine Rolle. Wer das ignoriert, ignoriert die Ordensregeln."

„Die Ordensregeln gelten hier nicht mehr", fuhr ihm Pablo über den Mund, „hier sind wir in einem fremden Land. Hier gelten die Regeln unserer Kirche nicht."

Jetzt hielt sich der Kaplan ebenfalls nicht an die Diskussionsregeln und rief dazwischen. „Die Regeln unserer Mutter Kirche gelten überall. Da spielen neue Länder keine Rolle.“

„Regt Euch nicht auf, Fra Domenico“, wiegelte Pablo ab, „es geht hier um die Ordensregeln und ich bin der Meinung, die gelten hier nicht mehr. Eure Mutter Kirche stelle ich nicht in Frage.“ Jetzt entstand unter den Templern eine heftige Diskussion, die erst ein Machtwort Joaos zum Erliegen brachte.

„Haltet ein, verehrte Templer. Haltet ein. Natürlich gelten hier die Ordensregeln. Da kann es keinerlei Zweifel geben. Die Ordensregeln sind nicht an wechselnde Örtlichkeiten gebunden. Also Schluss jetzt mit der Diskussion. Es bleibt alles so, wie es ist. Auch Ihr, Ritter Pablo, habt den Ordenseid geschworen und seid ihm verpflichtet. Über die Gültigkeit der Ordensregel wird nicht diskutiert. Nicht hier und nicht zu dieser Zeit. Das ist nicht hilfreich. Wir sind hier, weil der Orden uns die Möglichkeit gab. Nicht der Papst, nicht der Kaiser, nicht der König, schon gar nicht irgendein Graf und auch nicht ein Kalif. Wir sind hier, weil Gottes Wille uns hierhin geleitet hat. Er hätte uns auf dem Meer zerschmettern können. Er hat es nicht getan. Deshalb erleben wir hier Zustände, die an das Paradies erinnern. Da gebe ich Euch uneingeschränkt Recht, Ritter Pablo. Aber Gott will auch, dass wir hier nicht bleiben. Er will, dass wir zurückfahren, um in Portugal von diesem Land zu berichten. Damit die Krone das Land in Besitz nehmen kann. Vielleicht kehrt ja der eine oder andere nach hierhin zurück. Mit einem festen Auftrag und einem festen Plan. Den haben wir nicht. Wir haben bewiesen, dass es hinter dem Ozean Land gibt. Land, das völlig anders ist als das, in dem wir leben. Darüber gilt es zu berichten. Deshalb fahren wir zurück. Da dulde ich keine weitere Diskussion. Hat noch jemand eine Frage?“ Joao sah forsch in die Runde. Aber es meldete sich niemand mehr. Fast alle hatten den Kopf gesenkt. Auch Pablo sagte kein Wort. Seiner Miene war aber zu entnehmen, dass er seinem Ritterbruder Joao am liebsten einen Dolch in den Leib gestoßen hätte. Es lag blanker Hass in seinem Blick. Nach kurzer Zeit zog sich jeder in seine Ecke zurück und nur die Wache lief noch über das Deck. Kasim beugte sich zu dem neben ihm liegenden Joao hinüber.

„Ich hatte Euch gewarnt. Ritter Pablo hintergeht euch.“

Joao atmete tief durch. Er wusste, das Kasim Recht hatte. „Er hat gesagt, was er sagen musste.“ Dann drehte sich der Templer um, um zu schlafen. Kasim schüttelte traurig den Kopf. Joao wollte offenbar nicht wahrhaben, dass Pablo ihn abgrundtief hasste. Und eines wusste Kasim aus eigener Erfahrung, abgrundtiefer Hass führt unweigerlich zu unkalkulierbarem Verhalten.

Am nächsten Tag herrschte große Aufregung im Dorf. Die Templer sahen ihren Kaplan fragend an. Der ging ins Dorf und horchte herum. Nach einiger Zeit kam er zurück.

„Heute werden Händler erwartet, die weit aus dem Oberlauf des Stromes kommen. Mit ihnen wollen sie Geschäfte machen. Um was es dabei geht, konnte ich aber nicht in Erfahrung bringen.“

„Dann lassen wir uns einfach überraschen“, erklärte Pablo und sprang an Land. Er ging zusammen mit seinem engsten Vertrauten, dem Normannen Ragnar, um sich die Neuankömmlinge im Dorf anzusehen. Kasim war aufgefallen, dass der Ritter sich nicht mit Joao abgestimmt hatte. Bisher hatten alle Templer Joao um Genehmigung gebeten, wenn sie das Schiff verlassen wollten. Nur an Bord konnten sie immer und jederzeit zurück. Kasim machte Joao darauf aufmerksam, aber der winkte ab.

„Kasim, lasst ihn. Er ist ein Ritter. Er ist mir ebenbürtig. Er darf das, ohne mich immer fragen zu müssen."

„Aber bisher hat er immer gefragt."

„Ja, aus Höflichkeit. Aber verpflichtet war er dazu nicht."

„Dann ist es mit der Höflichkeit jetzt vorbei?", beharrte der muslimische Arzt weiter.

Joao schüttelte unwirsch seinen Kopf. „Ach, Kasim, lieber Freund, gönnt dem Bruder Pablo doch ein wenig Selbstständigkeit. Es ist für sein Selbstverständnis offenbar erforderlich."

Kasim schüttelte weiter den Kopf. „Nein, Ihr macht Euch da selbst etwas vor. Er brütet etwas aus. Und das wird für Euch nichts Gutes sein. Da bin ich mir sicher."

„Jetzt ist es aber gut, alter Freund. Lasst mich mit Euren Unkenrufen in Ruhe. Pablo ist ein Templer und wird immer Templer bleiben."

Beleidigt wandte sich Kasim ab und kümmerte sich wieder um seine neuen Arzneien, die er aus dem Urwald geholt und in kleinen Tongefäßen verstaut hatte. Für alles schien es im Regenwald Heilpflanzen zu geben. Selbst Pflanzen, die gänzlich unfruchtbar machten, hatte er mit Hilfe der Arawaken und der Unterstützung durch Fra Domenico kennengelernt.

Der Kaplan war es auch, der erfuhr, dass die ankommenden Händler vom Stamm der Chachapoyas waren, die ihre Keramik an die Stämme am unteren Strom gegen Obst und anderes eintauschten. Es waren viele Boote mit viel Platz für Waren. Der Priester erfuhr auch, dass die Chachapoya schon sehr lange auf dem Strom unterwegs waren. Die Templer beobachteten, wie sich die von den Arawaken durch eine deutlich hellere Haut unterscheidenden Händler zunächst um ihre Sachen kümmerten, Verkäufe tätigten und ihre Einkäufe einluden. Dann erst, als sie Unmengen von bunten Vogelfedern in allen Größen eingeladen hatten, kamen sie näher, um das fremdartige Schiff zu begutachten. An Bord wollten sie nicht. Es war für ihre Verhältnisse ein riesiges Schiff. Sie kannten ja nur Einbäume, die Buscard machte ihnen aber keine Angst. Offenbar waren sie als weit gereiste Händler es gewohnt, hin und wieder mit völlig neuen Menschen und Dingen konfrontiert zu werden. Kasim war der Erste, der mit ihnen Geschäfte machte und von ihnen gegen ein kleines Messer etliche kleine Keramikdosen erstand, die er für seine unbekannten Arzneien benutzen wollte. Auch Pablo war sehr neugierig auf die Neuankömmlinge. Richtig rührend kümmerte er sich um die Händler, die für seine Schmeicheleien durchaus empfänglich waren.

Alles, was jetzt kam, geschah, nachdem Joao, Ritter Ibelin und Kasim mit den Arawaken abgefahren waren. Die drei hatten das Angebot der Arawaken angenommen, einen Urwaldausflug zu machen. Sie hatten sich von Pablo und den anderen an der Buscard verabschiedet und Joao hatte, wie es üblich war, Pablo das Kommando übergeben. Dann fuhren sie mit den Arawaken den Strom hinauf. Es ging eine ganze Weile mit dem Einbaum in der Nähe des Ufers entlang, dann bogen sie in ein Gewirr kleinerer und größerer Seitenarme ab. Schon bald hatten die Templer die Orientierung verloren. Sie fuhren durch eine Art Tunnel unter den Pflanzen in die Tiefe des Urwaldes. Bei dieser Fahrt mussten sie oft den Kopf einziehen, um Ästen und herunterhängenden Lianen aus dem Weg zu gehen. Zwischendurch ging es auf einen Dschungelmarsch. So leicht wie die Arawaken auf ihren nackten Füßen über den Waldboden liefen, so schwer taten sich die Templer mit ihren Lederstiefeln. Aber Zeit zum Klagen blieb nicht. Zu viel Neues stürzte auf sie ein. Sie sahen Termitenbauten, Feuerameisen, schöne Schmetterlinge und diverse Pilze. Lianen wuchsen von unten nach oben. Sie waren hart und sehr scharfkantig. Sie sahen ein Faultier, mehrere Schlangen, einen riesigen Frosch, diverse Fledermäuse und natürlich Affen. Sie hatten Besuch von einer kleinen Vogelspinne und ärgerten sich über die Moskitos in allen Größen. Sie genossen den einzigartigen Duft des Urwaldes. Über einen Seitenarm des großen Stroms fuhren sie mit den Einbäumen durch faszinierende Mangrovenwälder. Unzählige Leguane, brüllende Affen und rabengroße Vögel mit riesigen gelben Schnäbeln begleiteten sie auf dieser Fahrt.

Nach einer längeren Fahrt über einen See, die fast den halben Vormittag dauerte, erreichten sie eine Lagune, wo sie in einem verlassenen Pfahlbau, den die Arawaken aber kannten, ihre Hängematten aufhängten und sich fürs Nachtquartier vorbereiteten. Die Umgebung war faszinierend. Sie saugten die neuen und fremden Eindrücke einfach in sich auf. Ein atemberaubendes Wetterleuchten über dem See brachte ein einzigartiges Schauspiel. Abertausende ungemein bunter Vögel und Wasserschweine lebten in dieser Landschaft. Immer wieder waren rosa Flussdelfine sowie unzählige bunte, laut krächzende Vögel zu sehen. Eine

Schlange, die von den Eingeborenen Anakonda genannt wurde, beeindruckte durch ihre Größe von mehr als zwei Manneslängen. Irgendwann schliefen sie ein. Als sie aufwachten, waren die Arawaken nicht mehr da. Ibelin sprang aus seiner Hängematte und rannte an den Waldrand. Er blieb dort wie angewurzelt stehen, drehte sich um, ging mit wackeligen Beinen ein paar Schritte nach vorn, dann fiel er ganz langsam vornüber. Sofort sprangen Kasim und Joao auf und rannten zu ihm hin. Ein kleiner Pfeil steckte in seiner Brust. Durch das Lederwams war er nicht sehr weit eingedrungen. Kasim zog ihn heraus, riss Ibelin das Wams vom Leib und saugte die Wunde aus. Langsam kam der Ritter wieder auf die Beine. Die drei sahen sich fragend an. Sie konnten sich keinen Reim darauf machen, wo ihre eingeborenen Führer geblieben waren. Sie gingen zum Ufer, aber die Einbäume waren fort. Die Templer saßen auf der Flussinsel fest. Suchend stromerten sie am Ufer entlang und fanden drei Bäume, die offenbar von den Eingeborenen zu einem Floß zusammengebaut werden sollten. Die drei nahmen die Lianen, die bereits vorbereitet am Ufer lagen und banden die Stämme, so gut es ging, zusammen. Dann schoben sie das kleine Floß mit aller Kraft in den Strom und sprangen auf. Langsam setzte sich das primitive Gefährt in Bewegung. Es trieb auf das gegenüberliegende Ufer zu. Mit einem Ruck blieb das Floß stecken und war nicht mehr zu bewegen. Joao sprang ins Wasser, wo er sich vorsichtig zu der Stelle vortastete, an der das Gefährt festsaß. Der schlammverschmierte Wurzelballen war glitschig und immer wieder umspülte schmutziges, überaus lehmiges Wasser seine aufgeweichten Hände. Jetzt sah er die Stelle, wo das Floß festhing. Er nahm sein großes Messer, das

Schwert lag noch immer im Schiff, und hieb mit gewaltigen Schlägen auf die Wurzeln ein. Das mit Wasser vollgesogene Holz knirschte. Die Wellen des großen Flusses durchnässten ihn von oben bis unten. Wütend schlug er noch einmal zu. Die Wucht des plötzlich losschießenden Floßes war so gewaltig, dass er beinahe unter Wasser gedrückt wurde. Mit letzter Kraft konnte er sich an einem Stamm festhalten. Es dauerte eine Zeit, bis er sich auf das Gefährt gezogen hatte. Inzwischen war ein Gewitter aufgezogen. Blitze zuckten und der Regen rauschte wie aus Kübeln auf sie hernieder. Viel sehen, wohin sie das Floß trieb, konnten sie nicht. Doch so plötzlich, wie das Gewitter gekommen war, so hörte es auch auf. Der Wald am Ufer des Flusses dampfte. Es war so schwülwarm, dass Joao und seine Männer kaum Luft bekamen.

Kasim, der Muslim, widerstand der Versuchung, sich zum Gebet niederzuwerfen. Er starrte auf die Gefährten. Sie machten alle einen mutlosen Eindruck. Keiner wusste, wo sie waren. Auf einem Fluss, ja, aber auf welchem? Und trieb er sie zu ihrem Schiff? Der große Wald mit seinen fremdartigen Geräuschen, die sie aus der Heimat nicht kannten, machte ihnen Angst. Nur keiner von den Templern wollte das zugeben. Sie hatten Menschen kennengelernt, die so fremd und so unwirklich waren wie Adam und Eva und auch noch genauso aussahen. Sie waren freundlich und zugänglich, aber dann auch so abweisend und hinterhältig feindselig, wie sie es noch nie erlebt hatten. Sie hatten gefährliche Waffen, die als solche nicht zu erkennen waren. Das hatten sie bitter erfahren müssen. Ibelin machte Kasim Sorge. Die Wunde des kleinen Ritters hatte sich entzündet. Er stöhnte, als er sich aufrichtete, und stierte abwechselnd mal mit glasigen Augen auf Kasim, dann auf das schmutzige Wasser und den dunklen Wald.

„Wo sind wir?“, stöhnte er und klammerte sich an Kasim, „du elender Maure, du hast uns nur Unglück gebracht. Sag mir, wo wir sind.“

„Das kann ich nicht. Ich weiß es auch nicht.“ Ibelin stöhnte wieder.

„Was weißt du eigentlich. Nichts offenbar. Was kannst du? Auch nichts. Ich weiß gar nicht, warum Joao dich mitgenommen hat. Offenbar nur aus Mitleid. Oder aus irgendeinem Gefühl heraus. Wir hätten dich in den Kerker in Bragança werfen und dort verfaulen lassen sollen.“

Kasim antwortete nicht und tat so, als ob er die Vorwürfe des Templers nicht gehört hätte. Ibelin redete offenbar im Fieberwahn. Der Arzt betastete die Wunde des Templers, die ihm von einem Pfeil der Eingeborenen zugefügt worden war. Mit einem Stöhnen sank der Templer wieder auf den Boden des Floßes zurück. Er drehte sich auf den Bauch, weil er nicht wollte, dass der Arzt ihn abtasten konnte. Kasim hatte direkt nach der Verletzung zwar den Pfeil aus der Brust des Templers ziehen und die Wunde aussaugen können, aber offenbar war der Pfeil vergiftet gewesen, mit einem Gift, das er nicht kannte. Und so war es ihm nicht gelungen, ein Gegenmittel zu verabreichen. Nach kurzer Zeit drehte sich Ibelin wieder auf den Rücken. Die Wunde sah schlimm aus. Es war zwar nur ein kleiner Einstich, aber rundherum hatte sich das Muskelfleisch entzündet. Auf der Haut zeigten sich helle Blasen. Als Kasim eine davon öffnete, stöhnte der Ritter wieder laut auf. Eine helle Flüssigkeit rann den Rücken hinunter, so, als ob Kasim eine Blase am Fuß geöffnet hätte.

Joao sah zu den beiden hinüber. „Seid ihm nicht böse wegen der Beleidigungen. Er hat zu oft mit Pablo Wache gehabt. Er meint es bestimmt nicht so. Es sind die Schmerzen, die ihn so reden lassen."

Kasim sagte nichts, nickte aber leicht mit dem Kopf. Sie alle waren seit Tagen nicht rasiert und mit ihren dunklen Bärten sahen sie noch düsterer aus, als sie in den letzten Wochen in diesem fremden Land geworden waren. Sie sagten nichts. Nur das Gurgeln des Wassers war zu hören. Kasim beobachtete Ibelin. Dessen Lippen hatten ihre Farbe verloren. Der maurische Arzt glaubte schon, dass der Ritter sein Bewusstsein verloren hätte, als der die Augen wieder aufschlug. Er flüsterte etwas und Kasim legte sein Ohr auf die Lippen des Templers, um genau zu hören, was der sagte. Aber er sagte nichts. Er hauchte nur unverständliche Worte.

Kasim ging mit dem Ohr noch näher an den Mund des Ritters. In diesem Moment durchzuckte ihn ein rasender Schmerz. Ibelin hatte zugebissen und ein Stück aus dem Ohr des Mauren schaute ihm noch aus dem Mund. Kasim war zurückgezuckt und hielt mit einer Hand sein Ohr. Zwischen seinen Fingern quoll Blut hervor und tropfte hinunter auf die Stämme des Floßes. Ibelin patschte lachend mit beiden Händen in der Blutlache herum. Dabei kicherte er ununterbrochen. Kasim rutschte zu Joao hinüber. Er zog aus seinem Gewand die kleine Dose mit dem Wundöl der Arawaken, das er jetzt über der blutenden Wunde verrieb. Dann riss er sich von seinem Gewand einen Streifen ab und bat Joao, ihm diesen um Ohr und Kopf zu binden und fest zuzuknoten.

Ibelin hatte sich derweil an den Rand des Floßes geschoben. Beide Hände hingen im Wasser. Dann ertönte ein fürchterlicher Schrei, der plötzlich abbrach und in ein schrilles Wimmern überging. Joao und Kasim starrten zu Ritter Ibelin hinüber. Der lag noch immer am Rand des Floßes. Er hielt seine Arme hoch. Aus den Armstümpfen schoss schubweise das Blut heraus. Beide Hände waren nicht mehr da. Irgendein Tier hatte sie ihm abgebissen. Wie gelähmt sahen sie zu dem Verletzten hinüber. Es dauerte nur noch Sekunden und er verlor das Bewusstsein.

„Helft ihm bitte, Kasim, auch wenn er Euch aufs Tiefste beleidigt und jetzt auch noch verletzt hat", bat der Ritter seinen muslimischen Freund. Der schüttelte nur noch traurig den Kopf.

„Es ist ihm nicht mehr zu helfen. Der Blutverlust ist zu hoch. Er wird in den nächsten Augenblicken sterben. Wir können nur noch für seine Seele beten." Joao robbte zu Ibelin hinüber. Dessen Kopf war nach vorn auf den Baumstamm gesunken. Das Blut hatte aufgehört, stoßweise aus den Armstümpfen zu spritzen. Joao drehte den Kopf seines Ritterbruders herum, schaute ihm in die Augen und sah zu Kasim hinüber.

„Ich sollte einem Arzt nicht widersprechen", murmelte der Templer, „Ritter Ibelin ist tot. Ich schiebe ihn ins Wasser. Beerdigen können wir ihn ohnehin nicht." Dann drückte er den nicht sehr kräftigen Toten über den Rand des Floßes und sah zu, wie die Gestalt im Wasser versank, noch einmal auftauchte und kurz darauf in den lehmigen Fluten nicht mehr zu sehen war. Kasim und Joao kümmerten sich wieder um sich selbst. Das Floß konnten sie nicht steuern, sie mussten es so hinnehmen, wie es trieb. Sie waren schon in einen weiteren Nebenarm des Stroms getrieben worden, wo sich die Baumstämme an einer schwimmenden Insel festgehakt hatten. Joao versuchte, auf die Insel zu klettern, sackte aber sofort durch die locker ineinander gewobenen Pflanzen. Er hatte Schwierigkeiten, sich wieder auf die Baumstämme zu ziehen.

„Es ist keine feste Insel, es sind schwimmende Pflanzen, die sich ineinander verhakt haben. Wir müssen warten, bis sich die Stämme losreißen.“ Kasim beobachtete misstrauisch die Insel. Sie war verhältnismäßig groß und wurde noch größer, weil die Baumstämme weitere treibende Pflanzen einfingen.

„Wir werden viel Glück haben müssen, wenn sich die Stämme wieder losreißen sollen. Aber sie konnten nichts unternehmen. Es blieb nur das Abwarten. Am späten Nachmittag schaukelte die Insel mit dem Floß in der Strömung des Flusses um eine Biegung, an der Uferbäume tief ins Wasser hingen.

Als sie daran vorbeigetrieben waren, sahen sie plötzlich die Buscard. Sie lag unverändert unterhalb des Steilufers. Einige Templer waren an Deck zu erkennen. Joao nahm alle Kraft zusammen, schrie laut und winkte ihnen zu. Sie hatten ihn gehört, brüllten und winkten zurück. Als Joao und Kasim sahen, dass die Männer weder über Einbäume noch über ein Ruderboot verfügten, sprangen sie ins Wasser, um schwimmend die Buscard zu erreichen. Die beiden Schwimmer wurden nicht von irgendwelchen Fischen oder Kaimanen angegriffen, trieben in der Strömung aber doch eine ziemlich weite Strecke an ihrem Schiff vorbei, bis sie mit Mühe das lehmige Ufer erreichten, an dem sie nebeneinander erschöpft liegen blieben. Der erste Helfer, der erschien, war

Ritter Odo von Mümpelgard. Abgehetzt und völlig außer Atem stand er vor ihnen. Das Laufen in der schwülwarmen Luft strengte den schon etwas in die Jahre gekommenen Ritter ziemlich an. Sein rotes Gesicht sprach Bände. Er wedelte mit beiden Armen und zeigte hinaus auf den Strom.

Joaos Blick folgte dem Arm und sah in deutlicher Entfernung etliche Einbäume der Chachapoya. Sie wirkten wie eine Karawane. Mittendrin befand sich das Ruderboot aus der Buscard. Die Boote der Eingeborenen waren in ihrer Form unverkennbar und das Ruderboot ohnehin. Einzelne Personen waren aber nicht mehr zu erkennen. Die Einbäume waren auf der anderen Seite der schwimmenden Insel den Fluss hinaufgefahren, als sie hinuntertrieben. Deshalb hatten sie die Boote nicht sehen können. Joao schwante nichts Gutes. Und Odo von Mümpelgard platzte mit der Neuigkeit auch gleich heraus. Die Gesundheit der vor ihm Liegenden war ihm offenbar egal. Auch dass Ibelin nicht bei ihnen war, hatte er noch nicht registriert.

„Ritter Joao, verehrter Bruder, Pablo und seine Männer haben uns verlassen. Sie wollen mit den Chachapoya in deren Heimat fahren. Wollen wir sie zurückholen?“

Joao atmete tief durch. „Danke, Ritter Odo. Uns geht es verhältnismäßig gut. Kasim fehlt ein halbes Ohr und Ritter Ibelin ist gestorben. Sonst ist alles in Ordnung.“ Odo stutzte einen Augenblick, dann hatte er seinen Lapsus erkannt.

„Entschuldigt, Bruder Joao. Es platzte aus mir heraus, weil es noch nicht lange her ist, dass Ritter Pablo uns verlassen hat. Und das wollte ich Euch sofort berichten. Wie es Euch geht, wisst Ihr selbst und die Verletzungen kann keiner besser behandeln als Kasim. Deshalb wollte ich Euch erst die Neuigkeiten vom Schiff berichten."

Joao winkte müde ab, sah der langsam kleiner werdenden Bootsflottille hinterher und drehte sich zu Ritter Odo um. „Was hat dazu geführt, dass uns Ritter Pablo so plötzlich verlassen hat? Hat Pablo lediglich seinen Kopf durchgesetzt? Ihm scheint es egal zu sein, dass er mit diesem Verhalten seinen Eid als Templer gebrochen hat und auch den Eid, den er seinem Vater geschworen hatte. Er will einem Emporkömmling, wie er mich immer nannte, wenn ich nicht in der Nähe war, nicht mehr länger folgen."

„Ja, Euer Orden ist weit weg und habt Ihr nicht selbst immer gesagt, man sollte nicht zurückblicken? Jetzt fährt der abtrünnige Tempelritter mit zwei anderen abtrünnigen Rittern und den Knechten ins Unbekannte", knurrte Kasim. Joao nickte mit dem Kopf.

„Ja, und das Gold haben sie auch mitgenommen. Alle fünfzehn Kisten", empörte sich Odo.

„Gold bedeutet den Menschen hier nichts. Ich habe keinen Schmuck aus Gold bei ihnen gesehen, nur bunte Federn. Sie wissen, dass man Gold nicht essen kann. Wer weiß, wofür Pablo das Gold noch braucht. Wir brauchen es nicht. Und wenn es uns gelingt, zurück nach Portugal zu kommen, brauchen wir es ganz sicher nicht. Soll Pablo damit doch glücklich werden. Aber warum? Ritter Odo, Ihr habt mir noch nicht gesagt, warum Pablo abgereist ist." Joao wandte sich an seinen Ritterbruder.

Der schnaufte noch immer vom schnellen, ungewohnten Lauf. „Kommt, Ritter Joao, und auch Ihr, Abu al Kasim. Lasst uns zurück zum Schiff gehen und dort beraten, was wie zu tun ist. Die Arawaken werden uns wohl nicht mehr freundlich unterstützen. Damit werden wir leben müssen dank Pablos Verhalten. Es ist einfach so.“

„Ritter Odo, Ihr habt mir immer noch nicht gesagt, was vorgefallen ist.“ Die Stimme von Joao wurde ärgerlicher.

„Ich kann Euch da helfen, Bruder“, erklärte Odo, der endlich nach dem ungewohnten, langen Lauf wieder zu Atem gekommen war.

„Ihr wart gerade abgefahren, da haben sich zwei Knechte über Euren Befehl, das Schiff nicht zu verlassen, hinweggesetzt. Sie haben sich heimlich ins Dorf geschlichen und sich dort zwei Frauen fleischlich genähert. Die Männer der Frauen haben das gemerkt und sind über die beiden hergefallen. Sie wurden wie Ratten mit Knüppeln erschlagen. Fra Domenico, der im Dorf übernachtete, hat das bemerkt. Er ist sofort voller Entsetzen zum Schiff gelaufen und hat Pablo zu Hilfe gerufen. Der hat seine Waffen genommen und ist mit Ragnar, Guyot, Harmann und einigen Sergeanten ins Dorf gelaufen. Die Arawaken haben ihnen ohne Arg entgegengesehen. Aber Pablo und seine Leute haben wie im Blutrausch alle erschlagen, denen sie habhaft werden konnten. Egal, ob es Männer, Frauen oder Kinder waren. Ein entsetzliches Blutbad haben sie in dem Dorf angerichtet. Und das alles, weil zwei einfältige Knechte nicht auf einen Befehl gehört hatten. Die Arawaken, die sie nicht erschlagen haben, sind in den Wald geflohen. Als es niemanden mehr zu töten gab, sind Pablo und seine Männer an Bord zurückgekommen. Sie haben beratschlagt, was zu tun sei, und haben Fra Domenico zu den Chachapoyas gesandt, um Kontakt zu den Händlern aufzunehmen. Die Verständigung mit ihnen war zwar schwer gewesen, aber, wie Ihr wisst, hat

Fra Domenico ein Talent, innerhalb kürzester Zeit die Grundregeln und Vokabeln einer fremden Sprache zu erlernen. Er ist darin ein Phänomen. So hatte sich Pablo schnell mit den Chachapoyas verständigen können und sie fanden heraus, dass sie keine feindlichen Ziele hegten. Das Schicksal der Arawaken, das die Händler natürlich mitbekommen hatten, war ihnen offenbar egal. Sie waren Händler. So hatten sie sich ohne viel Federlesens bereit erklärt, Pablo und die anderen Templer mitzunehmen. Sie hatten auch nicht gefragt, was diese in ihren schweren Kisten hatten. Sie haben die Fracht auf ihren Booten verteilt. Schließlich hat Pablo das Boot vom Deck losgemacht und ist mit zwei Knechten, die rudern mussten, den Einbäumen hinterhergefahren. Den Rest habt Ihr gesehen."

„Wir sind hier im Paradies. Es gibt hier bei den Arawaken keinen Streit. Es gibt keinen Zank. Es ist alles friedlich. Es ist das Paradies der Bibel. Waren das nicht Pablos Worte? Und jetzt hat er durch sein Verhalten das Paradies vernichtet. Aber warum diese Eile? Könnt Ihr mir dazu etwas sagen?"

„Mit den Eingeborenen wollten sie weg, bevor Ihr aus dem Urwald gekommen wärt. Pablo wollte sich vor Euch nicht mehr rechtfertigen müssen. Und das ist ihm auch gelungen."

Joao nickte nachdenklich. „Jetzt ist mir auch klar, warum die Arawaken uns plötzlich und unerwartet im Wald auf einer Flussinsel allein gelassen haben. Ibelin wollte ihnen noch nach, aber sie schossen ihm einen Pfeil in die Brust. Der arme Kerl starb elendiglich. Wir haben drei Baumstämme als Floß zusammengebunden, sind damit von der Flussinsel weg, aber ohne zu wissen, wohin wir treiben. Den Rest kennt Ihr. Wie konnten die Dorfbewohner unsere Führer informieren?"

Odo überlegte nicht sehr lange. „Ich denke, sie haben mit Knüppeln an hohl klingende Bäume geschlagen. Etwas anderes habe ich nicht gehört."

„Ja, das könnte es gewesen sein", sinnierte Joao, „uns fiel im Urwald das Geräusch nicht auf, aber die Arawaken haben es gehört und sofort reagiert."

Am Strand neben dem auf das Ufer gezogenen Langboot standen Joao und die ihm verbliebenen Getreuen. Neun waren es noch. Ibelin war gestorben und zwei der Knechte sind von den Arawaken erschlagen worden. Gerade noch genug, um die Buscard segeln zu können. Die anderen hatten sich alle Pablo angeschlossen und fuhren mit den Eingeborenen den Fluss hinauf ins Unbekannte.

Die Flut schob die Einbäume recht zügig voran, obwohl die Boote, in denen die Kisten mit dem Gold waren, ziemlich tief im Wasser lagen. Trotzdem tauchten ihre Paddel nur gelegentlich ins Wasser, um die Boote in Richtung zu halten. Von den Abtrünnigen sah sich niemand mehr um. Sie saßen in den Booten und schauten nach vorn. So ist es eigentlich richtig, dachte Joao. Immer nach vorne blicken, nicht nach hinten. Vorne ist die Zukunft, hinten die Vergangenheit. Es dauerte eine ganze Zeit, bis sich die Einbäume hinter einer schwimmenden Insel den Blicken der Zurückgelassenen entzogen.

Ritter Joao fühlte sich schlecht. Er hatte als Führer versagt. Es war ihm nicht gelungen, seine Männer hinter sich zu versammeln, um Pablo Lügen zu strafen.

Der muslimische Arzt war geblieben, weil für ihn die Argumente des anderen Ritters nicht nachvollziehbar waren und ihm Pablo durch und durch unsympathisch war. Die Diskussion über Adel oder nicht Adel erschloss sich ihm nicht. Für ihn war das Handeln Joaos bisher immer schlüssig gewesen. Sicherlich waren sie hin und wieder anderer Meinung gewesen, aber das kam in den besten Familien vor. Außerdem hatte er bei Joao keine Ressentiments verspürt. Anders als bei Pablo und anderen Templern wie Ibelin. Der Schiffszimmermann war geblieben, weil er sein geliebtes

Schiff nicht im Stich lassen wollte und Bernhard war aus ganz persönlichen Gründen Joao zu Dank verpflichtet. Er stand ihm weiter zur Seite. Außerdem hatte er von dem muslimischen Arzt eine Menge gelernt und konnte noch weitere Erfahrungen machen. Der Sergeant und die drei anderen Knechte wollten nicht weiter ins Unbekannte. Sie wollten zurück nach Hause. Hier in diesem plötzlich vom Paradies in eine feindliche Fremde gewechselten Land wollten sie auf keinen Fall bleiben. Joao hatte Recht behalten. Hier war nicht das Paradies. Der Ritter hatte sie bisher mit sicherer Hand geführt und er würde sie ebenso sicher wieder zurück in die Heimat bringen. Davon waren sie überzeugt. Deshalb blieben sie. Auch Odo von Mümpelgard war geblieben. Joao sah ihn fragend an. Er hatte mit Odo nie viel Kontakt gehabt, aber er war von dem Ritter immer als Führer akzeptiert worden. Odo von Mümpelgard sah sich durch den fragenden Blick genötigt, etwas zu sagen.

„Bruder Joao, ich habe geschworen, Euch immer treu zur Seite zu stehen. Ich bin es nicht gewohnt, meinen Schwur zu brechen. Ich stehe nach wie vor fest an Eurer Seite."

Joao ging auf ihn zu und umarmte ihn. „Ich danke Euch, edler Bruder. Wollt Ihr ab sofort mein Stellvertreter sein?" Odo sah in die Runde, grinste und setzte sich auf einen angeschwemmten Baumstamm, der sich durch den Wasserdruck des Flusses fest in den Ufersand gegraben hatte. Odo lud den Ritterbruder mit einer Handbewegung ein, neben ihm Platz zu nehmen. Etwas schwerfällig ließ Joao sich neben dem dicken Ritter auf den Stamm fallen. Er sah Odo von der Seite an, erwartete eine Antwort, die auch nicht lange auf sich warten ließ.

„Ja, Ritter Joao, das will ich. Aber es blieb ja auch keine andere Möglichkeit. Es ist kein anderer Ritter mehr da.“

Joao schluckte. Er war sichtlich verlegen. Aus dieser Situation erlöste ihn der Templer. Er nahm Joao spontan in den Arm. „Ich wollte Euch nicht in Verlegenheit bringen“, sagte er, „es war bei uns beiden nur eine kleine Unaufmerksamkeit, nicht wahr?“

„Ja, das war es wohl“, entgegnete Joao und war froh, so schnell aus der Situation herausgekommen zu sein.

„Kommt, lasst uns an Bord gehen und sehen, was uns Pablo und seine Ritter gelassen haben.“

„Müssen wir eine extra bewaffnete Wache aufstellen, um Angriffe der Arawaken abwehren zu können?“

Joao sah sich um. Er schüttelte mit dem Kopf. „Ich denke, die Arawaken wissen schon sehr genau, wer ihnen das angetan hat und dass wir nicht zu den Verbrechern gehören. Sie werden sich uns wohl nicht mehr nähern, aber uns auch nicht angreifen.“

„Ja“, ergänzte Odo, „sie werden sich nicht noch weiter mit Sünden beflecken.“

Joao sah den alten Ritter nachdenklich an. „Wisst Ihr, Ritter Odo, manchmal weiß ich nicht, warum Ihr mitgefahren seid. Eigentlich seid ihr zu gut für diese Welt. Und vielleicht auch ein wenig zu gottesgläubig.“

„Wie soll ich das verstehen?“

„Ich glaube nicht, dass die Arawaken schlechter leben, weil sie unseren Gott nicht kennen. Sie sind Kinder der Natur hier in diesem Land. Sie werden sich durch ihr Tun nicht mit Sünden beflecken, noch benötigen sie einen

Erlöser, der sie von ihren Sündenstrafen befreit. Die Furcht vor einem Herrn ist ihnen fremd. Das sind Verhaltensweisen, die uns im Laufe der Jahrhunderte nach Christi Tod von den Klerikern beigebracht wurden. Ich vermute inzwischen fast, das machen sie nur, um sich unabwendbar notwendig anzubiedern. Aber auch wir können nicht aus unserer Haut, ebenso wenig wie die Arawaken. Also lassen wir sie so, wie sie sind. Sie brauchen uns nicht. Ob wir sie brauchen, steht noch nicht fest."

Ritter Odo hatte sich ans Kinn gefasst, das er gedankenverloren rieb. Dabei starrte er auf das träge dahinfließende, lehmige Wasser des großen Stromes.

„Wie nennen die Arawaken eigentlich diesen Fluss", lenkte er das Gespräch in eine andere Richtung.

Joao musste grinsen. „Ich glaube, sie haben ihn Amarumayu genannt, wenn ich sie richtig verstanden habe."

„Aha, Amaramuaju."

„Nein, Amarumayu."

„Ja, ist ja gut. Ich muss mir das wohl nicht merken."

„Wer weiß", unkte Joao, „jetzt lasst uns nachsehen, was Pablo uns gelassen hat. Zimmermann, Ihr schaut nach, ob es Schäden an der Buscard gibt. Die anderen legen alle Sachen, die sie finden, aufs Oberdeck. Dort haben wir die beste Übersicht." Es begann sofort ein emsiges Treiben. Am Abend wussten sie, was Pablo mitgenommen hatte und was ihnen geblieben war. Joao rief die Templer zusammen.

„Ritter Odo, Ihr haltet Wache und seht zu, dass die Arawaken uns jetzt nicht stören." Der Ritter kniff die Lippen zusammen, ging aber zum Bug, um nach den Eingeborenen zu sehen.

„Bei allem Ärger, der uns dadurch entstanden ist, dass uns Pablo und die Hälfte unserer Mannschaft verlassen haben, müssen wir doch feststellen, dass sie nur ihre eigenen Sachen mitgenommen haben."

„Und die Kisten mit Gold", warf Kasim ein.

„Ja, die Kisten mit Gold, für das wir uns hier ohnehin nichts kaufen können. Soll Pablo damit glücklich werden. Wir nutzten es ohnehin nur als Ballast für die Buscard. Den fehlenden Ballast gleichen wir mit Steinen aus, die wir suchen. Wichtig ist, dass sie uns die Keramikkrüge für das Wasser gelassen haben und sich auch an unseren Habseligkeiten nicht vergriffen haben. Sogar mein Kettenhemd, der Mantel und mein Schwert sind noch vorhanden. Die Küchenartikel ebenfalls und wenn ich Meister Dodo richtig verstanden habe, haben sie auch an der Buscard keinen Schaden angerichtet. Also lassen wir sie in Ruhe fahren und wünschen ihnen Gottes Hilfe."

Nicht alle Templer nickten nach der Rede, aber es war auch kein Widerspruch zu hören.

„Wir werden uns zur Abreise fertig machen und mit einer der nächsten Ebben ablegen. Dazu wird es unumgänglich sein, dass wir auch kurze Zeit rudern müssen. Wir sollten uns darauf einrichten. Jetzt möchte ich Euch noch einmal am Mast versammeln. Es ist mir wichtig." Der Ritter hatte die Karte, die er von Abraham bekommen hatte, auf dem Deck so ausgebreitet, dass jeder einen Blick darauf werfen konnte. Daneben stand das Buchsbaumkästchen, das der Ritter immer wie einen Augapfel behütet hatte. Merkwürdigerweise hatte Pablo ihm den Kasten und die Karte gelassen, hatte beides nicht mitgenommen. Joao war selbst überrascht. Wahrscheinlich hatte Pablo mit diesen Sachen nichts anfangen können. Seine Männer standen um Joao herum.

„Verehrte Templer, liebe Freunde", es war das erste Mal, dass Joao diese vertraute Anrede benutzte. Odo und Kasim hatten es sofort bemerkt und sahen ihren Führer überrascht von der Seite an. Die anderen hatten es gar nicht gemerkt oder sie ließen ihre Überraschung nicht anmerken.

„Ich habe Euch zusammengerufen, weil wir nicht ziellos irgendwohin wollen, sondern weil ich beabsichtige, mit Euch zurück nach Portugal zu fahren. Wir haben hierher gefunden und wir werden auch wieder zurückfinden. Da bin ich sicher. Schaut Euch die Karte an. Wir sind etwa hier." Der Ritter zeigte auf einen imaginären Punkt außerhalb des Kartenblatts auf den Planken der Buscard.

„Und wir werden versuchen, diesen Weg zu nehmen." Er nahm einen langen Stock, der wohl irgendwem bisher als Angelrute gedient hatte, zeigte den Weg über den Ozean bis zu einer Inselgruppe, die am linken Rand des Kartenblatts zu sehen war.

„Dies hier sind namenlose Inseln im Meer. Wir sind auf unserer Reise hierher einen anderen Weg gesegelt. Deshalb haben wir sie nicht gesehen." Joao zeigte auf der Karte an der afrikanischen Küste entlang bis zu einigen Inselchen.

„Hier bei diesen kleinen Inseln sind wir zum Sonnenuntergang abgebogen und so lange gesegelt, bis wir hier waren, wo wir jetzt sind. Wir sind zweiundzwanzig Tage über das Meer gesegelt. Ich denke, dass wir ein wenig länger brauchen, um zurückzukommen. Den gleichen Weg zurück können wir nicht. Da bläst der Wind immer nur von Osten und wir können nicht gegen den Wind segeln. Und mit neun Mann können wir auch nicht gegen den Wind rudern. Ich habe festgestellt, dass der Wind hier an der Küste von Südost oder auch von Süden bläst. Damit werden wir uns erst nach Norden wenden. Das ist die Richtung, in die auf meinem Kompass die Nadel weist." Joao ging zu dem Kästchen hinüber, klappte den Deckel auf und ließ seine Männer einen Blick hineinwerfen. Auf einem Stift pendelte eine schmale Nadel, an der ein Ende eingefärbt war. Dieses Nadelende zeigte zitternd in die Richtung des Flussufers, an dem die Buscard noch festgemacht war.

„Da, wo die Nadelspitze hin zeigt, ist Norden", erklärte der Ritter, "mehr müsst Ihr dazu gar nicht wissen. Mit diesem Gerät können wir nichts verfehlen. Norden ist auf meiner Karte oben am Kartenrand. Wenn es uns gelingt, diese Inseln zu erreichen", Joao tippte mit dem Stock auf die kleine Inselgruppe mit neuen Inseln mitten im Meer, „dann segeln wir, so es der Wind zulässt, nach Osten und kommen direkt nach Portugal. Dort können wir dann dem König berichten, was wir gefunden haben."

„Woher wisst Ihr, dass von den Inseln der Wind nach Osten bläst?", wollte Odo wissen, der von seiner Wache zu ihnen zurückgekommen war.

„Weil es der gleiche Wind ist, der uns von Portugal nach Afrika geschoben hat. Er ist übers Meer gekommen genau aus der Richtung, wo diese Inseln liegen", sagte Joao und tippte mit dem Stock auf die kleinen, runden Punkte.

„Wir hoffen alle, dass Ihr Recht habt", zweifelte Odo noch immer.

„Lieber Ritter Odo", meldete sich plötzlich Kasim zu Wort, „warum habt Ihr Zweifel? Ritter Joao hat das alles in Córdoba studiert. Er weiß genau, was er sagt. Ich vertraue ihm voll und genau das solltet Ihr, Odo, und auch alle anderen tun. Mit Ritter Joaos Wissen und Gottes und Allahs Hilfe werden wir alle in die Heimat zurückkehren."

„Na, dann sollten wir alle jetzt fleißig in die Hände spucken und die Buscard seetüchtig machen. Auf, Meister Dodo, waltet Eures Amtes als Zimmermann." Joao musste lachen, mit welcher Energie plötzlich der kleine, dicke Ritter in die Zukunft schaute und alle mitriss.

„Jeder schaut noch einmal in dem Bereich nach dem Rechten, den er für die Rückreise betreuen will. Wir brauchen einen Rudergänger, einen Koch, die Seeleute, die die Segel setzen, die nach der Verpflegung schauen, und dann sehen wir zu, wie wir das Schiff zum Segeln bringen. Und vergesst nicht, immer wieder nach den Arawaken zu sehen. Ritter Odo war das schon wieder entfallen. Nicht dass sie uns dank Pablo hinterrücks überfallen und mit ihren vergifteten Pfeilen beschießen."

Es dauerte nur zwei Tage, bis sie ihr Schiff wieder seetüchtig gemacht hatten. Zwischendurch gingen sie immer wieder zu dritt auf die Jagd, um ein wenig Fleisch zu bekommen. Aus den verlassenen Gärten der Arawaken holten sie sich Gemüse und Obst. Schließlich war es soweit. Die Templer zogen die langen Ruder aus den Halterungen an der Bordwand und legten sie in die Dollen ein. Beim höchsten Flutwasser warfen sie das Schiff los und mit einsetzender Ebbe glitt die Buscard langsam auf dem Strom in Richtung der Mündung, kräftig von den Rudern aufs Wasser gezogen. Kaum hatte das Schiff Fahrt aufgenommen und war schon etliche Ellen vom Land entfernt, standen einige Arawakmänner am hohen Steilufer und sahen ihnen nach. Sie drohten nicht, sie winkten nicht, sie starrten nur.

Mehrere Tage fuhren sie durch die braunen Fluten der Flussmündung, querten noch einmal für einen Tag das schwarze Wasser, bis die Buscard endlich das Meer erreicht hatte. Jeden Abend in den Abendstunden und bei einsetzender Flut hatten sie ihr Schiff immer wieder am Ufer festgemacht, um nicht wieder in den Fluss getrieben zu werden. Jetzt, wo das südliche Flussufer kaum noch zu sehen war, konnten sie endlich das Segel hochziehen. Und die Buscard reagierte sofort, wie ein Vogel auf dem Wasser schob sie sich nach Norden, immer der dunklen Küste entlang.

„Wir werden wieder bis zu der Insel segeln, an der wir angekommen sind“, informierte Joao seine Männer und alle waren mit Feuereifer bei der Sache. In einem Monat würden sie wieder in der Heimat sein.

Aber so einfach wurde es nicht. Kaum hatten sie nach mehreren Tagen ihre Insel wieder im Blick, deren Silhouette mit ihren drei Bergspitzen so typisch war, schaute Joao sorgenvoll in den südlichen Himmel. Dort hatten sich Wolken zusammengezogen und es drohte ein Sturm. Tatsächlich nahm der Wind ziemlich rasch zu und trieb die Buscard vor sich her durch einen schmalen Meereskanal südlich an der Insel vorbei. Als sie eine Landzunge passierten, ließ Joao das Segel bergen, um das Schiff nicht noch weiter nach Westen schieben zu lassen. Sie legten wieder die Ruder ein und mit aller Kraft schafften sie es gerade noch, hinter der Landzunge in einigermaßen ruhiges Wasser zu kommen, als der Sturm richtig losbrach. Sie landeten an einer Uferböschung, hinter der sich kein Wald zeigte. Odo war der Erste, der an Land sprang und die Böschung hoch stapfte. Vor Eingeborenen fürchtete er sich nicht, die hatten sie bei ihrem ersten Besuch auf der Insel nicht festgestellt. Oben auf der Böschung blieb er wie angewurzelt stehen. Er drehte sich um und winkte heftig.

„Kommt mal her. Das müsst ihr sehen. Wer war schon in Syrien? Das hier ist ein See aus Bitumen Judaicum. So einen großen See habe ich selbst in Syrien nicht gesehen." Joao sah Kasim an, aber der zog auch nur die Schultern hoch und schüttelte den Kopf.

„Ich kenne kein Bitumen Judaicum. Wir sollten uns aber ansehen, was Ritter Odo da gefunden hat."

„Mit Bitumen Judaicum haben wir in Viana die Buscard bestrichen, damit sie wasserdicht wurde", meldete sich Dodo, „der Stoff ist sehr teuer und sehr selten." Joao ordnete an, dass die Buscard gesichert werden sollte, damit der heftig blasende und immer stärker werdende Sturm das

Schiff nicht losriss und abtrieb. Die Templer mühten sich mit vereinten Kräften, das Schiff weiter auf den Sand zu ziehen, während Joao und Kasim die steile Böschung hochkletterten. Oben angekommen, sahen sie einen dunklen See, ziemlich rund, der im Durchmesser gut tausend Ellen maß. Die Oberfläche schien fest wie Stein zu sein, doch Odo wusste es besser.

„Fest ist nur die dünne Oberfläche. Darunter ist es klebrig flüssig.“ Er hob einen dünnen Stecken vom Boden auf und stach in die Oberfläche. Sie gab nach und aus dem entstandenen Riss drückte sich eine schwarze, klebrige Masse, die sofort wieder aushärtete. Joao drehte sich um und rief Dodo. Der Zimmermann kam sofort.

„Könnt Ihr Bitumen Judaicum gebrauchen?“, fragte der Ritter. Dodo nickte.

„Natürlich. Ich habe es in Viana auch benutzt. Ich war in Syrien und lernte es dort kennen. Es eignet sich hervorragend, um Schiffe abzudichten. Es gibt nichts Besseres.“

„Das heißt, wir können es für die Buscard gebrauchen?“

„Ja, natürlich. Wir haben sie ja weit auf den Strand gezogen, um sie vor dem Sturm in Sicherheit zu bringen, und jetzt kann ich auch den Rumpf, der sonst unter Wasser liegt, inspizieren.“

„Tut das, Meister Dodo. Und wenn Ihr noch Männer braucht, die Euch helfen können, sagt Bescheid.“

„Zunächst werde ich versuchen müssen, die Masse zu erhitzen, damit ich sie hinterher richtig verschmieren kann. Das wird eine schmierige und klebrige Angelegenheit.“

„Habt Ihr denn dafür einen geeigneten Topf?" Meister Dodo schaute auf Bruder Martin, den Koch.

„Unser Koch hat einen. Den hat er von den Chachapoya erworben. Der Topf wäre groß genug, aber ich befürchte, dass er ihn nicht hergeben wird." Joao sah zu dem Koch hinüber, der so tat, als habe er das Gespräch nicht gehört. Er werkelte intensiv mit seinen Sachen und tat sehr beschäftigt.

„Meister Dodo, sucht Euch ein geeignetes Gefäß aus. Bruder Martin wird darauf verzichten müssen. Sagt ihm das. Und dann ans Werk, Meister Dodo. Zeit haben wir genug. Wenn es der Buscard hilft, kann es uns allen nur recht sein." Zunächst gingen sie aber zum Schiff zurück, um zu helfen, alle losen Sachen so zu verstauen, dass sie der starke Sturm nicht fortwehen konnte. Sie hielten weiterhin auf dem Schiff Wache und warteten den Sturm ab, der deutlich an Gewalt zugelegt hatte und zum Orkan geworden war. Er war schlimm und Joao war froh, dass sie ihr Schiff auf den Sand hatten ziehen können und nicht auf dem offenen Meer waren. Trotzdem erreichten die Wellen das Schiff noch immer. Der Regen prasselte auf sie herunter und durchnässte alles, was sie hatten. Der Sturm dauerte zwei Tage und Nächte, dann ebbte er ebenso schnell ab, wie er gekommen war. Bevor sie an den Bitumensee gehen konnten, hatte Dodo das Größte der Keramikgefäße ausgewählt, um darin den Bitumen zu erhitzen. Bruder Martin hatte noch immer gezetert, aber schließlich den Kampf verloren.

Aus der Seefläche wurden kleine Bitumenplatten herausgelöst und Dodo schmolz sie in dem Keramiktopf ein. Sie schmierten die klebrige Masse mit Palmblättern auf die Bordwand der Buscard, die sonst unter Wasser lag. Die

Templer stellten fest, dass sich die Löcher, die sie am Vortag in den Bitumensee gerissen hatten, am nächsten Tag schon wieder geschlossen hatten. Die Prozedur dauerte ein Woche, bis sie das ganze Unterwasserschiff bestrichen hatten. Jetzt musste es nur noch aushärten, damit der Bitumen beim Herunterziehen vom Strand nicht wieder abgestreift wurde. Die Templer vertrieben sich, wenn sie nicht gerade Bitumen strichen, die Zeit mit Jagen. Endlich ging es weiter. Das Frischwasser war ergänzt worden und sie hatten auch reichlich Fleisch geräuchert, als sie das Schiff mit aller Kraft wieder ins Wasser zogen. Joao wollte nicht mehr zurück um das südliche Kap, er ließ die Buscard entlang der Inselküste nach Norden fahren. Gelegentlich ruderten sie, da der Wind im Inselschatten nur sehr schwach wehte. An der nordwestlichen Inselecke mussten sie sich noch einmal zwischen einigen kleinen Eilanden hindurchquetschen, um wieder offenes Wasser zu gewinnen. Nachdem sie sich aus dem Windschatten der Insel entfernt hatten, blies der Wind von Süden endlich wieder kräftig und sie konnten das Segel voll nutzen. Joao sah auf seinen Kompass und ließ nach Nordost steuern. Als sie am nächsten Morgen über das Heck zurücksahen, stellten sie fest, dass sie an einer anderen Insel vorbeigesegelt waren. In der Nacht hatten sie das Eiland nicht gesehen.

„Es darf uns nicht passieren, dass wir an Inseln vorbeifahren. Dort gibt es frisches Wasser und frisches Fleisch. Das ist wichtig für uns, weil wir nicht wissen, wann wir neue Verpflegung bekommen. Die Wachen in der Nacht müssen ihre Augen aufhalten und nicht schlafen“, schimpfte Joao und appellierte an die Templer, die offenbar etwas nachlässig geworden waren.

Die nächste Dschungelinsel im Ozean auf dem Weg nach Norden empfing sie am Morgen des dritten Tages mit einem blauen Himmel und klarem, warmem Wasser. Sie legten an der Ostseite an einem weißen Strand nahe einer Flussmündung an, sodass nach dem Gebet und vor dem Frühstück erst mal ein ausgiebiges Bad genommen werden konnte. Auf dieser Insel gab es Menschen. Schon beim Baden sahen sie die Ersten. Es waren Arawaken. Jedenfalls sahen sie fast genauso aus wie die Eingeborenen am Amarumayu. Die Arawaken hier auf der Insel waren ebenso neugierig. Sie kamen jeden Morgen mit Einbäumen bis auf wenige Ellen an das Schiff herangerudert. Anlegen und an Bord wollten sie aber nicht. Sie wollten nur sehen, was die Fremden mit dem großen Schiff machten. Die Templer ließen sie gewähren. Nach ein paar Tagen waren sie so zutraulich, dass sich Joao, Kasim und einer der Knechte von den Arawaken mit dem Einbaum den Fluss, vor dessen Mündung die Buscard lag, hinaufrudern ließen. Es war einer von vielen kleinen, aber wasserreichen Flüssen auf der Insel. Direkt hinter der Mündung begann der Dschungel mit Mangroven, bunten Blumen und allen Arten von Vögeln. Der Fluss war eine lange Strecke von den dichten Mangroven gesäumt. Dahinter waren Wälder mit großen Feigenbäumen zu erkennen, von denen Wurzeln frei herabhingen, die an lange Bärte erinnerten. Fischreiher standen im halbhohen Wasser und lauerten auf Beute. An einigen Stellen gab es kleine Einbuchtungen, in die man mit dem Boot ganz hineinfahren konnte. Dort fielen aber kleine Mücken in Scharen über sie her. Die Tierchen waren sehr lästig, aber sie hatten es schon lange aufgegeben, jede Mücke totzuschlagen, und ließen sich schnell wieder auf den Fluss hinausrudern. Plötzlich entdeckten sie ein drachenähnliches Tier, das sich in der Morgensonne aufwärmte. Als sie vorbei ruderten, bewegte sich der kleine Drache ganz behände über den Baumstamm und verschwand lautlos im Gebüsch des Dschungels. In der Abenddämmerung ruderten die Arawaken zurück. Sie mussten noch bleiben, da sich der Wind wieder einmal gelegt hatte. In den Tagen der Flaute fingen sie noch einige Affen und auch Hasen, um ihren Fleischvorrat zu ergänzen.

Als nach einigen Tagen der Wind auffrischte, gab Joao das Zeichen zur Abreise. Die Templer machten ihre Buscard seeklar. Gerade an diesem Tag war der erste Arawak an Bord gekommen. Früh am Morgen hatte er sich, über und über mit bunten Federn bekleidet, von zwei Stammesbrüdern zum Schiff rudern lassen. Er war an Bord geklettert, wurde aber von den Templern nicht weiter beachtet, da sie das Schiff zur Abfahrt vorbereiteten. Während der bunte Arawak an Bord gekommen war, hatte sich der Einbaum wieder entfernt. Neugierig sah sich der Arawak auf dem ganzen Schiff um. Die Templer ließen ihn gewähren, zumal der Gefiederte offensichtlich keine Waffen mit sich führte. Er war so interessiert, dass er nicht mitbekam, wie sich das große Schiff in Bewegung setzte. Als er es bemerkte, weil die Insel hinter der Buscard immer kleiner wurde, stand er starr am Heck und sah zu seiner Insel zurück. Verzweifelt hatten die Ruderer im Einbaum versucht, die Buscard einzuholen. Es gelang ihnen nicht. Sie blieben zurück. Der Arawak hockte sich hinter die Bordwand und schien zu trauern. Joao betrachtete nachdenklich den Eingeborenen. Zurückfahren konnten sie nicht mehr. Anhalten sicher. Es war aber fraglich, ob die Arawaken weit aufs Meer mit ihren

Einbäumen hinausrudern würden, um ihren Häuptling oder Zauberer, was immer er auch war, zurückzuholen.

„Wir nehmen ihn einfach mit und machen ihn König Dionysius zum Geschenk“, schlug Odo von Mümpelgard vor und Joao stimmte ihm zu. Ein prickelnder Gedanke, den König mit einem Eingeborenen aus der neuen Welt zu beschenken.

Der kräftige Wind blies stetig und schob die Buscard schnell über das Wasser. Odo hatte als Erster der zahlreichen Angler Glück. Es biss ein großer Fisch an, fast drei Ellen lang, der mit mehreren Männern an Bord gehievt werden musste, wo er gleich zu einer saftigen Mahlzeit verarbeitet wurde. Das war ein leckeres Abendessen unter den Sternen und dem aufgehenden Mond. Der Wind drehte und Joao steuerte den offenen Ozean an. Sie boten dem Arawak von ihrem Fisch an, er verweigerte jedoch jegliches Essen. Er trank nur von dem Wasser, das sie ihm hingestellt hatten.

Es begannen ganz normale Tage auf See. Jeden Tag das Gleiche mit Wache gehen, Essen, Schlafen, Wache gehen, Essen, Schlafen. Der Wind blies gut. Die Buscard segelte zügig nach Nordost. Die Nächte waren ruhig und ohne besondere Vorkommnisse. Es ging bei mäßig starkem Wind stetig voran. Einige Tage später schlief der Wind wieder ein. Es wurde eine ruhige Nacht, denn das Meer war wie ein See fast spiegelglatt. Der Buscard und allen ihren Passagieren ging es gut. Sie taten das, was sie immer taten. Sie angelten oder beobachteten den Arawak, der noch immer sein buntes Federkleid trug. Er redete nicht, sondern sang immer wieder ein monoton klingendes Lied. Alle Versuche, mit ihm enger in Kontakt zu kommen, scheiterten. Der Eingeborene entzog sich immer wieder, egal, wer es versuchte. Er wollte für sich allein bleiben. Schließlich gaben sie auf und begnügten sich damit, ihn zu beobachten. Jeden Abend stellte er sich ans Heck und starrte in die untergehende Sonne. Er breitete die Arme aus und sang sein monotones Lied. Joao kamen Zweifel, ob es richtig gewesen war, den Arawak mit an Bord zu lassen und ihn nach Portugal mitzunehmen. Der Mann wurde nicht glücklich. Aber ein Zurück gab es nicht.

Seit zwei Tagen war wieder Flaute und trübte die Stimmung trotz strahlenden Sonnenscheins und kristallklaren Wassers. Die Buscard schaukelte auf den Wellen, bewegte sich aber nicht eine Elle nach vorn. Endlich kam wieder Wind von hinten und sofort ging die Fahrt los. Der Wind wurde von Stunde zu Stunde immer stärker. Er blies aus Süden und so konnte die Buscard mit vollem Segel dahinrauschen. Eine Weile begleitete sie ein großer Albatros, der mit seinen Schwingen den Wind nutzte und über dem Schiff schwebte. Der Arawak fixierte den Vogel, als wolle er ihn aufs Deck zwingen. Aber der flog mit dem Schiff, ohne einen Flügelschlag zu machen, und mit einer Leichtigkeit, die dem schweren Seevogel gar nicht zuzutrauen war. Der Arawak begann unvermittelt mit einem Tanz. Leicht gebückt stampfte er mit seinen Füßen über das Deck, drehte sich im Kreise und bewegte die Arme mit den Vogelschwingen, als ahme er einen abfliegenden Vogel nach. Zusätzlich sang er wieder sein monotones Lied. Die Templer beobachteten den Arawak, wie er an jedem Abend beim Sonnenuntergang zum Heck tanzte. Plötzlich brach der Gesang ab, er breitete seine Arme weit aus, so, als wolle er wie ein Vogel in den Sonnenuntergang fliegen. Mit einem Satz war er auf die Bordwand am Heck gesprungen, ließ sich nach vorne fallen und verschwand in den rauschenden Wellen des Heckwassers. Wie gelähmt hatten alle zugesehen. Joao sprang von seinem Platz am Mast auf und rannte zum Heck. Der Arawak war nicht mehr zu sehen. Er war untergegangen. Weit hinter der Buscard trieben noch einige einsame Vogelfedern auf der Wasseroberfläche. Der Arawak blieb verschwunden. Es war ihm nicht gelungen, nach Hause zu fliegen. Er war ertrunken. Irgendwo im Ozean.

„Wir hätten ihn nicht mitnehmen dürfen", murmelte Joao zu Kasim, der neben ihm am Heck auf das Wasser starrte, „für König Dionysius hätte auch ein anderes Geschenk gereicht."

„Ja", bestätigte Kasim, „ich glaube, über das Federkostüm hätte er sich auch gefreut. Solch bunte Federn gibt es bestimmt im ganzen Königreich Portugal nicht." Gedankenverloren nickte Joao und ließ sich wieder an seinem Lieblingsplatz am Mast nieder.

Als es dunkel wurde, segelte das Schiff an einer in dieser dunklen Neumondnacht nur schemenhaft auf der linken Seite zu erkennenden Insel vorbei. Der Wind war so gut, dass sie vorbei waren, bevor sie reagieren konnten.

Joao aber jubelte dieses Mal. „Es stimmt. Die Karte von Abraham stimmt. Genau hier, wo wir uns jetzt befinden, hat er die namenlosen Inseln eingezeichnet. Wenn aber die Karte von Abraham stimmt und bisher hat sie immer gestimmt, dann kommen wir bald nach Hause." Joao machte eine Pause. Seine Männer sahen ihn fragend an und er fuhr etwas nachdenklicher fort: „Wir kommen nur dann bald nach Hause, wenn uns der Wind gewogen bleibt und uns kein Sturm einen Strich durch die Rechnung macht."

Ritter Odo lachte. „Bisher haben wir guten Wind gehabt und warum sollte er uns ausgerechnet an den letzten Tagen im Stich lassen. Und Sturm? Was ist das?"

„Ritter Odo, seid nicht übermütig. Sturm kann auf See schneller kommen, als man ahnt. Wir hatten bisher durch

Gottes Gnade viel Glück. Lasst uns beten, dass uns diese Gnade weiterhin erhalten bleibt."

Die Sorge von Joao schien sich zu bestätigen. Von einem Tag auf den anderen begann unbeständiges Wetter und es blies ein kräftiger Nordwind. Trotzdem war Joao noch zufrieden. Wenn der Wind so weiter blies, würden sie in wenigen Tagen die portugiesische Küste erreichen. Dumm war nur, dass die Sonne sich nicht zeigte und die Wellen immer höher wurden. Zum ersten Mal hatten sie auf ihrer Seereise schwereren Seegang. Von Delfinen wurden sie zwar auch wieder begleitet, aber man sah sie nicht mehr so gut bei den deutlich höheren Wellen. Ein paar kleine Schauer bekamen sie immer wieder aus den dicken Wolken ab, durch die sie steuern mussten. Joao stand am Masten und starrte in die Ferne. Kasim stellte sich neben ihn.

„Woran denkt Ihr, Joao? Ist es der Arawak oder sind es die Gefährten, die im Paradies geblieben sind?"

Joao ließ sich etwas Zeit mit der Antwort. „Lieber Kasim, um den Arawak trauere ich nicht. Es ist schade, dass er von uns gegangen ist. Aber was hätte ihn in Portugal erwartet? Er wäre dort auch nicht glücklich geworden. Aber ich muss häufig an Pablo und den Rest der Mannschaft denken. Wo sind sie hingefahren? Was ist aus ihnen geworden? Das Paradies ist es nicht. Es gibt dort auch Mord und Totschlag und es lauern andere Gefahren, die wir noch gar nicht kennen, auf sie. Ob wir einen von ihnen wiedersehen werden?"

Kasim legte Joao die Hand auf die Schulter. „Ich glaube nicht, dass wir einen von ihnen wiedersehen werden. Sie werden in der neuen Welt, in dem großen Wald, auf dem breiten Strom verschwinden wie Karawanen in der Wüste. Sie haben sich ihr Schicksal aber selbst gewählt, deshalb dürft Ihr nicht mehr traurig sein." Der Templer nickte und hielt seinem muslimischen Freund die Hand fest, so als wollte er Halt suchen.

Joao stellte fest, dass sie jetzt den dritten Sonntag auf hoher See waren. Und der Tag versprach, abwechslungsreich zu werden. Zunächst sichteten sie drei Wale, die hinter der Buscard unbeirrt gleichen Kurs hielten. Sie ließen sich allerdings nur durch die Wasserfontänen ausmachen, die sie in die Luft pusteten. Seit zweiundzwanzig Tagen waren sie jetzt auf See und jedes Mal, wenn sie über die Bordwand schauten, sahen sie lediglich unten Wasser und oben Himmel. Wie auf der ersten Fahrt über das Meer wurde die Mannschaft langsam unruhig. Joao konzentrierte sich auf die Sonne, den Mond und die Sterne, um den Kurs zu bestimmen. Aber die Gestirne waren nicht zu sehen, nur Wolken. Die Mitreisenden sahen immer wieder skeptisch zu ihrem Führer, aber das zufriedene Gesicht des Templers beruhigte sie sofort wieder. Sie waren offenbar auf dem richtigen Weg nach Hause. Joao schien keinerlei Zweifel zu haben.

Bis zum Mittag segelten sie bei gutem Wind in die richtige Richtung. Kurz vor Sonnenuntergang steuerten sie auf eine große, dunkle Wolke zu und Joao ordnete an, vorsorglich das Segel herunterzunehmen. Das wurde für Bernhard Nivelon nach einer kurzen Unachtsamkeit zu einer heißen Angelegenheit. Drei seiner Finger verbrannte er sich an dem durchrauschenden Seil. Aber er trug es mit Fassung. Nachdem Kasim ihm seine Hand mit der Wundsalbe eingerieben und verbunden hatte, schonte Bernhard seine Hand und war für andere Arbeiten nicht mehr zu gebrauchen. Dafür beobachtete er das Seil, das nach hinten über der Bordwand hing. Im Wasser waren Quallen zu sehen, viele kleine Quallen, aber keine Fische. Im letzten Tageslicht bemerkte Bernhard, dass hinten am Ende der Leine, wo noch immer einer dieser merkwürdigen fliegenden Fische seit drei Tagen als Köder mitgezogen wurde, das Wasser heftig spritzte. Joao sah gar nicht hin. Er vermutete, dass es wieder ein Bündel Seegras war, das sich an der Angelschnur verfangen hatte, wie es schon mehrfach passiert war. Aber Bernhard brüllte.

„Kommt alle her, es ist ein Fisch. Ein großer Fisch." Und tatsächlich, es war ein Thunfisch. Und was für einer. Er hatte sich bereits kampflos ergeben und ließ sich problemlos einholen. Sofort wurde er von Bruder Martin ausgenommen und filetiert. Abends gab es Fisch. Mit leuchtenden Augen aßen alle das feste Fleisch des Thunfisches. Es war ganz schön was dran an dem Kerl. Endlich hatte mal ein großer Fisch angebissen. Grandios. Nachts kam wieder ein fliegender Fisch an Deck, dem nach dem Frühstück dasselbe Schicksal ereilte wie seinem Artgenossen einige Tage zuvor. Abends gab es eine Suppe, in der Bruder Martin die alten Bananen verarbeitet und sie mit ein paar anderen Zutaten zu etwas Neuem und Köstlichem verkocht hatte.

Direkt nach dem Essen frischte der Wind wieder auf. Joao entschloss sich aus Vorsicht, das große Segel herunterzulassen und zu reffen. Aber die Rahe mit dem Segel ließ sich nicht bewegen.

„Verdammt", fluchte der Templer ganz gegen seine Gewohnheit und bekreuzigte sich sofort als eine Art Entschuldigung, „das Seil klemmt da ganz oben, probieren wir es mit Gewalt." Aber auch mit Gewalt von Deck aus ließ sich die Rahe nicht herablassen. Der Wind wurde immer stärker. Das Seil hatte sich verklemmt. Es half nichts. Es musste einer den Mast hinaufklettern. Der Ausguck, der auf der Hinfahrt immer in den Korb oben am Mast geklettert war, konnte nicht mehr hochgeschickt werden. Er war mit Pablo in den Urwald gegangen. Also musste jemand anderes hinauf auf den Mast. Joao sah sich um. Alle zeigten Desinteresse oder hatten plötzlich Wichtigeres zu tun. Nur Odo, der Zimmermann und Kasim hatten nicht schnell genug irgendetwas gefunden. Joao fixierte sie. Odo zuckte hilflos mit den Schultern, sah an sich herunter, wobei er seinen dicken Bauch noch mehr nach vorn drückte. Joao blieb letztlich nur die Wahl zwischen dem Zimmermann und Kasim, um die Mastbesteigung zu realisieren. Joao entschied sich für Kasim allein deshalb, weil er leichter war. Nicht sehr erfreut hatte der schließlich begonnen, den Mast hinaufzuklettern. Er war in solchen Sachen nicht in Übung, was ihm anzumerken war. Stöhnend kam er bis auf fast eine Manneslänge an die Stelle am oberen Ende des Mastes heran, dann wurden ihm die zunehmenden Rollbewegungen des Schiffs in der Höhe zu heftig. Er konnte sich zwar halten und war auch durch ein Seil gesichert, aber er war handlungsunfähig. Er kämpfte mit zunehmender Übelkeit. Mit äußerster Mühe rang er sich schließlich durch und hatte bis kurz vor Sonnenuntergang das Seil wieder in die Rolle gezwängt. Stöhnend kam er wieder herunter und übergab sich über die Bordwand.

Im Morgengrauen riss in der bis dahin stockfinsteren Nacht die Wolkendecke auf und gab wieder den Blick auf den Sternenhimmel frei. Es war ein erhebendes Gefühl, weil

Joao am Stand der Sterne sehen konnte, wo sie sich in etwa befanden. Das gute Gefühl wurde noch verstärkt, weil der Wind weiter auffrischte und die Buscard an Fahrt zulegte. Jetzt bewegte sich wieder richtig was. Das Schiff flog über die Wellen und Joao genoss es. Der Kurs war in Ordnung und er war wie gefesselt von der wiedergefundenen Geschwindigkeit. Er konnte sich erst nach Sonnenaufgang zum Schlafen niederlegen. Aber sie waren in andere Breiten gekommen. Das war deutlich zu merken. Die Nächte wurden kühler. Nicht so, dass sie froren, aber sie mussten schon ihre Mäntel umlegen. Auch war eine Decke angenehm zum Schlafen und selbst bei den Nachtwachen wurde die Decke umgelegt, um es warm zu haben.

Dann änderte sich das Wetter spürbar zum Schlechten. Zwischen Sonnenaufgang und Sonnenuntergang wurde es durchgehend komplett bewölkt. Joao konnte am Stand der Sterne nicht mehr erkennen, wo sie sich befanden.

Und dann kam der Sturm. Der erste richtige Sturm, den sie auf dem Meer erlebten. Er kam mit aller Macht. Er kam aus Nordwest und trieb das Schiff weiter von der portugiesischen Küste weg, als ihnen lieb war. Immer mehr in Richtung Marokko. Joaos Miene verfinsterte sich zusehends. Er stellte einen zweiten Mann ans Steuer, um einigermaßen Kurs zu halten. Allein konnte keiner mehr das Steuer festhalten. Unerbittlich tobte der heftige Sturm über dem Atlantik. Joao war gezwungen gewesen, erst das Segel zu reffen, dann es ganz herunterzulassen. Inzwischen war es so dunkel geworden, dass man kaum die Hand vor Augen sehen konnte. Der Wind heulte durch die Seile am Mast. Es war ein schauerlicher Ton. In unregelmäßigen Abständen schlugen Wellen in das Schiff und durchnässten jeden. Alle sieben Mann, bis auf die beiden Steuerleute, hatten sich um das Bergen des Segels kümmern müssen, sonst wäre es über Bord gegangen. Hinterher legten sie sich erschöpft hinter die Bordwand, um sich zu erholen und noch ein wenig zu ruhen.

Doch aus der Ruhe wurde nichts. Gerade als der Morgen graute, stieß die Buscard plötzlich und völlig unerwartet mit einem schrecklichen Krachen und mit voller Wucht gegen eine Klippe. Mit einem hässlichen Krachen brach sofort der Mast, kippte um, schlug in die kochende See und zog das nasse, schwere Segel mitsamt Joao, Kasim und Bernhard über Bord. Der starke Wellengang drückte das Schiff sofort zurück in tieferes Wasser, aber die Bordwand hatte in Höhe der Wasserlinie ein großes Loch bekommen, durch das ohne Unterlass Wasser in die Buscard hineinströmte. Wenige Augenblicke nach dem ersten Aufprall wurde das Schiff noch zweimal direkt hintereinander gegen den Felsen geschleudert. Die Männer waren sofort aufgesprungen, als ihr Anführer über Bord gezogen wurde. Nur schemenhaft sahen die Templer im fahlen Morgengrauen vor sich eine Felsenküste. Es konnte nur die afrikanische Küste sein. Kein Baum, kein Strauch, nur Sand, Steine und scharfkantige Klippen. Sie erkannten auch, dass ihr Schiff nicht wieder freikommen würde, zumal es ein riesiges Leck im Rumpf hatte und dem Ruder nicht mehr gehorchte. Es war den beiden Steuerleuten aus der Hand geprellt worden. Einer war dabei über Bord gegangen und in der kochenden See verschwunden. Der zweite hielt sich noch verzweifelt mit einer Hand an der Bordwand fest. Helfen konnte ihm keiner. Nach dem nächsten Aufprall der Buscard konnte er sich nicht mehr halten und wurde von den peitschenden Wellen verschluckt.

Mit jeder Woge senkte sich die Buscard mit harten Stößen bis auf den Grund nieder. Der Versuch von Odo, sich von Bord mittels eines Taues auf die darunterliegende Felsplatte hinabzulassen, misslang. Er wurde zurück an Bord gespült. Joao, Kasim und Bernhard, die sich verzweifelt an das Segel klammerten, hatten mehr Glück. Sie waren ins Wasser gerissen worden, kamen aber vom Schiff frei und wurden auch nicht auf die scharfkantigen Felsen geschleudert. Sie erreichten nach einiger Zeit mit viel Mühe den Strand. Gerettet. Von dort mussten sie tatenlos mit ansehen, wie die Buscard immer wieder gegen die Felsen geschleudert wurde. Schließlich brach das Bugspriet mit einem hässlichen Knacken. Direkt danach schlug das Heck herum und zerschellte an einem scharfkantigen Felsen. Die Situation wurde für die Männer, die noch an Bord waren, immer bedrohlicher. Odo hatte sich am Stumpf des Mastes festgehalten, lief jetzt aber los und sprang in seiner Angst auf einen Felsen. Er verfehlte das Ziel und Joao musste vom Strand aus hilflos zusehen, wie der treue Ritterbruder ertrank. Die restlichen Besatzungsmitglieder versuchten ihr Heil ebenfalls mit einem Sprung vom Achterschiff auf eine andere Felsenplatte. Zimmermann Dodo Rostagne wurde im Sprung von der See erfasst und ins Wasser gerissen. Er krallte sich noch an einem Tau fest, aber es rutschte ihm durch die Hände. Er verschwand im schäumenden Wasser. Der einzige Sergeant, der mit zurückgefahren war, geriet zwischen das Schiff und einen Felsen. Bevor er sich auf den Felsen ziehen konnte, schlug das Schiff gegen den Felsen und zerschmetterte den Unglücklichen. Der letzte der

Knechte hatte sich von Ritter Odo mit einem Seil am Maststumpf festbinden lassen und konnte das Seil nicht mehr lösen. Er wurde mit dem Wrack ins Wasser gezogen, wo er ertrank.

Am Strand saßen nebeneinander Joao, Kasim und Bernhard Nivelon. Mit schreckgeweiteten Augen sahen sie auf das Wasser. Sie konnten nicht glauben, was sich vor ihnen abgespielt hatte. Ihre Kameraden waren alle gestorben und die Buscard, die sie treu über das Meer und wieder zurückgetragen hatte, war völlig zerschmettert worden. Nur noch einzelne Holzteile schlugen gegen die Felsen. Joao weinte. Kasim hatte ihn in den Arm genommen, um ihn zu trösten, aber der Templer ließ sich nicht trösten. So kurz vor der Heimat war sein Traum in einem bösen Sturm an der marokkanischen Küste zerplatzt. Er hatte alles verloren. Seine Mannschaft, seine Karten, seinen Kompass, seinen Portulan, die Waffen, seinen Mantel und sein Kettenhemd. Die wenigen Habseligkeiten, die er sein Eigen nannte, waren im Atlantischen Meer versunken. Nur das, was er auf dem Leib trug, war ihm geblieben. Seinen Gürtel, in dem sich noch die Goldstücke befanden, die Soares ihm gegeben hatte, hatte er umgebunden. Von dem Gold war kaum etwas gebraucht worden. Nur einmal hatte er in den Gürtel gegriffen, als er in Dakhla die Verpflegung bezahlt hatte. Jetzt könnten die Goldstücke vielleicht noch einmal gute Dienste leisten. Sie waren das Einzige von Wert, das ihm, Kasim und Bernhard geblieben war. Kasim war voller Trauer über die Heilkräuter, die er akribisch gesammelt und die mit der Buscard auf den Meeresgrund gesunken waren. Bernhard Nivelon starrte wie geistesabwesend auf das tobende Meer. Die übrige Besatzung der Buscard gab es nicht mehr. Alle anderen waren tot.

Joao hatte darauf bestanden, den ganzen Tag am Strand zu warten, ob nicht doch einer wieder auftauchte, aber sie konnten nur die Toten aus dem Wasser ziehen. In der Nähe der Felsen scharrten sie mit ihren Händen Löcher in den Sand und bestatteten die zerschmetterten Körper. Joao sprach noch ein Gebet über den Gräbern, dann verließen sie schweren Herzens den Strand. Der Sturm hatte nachgelassen. Wie zum Hohn. Zwischen den Felsen suchten sie nach Gegenständen, die vielleicht aus dem Schiff herausgeschleudert worden waren und sich zwischen den Steinen verklemmt hatten. Aber sie fanden nichts. Es war, als hätte das Meer ihre Vergangenheit vollständig verschlungen. Alles, was sie von der Reise mitgenommen hatten, was sie über die lange Zeit behütet hatten, was ihnen lieb und teuer gewesen war, hatte das Meer verschlungen. Die Buscard, das treue, schnelle Schiff, das sie über das Meer und wieder zurückgetragen hatte, war von Wind und Wellen in viele hölzerne Einzelteile zerlegt worden.

Nach erfolglosem Stöbern in den Klippen und Felsnischen suchten sie sich eine windgeschützte kleine Grotte, in der sie sich zum Schlafen legten. Es wurde eine unruhige Nacht. Nicht nur für Joao, den der Verlust der Gefährten sowie das Scheitern seines Traumes sehr stark belastete. Schon früh war er alleine aufgestanden und zwischen den Klippen hin- und hergegangen. Aber außer Holzteilen der Buscard fand er nichts. Immer wieder kullerten dicke Tränen über seine Wangen bis in den Bart. Langsam ging er zu den beiden Getreuen zurück. Joao nahm beide in den Arm und sagte nichts. Er wollte sie nur an sich drücken. Den beiden Gefährten ging es ebenso. Keiner sagte ein Wort. Nach einer Weile des Schweigens nahm Joao alle Kraft zusammen.

„Kommt, lasst uns auf den Hügel dort vorne steigen. Vielleicht können wir von oben nach einem Ort Ausschau halten. Ich denke, wir sind an der marokkanischen Küste und wenn ich mich an Portolan und Karte noch richtig erinnere, gibt es hier an der Felsenküste eine Stadt. Vielleicht sehen wir sie ja." Er hoffte inständig, die Stadt zu sehen, und kletterte schneller den Hügel hoch, als ihm Kasim und Bernhard folgen konnten. Oben auf der Hügelkuppe sah er sich um. Und tatsächlich, im Dunst der Küste sah er am südlichen Horizont die Häuser einer relativ großen Stadt. Joao schloss die Augen und dachte nach. Er stellte sich Abrahams Karte in Gedanken vor. Es konnte nur die marokkanische Stadt Asfi sein. Dort hatten genuesische Seefahrer schon vor etlichen Jahren einen Stützpunkt errichtet. Dort mussten sie hin. Joao wartete auf die Gefährten, die aber nicht kamen. Der Templer stand auf, schaute noch einmal zu der Stadt hinüber, um vorsichtig zwischen den scharfkantigen Steinen nach unten zu steigen. Er war schon fast unten, als er endlich Kasim sah, der auf einem Stein saß. Vor ihm lag Bernard auf dem Rücken. Kasim hatte den Kopf des Gefährten in seinen Schoß gebettet. Er redete beruhigend auf Bernhard ein. Joao ahnte Böses. So wie Bernhard dalag, war Schlimmes passiert. Die letzten Felsen sprang Joao hinunter. Keuchend kam er bei den beiden an.

„Kasim, sagt, was ist passiert?" Kasim blickte auf und sah Joao traurig an. Er wies auf Bernhard, der mit geschlossenen Augen vor ihm zwischen den Steinen lag. Joao sah an dem Getreuen hinunter. Dessen rechter Fuß war stark angeschwollen. Auf seiner Stirne stand Schweiß. Der Atem ging kurz und stoßweise.

„Ist der Fuß gebrochen? Ist Bernhard fehlgetreten?" Kasim schüttelte den Kopf.

„Nein, unser treuer Freund ist beim Aufstieg zwischen den Steinen auf einen Skorpion getreten und der hat ihn gestochen. Ich habe das Tier mit einem Stein getötet. Aber da war es schon passiert." Der Verletzte röchelte. Plötzlich erbrach sich Bernhard. Seine Hände zitterten. Kasim strich ihm über den Kopf und sprach auf Arabisch weiter beruhigend auf den Verletzten ein. Der wollte noch etwas sagen, aber er war nicht zu verstehen.

„Habt Ihr ihm nicht die gestochene Stelle ausgesaugt?", wollte Joao wissen. Kasim schüttelte den Kopf.

„Bernhard braucht jetzt Ruhe. Einen Skorpionstich kann man nicht aussaugen. Ich will hoffen, dass sein Herz die Belastung durch das Gift aushält. Wenn ja, ist er morgen so, dass er langsam mit uns weitergehen kann. Wenn nicht", seine Stimme geriet zu einem Flüstern, „dann werden wir ihn hier beerdigen müssen." Joao schaute entsetzt auf Kasim, schlug ein Kreuz, drehte sich zur Seite, fiel auf die Knie und betete. Noch während der Templer im Gebet versunken war, erhob sich Kasim. Er stellte sich neben Joao, fiel ebenfalls auf die Knie, beugte den Rücken gen Mekka und murmelte seine Gebete. Nachdem er aufgestanden war, stellte er sich neben Joao. Der ahnte schon, was passiert war.

„Ich habe ihm die Augen zugedrückt, wollte Euch im Gebet nicht stören. Er ist friedlich eingeschlafen. Euer Gott hat ihn nicht gerettet. Sagt mir, wofür will Euch Euer Gott bestrafen? Was habt Ihr ihm angetan? Ich begleite Euch jetzt schon so lange und konnte nicht feststellen, dass Ihr etwas getan hättet, was nicht gottgefällig gewesen wäre. Also warum?"

Joao hatte den Blick auf den Boden gerichtet. „Ich kann Euch die Frage nicht beantworten. Ich weiß es nicht. Vielleicht war es eine Prüfung."

„Eine Prüfung? Weswegen? Wofür?"

„Fragt nicht. Ich weiß es selber nicht."

„Euer Gott kann gnadenlos sein", stellte Kasim fast vorwurfsvoll fest, „Allahs Wege sind aber auch oft nicht nachvollziehbar. Manchmal habe ich Zweifel." Joao nickte. Kasim war in Gedanken noch immer bei der Prüfung, die sie nach Auffassung Joaos zu bestehen hatten.

„Vielleicht wollte Euer Gott nicht, dass irgendwer in Portugal, Kastilien oder sonst wo auf der Welt erfährt, dass hinter dem Ozean noch anderes Land ist. Vielleicht hat Pablo Recht und es war doch das Paradies und Gott will nicht, dass dieses Paradies gefunden wird."

„Wenn das so wäre, dann hätte er es uns gar nicht erst finden lassen. Und was ist das für ein Paradies, in dem Menschen andere Menschen erschlagen, wie Pablo es mit den Arawaken gemacht hat. Wo andere Menschen auf Menschen mit einem Giftpfeil schießen, wie die Arawaken es mit Ibelin gemacht haben. Nein, Kasim, das Land, was wir gefunden hatten, war ganz sicher nicht das Paradies."

„Wollt Ihr denn, dass noch mehr Portugiesen oder Seefahrer anderer Länder über den Ozean fahren?"

Joao zögerte mit der Antwort und er ließ sich Zeit dabei. Nach einem tiefen Seufzer wusste er die Antwort. „Nein, Kasim, ich glaube, es ist noch nicht die Zeit dafür."

„Dann dürft Ihr auch keinem davon berichten, was wir gefunden haben. Dann müsst Ihr Euren Traum für Euch behalten."

„Ich wollte Abraham in Córdoba erzählen, was wir gefunden haben, damit er seine Karten ergänzen kann."

„Ich würde das nicht tun", sagte Kasim und schaute seinen Freund durchdringend an, „Ihr könnt ihm ja sagen, dass Ihr die Inseln gefunden habt, die er auf seiner Karte schon verzeichnet hatte und für die es noch keinen Namen gibt. Ansonsten würde er sofort das neue Land in seine Karten einzeichnen und viele würden versuchen, dorthin zu gelangen."

„Das würde Abraham nicht tun", kam es fast trotzig von Joao.

„Das würde er doch tun. Das muss er tun. Seine Karten und er leben von neuen Erkenntnissen der Seefahrer."

Joao sagte nichts zu dem Einwand seines Freundes. „Kommt, lasst uns jetzt Bernhard ein Grab geben, bevor wir in die Stadt laufen."

Schweigend hoben sie mit den Händen Steine bei Seite, legten den inzwischen starren Körper Bernhards in die schmale Grube und deckten die Steine wieder über seinen Leichnam. Joao bestand darauf, die Steine in Form eines Kreuzes auszurichten. Kasim hatte keine Einwände und half ihm dabei. Das Kreuz der Christen hatte für ihn seinen Schrecken verloren. Er hatte ohnehin nie verstanden, dass es Menschen gab, die ihre Religion fanatisch vertraten und andere von der Richtigkeit ihres Glaubens mit Gewalt überzeugen wollten. Sowohl bei den Christen als auch bei den Muslimen.

Nach einem letzten Gebet kletterten sie den Hügel wieder hinunter und stapften nebeneinander auf die Stadt zu. Es war ein mühseliger Marsch. Sie hatten nichts zu essen und nichts zu trinken und die Küste bei Asfi war sehr felsig und staubtrocken. Endlich, nach langem, pausenreichen Marsch kamen sie an.

Asfi war eine lebendige Stadt. Die Menschen hasteten hin und her und nur gelegentlich wurden die mittellosen Gestalten beachtet. Sie waren zu abgerissen, als dass sie jemand zur Kenntnis nahm. Auf dem Basar stellten sie fest, dass die Gegend um Asfi fruchtbar sein musste. Im Hinterland wurden offenbar reichlich Obst, Gemüse und Tomaten angebaut. Die Produkte spielten jedenfalls eine wichtige Rolle im Wirtschaftsleben der Stadt. Daneben wurden viele Keramikerzeugnisse angeboten.

Joao ließ in dieser marokkanischen Hafenstadt Kasim den Vortritt. Er war in diesem Land unter den Leuten zu Hause. So fand der Muslim sehr schnell einen Laden, in dem sie sich mit neuen Sachen zum Anziehen versorgen konnten. Joaos Gold aus dem Gürtel öffnete alle die Türen, die sie brauchten, um neue Sachen zu bekommen. Mit den neuen Sachen fühlten sie sich wohler und sie machten sich auf den Weg, die genuesische Handelsniederlassung zu suchen, konnten sie aber nicht finden. Joao fragte. Viele Händler auf dem Basar schüttelten den Kopf. Fast hatten sie die Hoffnung aufgegeben, da konnte ein älterer Händler mit einem für die kleine Gestalt riesigen Turban helfen.

„Herr, Ihr werdet die Genuesen nicht mehr finden. Es ist schon lange Zeit her, dass sie hier waren. Die Berber aus den Bergen haben die Andersgläubigen vertrieben. Viele wurden erschlagen, die restlichen Genuesen sind mit ihren Schiffen abgereist und bisher nicht wiedergekommen. Jetzt kommen nur noch arabische Schiffe und fahren mit den grünen Dachziegeln nach Tarifa oder Málaga, wo sie in den Palästen verarbeitet werden."

Joao war enttäuscht. Mit einem genuesischen Schiff wäre er gefahren, mit einem muslimischen wollte er nicht aufs Meer hinaus. Er wurde zu sehr an die Piraten erinnert. So gingen die beiden Freunde zum Basar zurück. In einer Ecke des Marktes sah Joao die Ziegel, für die Asfi berühmt war, und auch, wie sie hergestellt wurden. Es waren längsgeteilte, leicht konische Röhren, die auf einer Töpferscheibe gedreht wurden. Wie beim Glasieren das islamische Grün entstand, war das Geheimnis der Ziegelbrenner. Am Rande der Stadt fanden Joao und Kasim schließlich eine Karawanserei, in der auch übernachtet werden konnte. Viele Kamele standen vor dem flachen Gebäude und etliche junge Tuareg in ihren blauen, knöchellangen Gewändern mit den schwarzen Turbantüchern hüteten sie. In der Karawanserei trafen sie etliche Reisende, die nach Fes, in die Hauptstadt der Meriniden, wollten. Abu Said Uthman ibn Yaqub war gerade der neue Herrscher in Marokko geworden und es wollten viele Emire und örtliche Stammesfürsten nach Fes, um ihm ihre Aufwartung zu machen.

Joao und Kasim suchten den Karawanbaschi, den Mann, der die Karawane führte und der darüber entschied, wer mitreisen durfte und wer nicht. Als sie ihn fanden, saß er gerade mit einigen anderen Reisenden vor der Teestube, wo er an einem Schälchen mit dampfendem Pfefferminztee nippte. Er schaute die beiden intensiv an, als Kasim fragte, ob er sie mitnehmen könnte.

„Wo wollt Ihr denn hin?"

„Nach Ceuta."

„Da geht die Karawane nicht hin."

„Wo geht sie denn hin?"

„Nach Rabat und weiter nach Fes."

„Dann wollen wir nach Fes."

„Könnt Ihr auch bezahlen?"

„Wie viel wollt Ihr?" Der Karawanbaschi nannte eine Summe. Joao zuckte unmerklich zusammen. Die Summe, die genannt wurde, war deutlich zu hoch. Aber er ließ Kasim weiter verhandeln und hielt sich zurück.

„Wir wollen nicht die Karawane kaufen. Wir wollen nur bis Fes mitreisen." Der Karawanbaschi nippte wieder an seinem Tee. Dann lud er Kasim und Joao mit einer Handbewegung ein, neben ihm auf den Sitzkissen Platz zu nehmen.

„Ihr zahlt für das Kamel, auf dem ihr reitet, und für Essen und Wasser, das ihr unterwegs bekommt. Das ist alles nicht billig."

„Das mag sein, aber es rechtfertigt nicht den Preis, den ihr genannt habt." Wieder nippte der Karawanbaschi an seinem Tee. Die anderen Reisenden saßen teilnahmslos auf ihren Sitzkissen. Sie mischten sich in das Gespräch nicht ein. Die Verhandlungen waren allein Sache des Karawanenführers und Kasims."

„Ich zahle ein Drittel", meldete sich Kasim nach einer Weile wieder zu Wort. Der Karawanbaschi lachte.

„Damit nehme ich euch nicht einmal bis nach Rabat mit." Kasim ließ sich nicht beirren. Ohne mit der Wimper zu zucken, antwortete er.

„Bis nach Fes. Mit Essen, Trinken und Übernachtung." Der Karawanenführer sah sich seine beiden neuen Reisegäste noch einmal genauer an. Er rieb sich mit der Hand das bärtige Kinn.

„Ist das eigentlich ein Muslim?", sagte er plötzlich und machte eine Kopfbewegung in Richtung Joao. Kasim ließ sich nicht aus der Ruhe bringen.

„Er ist ein Rechtgläubiger wie du und ich."

Der Karawanbaschi lächelte ein wenig hintergründig. „Wenn er ein Christ wäre, müsste ich sehr viel mehr für ihn verlangen. Zu seinem Schutz. Es gibt hier immer Berber, die keine Christen mögen."

Kasims Gesicht war unbeweglich. „Macht Euch keine Gedanken. Aber wieso kommt Ihr darauf, dass er kein Muslim ist."

„Er ist zu groß. Ich kenne keine Muslime, die so groß sind."

„Ach, wirklich? Er kommt aus Al Andalus und da gibt es in Cartagena reichlich Muslime, die groß sind."

„Ich kenne keine großen Muslime aus Al Andalus."

„Also, Karawanbaschi, nehmt Ihr uns nun mit oder nicht?"

„Ich nehme euch mit. Gebt mir das Geld und mein Sohn Habbab, der Höfliche, zeigt euch die Kamele; auf denen ihr mitreiten könnt. Eure Sachen könnt ihr schon auf die Kamele binden. Morgen bei Sonnenaufgang werden wir weiterreisen."

Joao hatte aus seinem Gürtel die Goldstücke herausgenestelt und sie Kasim zugesteckt, der dem Karawanbaschi davon einige zusteckte und den Rest an Joao zurückgab. Sie ließen sich von Habbab ihre Kamele zeigen. Er führte sie vor die Karawanserei und zeigte ihnen zwei Tiere, die es sich wiederkäuend im Schatten unter einem Laubbaum bequem gemacht hatten. Es waren rein äußerlich nicht die besten Tiere, aber die Strecke bis Fes sollten sie schon überstehen.

Kasim und Joao gingen noch einmal zurück zum Basar und kauften Decken, Datteln, Turbantücher und je einen warmen Mantel. Sie rollten alles zusammen und nahmen es mit in die Karawanserei, wo sie zusammen mit den anderen Reisenden in einem Raum übernachten konnten. Am nächsten Morgen ging es in aller Frühe los. Verschlafen konnten sie nicht, weil alle anderen Reisenden auch aufgestanden waren und dann ihr Morgengebet verrichteten. Joao war lange genug in muslimischen Ländern gewesen und verrichtete den gleichen Ritus, nur betete er nicht zu Allah, sondern still zu Jesus Christus. Lang zog sich der Zug der Tiere den Weg hinauf auf die Hochfläche. Es war ein staubiger Weg, der an vielen kleinen Feldern vorbeiführte, wo Obst und Gemüse angebaut wurden. In der Karawanserei Bouguedra wurde eine Übernachtung eingelegt. Vor der Teestube setzte sich ein Reisender zu Kasim und Joao. Er bekam ebenfalls einen Tee serviert.

„Ihr seht aus, als wärt Ihr weit gereist", begann er seine Unterhaltung mit Kasim.

„So, so. Sehen wir so aus?"

„Ja. Nur seid Ihr nicht durch die Wüste gekommen. Dafür sind Eure Gewänder noch zu neu. Ihr wart mit einem Schiff unterwegs und seid in dem Sturm der letzten Tage schiffbrüchig geworden." Das klang nicht wie eine Frage. Eher wie eine Feststellung.

Kasim ließ sich nichts anmerken. „Wie kommt Ihr darauf", wollte er wissen.

Der Fremde lachte leise. „Ich bin auch schon mehrfach schiffbrüchig geworden in meinem Leben und ich sah hinterher immer so aus, wie Ihr jetzt."

„Könnte schon sein, dass Ihr Recht habt."

Der Fremde lachte. „Ich wusste es." Dann stellte er sich vor. „Ich heiße Ibn Battuta, bin Handelsreisender oder auch Richter oder auch Berater, was Ihr wollt, und ich stamme von der Küste im Norden Marokkos. Ich habe gestern Eure Verhandlungen mit dem Karawanbaschi mitbekommen. Er hatte ja nicht so Unrecht, als er Zweifel an der Religion Eures Begleiters äußerte."

„Wie sollen wir das verstehen?", fragte Kasim ziemlich reserviert. Ibn Battuta lachte. Ich bin weit herumgekommen auf dieser Welt. Ich kenne Muslime, Christen, die Gläubigen der Lehre Buddhas und Zarathustras. Die Menschen sind mir alle recht. Es gibt in jeder Religion gute und böse Menschen. Deshalb verurteile ich niemanden."

„Das ist richtig und gut so", brummte Kasim, ohne näher auf die Bemerkungen Ibn Battutas einzugehen.

„Na, hatte ich Recht? Ihr seid mit dem Schiff gestrandet. Stimmt es?"

„Ja, es stimmt", meldete sich jetzt Joao zu Wort, „Ihr hattet Recht. Wir sind weit gereist und gescheitert. Mehr will ich dazu aber nicht sagen."

„Das kann ich gut verstehen. Ich bin seit weit mehr als zwanzig Jahren auf Reisen. Nach meinen Schiffbrüchen war ich genauso mutlos wie Ihr. Deshalb dringe ich auch nicht in Euch. Wenn Ihr erzählen wollt, könnt Ihr es. Sonst lasst Euch von mir unterhalten. Ich erzähle gern von meinen Erlebnissen."

Ibn Battuta hatte die Gabe, faszinierend erzählen zu können. So ganz im Stil der traditionellen muslimischen Märchenerzähler. Als Kasim und Joao ihm zustimmten, begann Ibn Battuta zu erzählen und immer mehr Reisende setzten sich zu ihnen und hörten zu.

„Ich begann vor fast fünfundzwanzig Jahren meine Reise vom Norden Marokkos nach Mekka. Ich wollte Pilger werden und die heiligen Stätten besuchen. Mit Karawanen ging es entlang der nordafrikanischen Küste, bis ich Kairo erreichte. Von dort reiste ich zunächst nilaufwärts, dann östlich zur Hafenstadt am Roten Meer. Als ich dort ankam, musste ich jedoch wegen eines örtlichen Aufstandes wieder umkehren. Zurück in Kairo, machte ich mich auf den Weg nach Damaskus, da ich in Kairo einen heiligen Mann getroffen hatte, der mir weissagte, ich würde Mekka erst nach einer Reise durch Syrien erreichen. Ein Vorteil dieses Umweges war, dass andere heilige Stätten wie Hebron und Jerusalem am Weg lagen und die mamlukischen Behörden diesen Pilgerweg besonders sicherten. Nachdem ich den Ramadan in Damaskus verbracht hatte, schloss ich mich einer Karawane an, welche von Damaskus nach Medina, dem Begräbnisort des Propheten Mohammed, ging. Dort blieb ich vier Tagen und reiste dann weiter nach Mekka. Dort habe ich alle Rituale durchgeführt, die für die Erlangung meines Status als Hadschi notwendig waren. Danach fühlte ich mich wie befreit und hatte nur noch meinen Heimweg vor mir. Ich traf jedoch einen anderen Pilger, der aus Isfahan kam. Er überredete mich, mit ihm in seine Heimat zu gehen, um die Länder jenseits von Bagdad kennenzulernen. So entschied ich mich weiterzureisen. Mein Pilgerbruder und ich schlossen uns einer Karawane an und überquerten mit ihr die Grenze nach Mesopotamien, wo wir gemeinsam Nadschaf besuchten, den Begräbnisort des vierten Kalifen Ali. Von dort reisten wir nach Basra und anschließend nach Isfahan, das nur einige Jahrzehnte später von dem Turkmenen Tamerlan beinahe vollständig zerstört werden sollte. Dort trennte ich mich von meinem Begleiter und reiste zurück nach Schiras und Bagdad. Die Stadt befand sich in einem bemitleidenswerten Zustand. Der Mongolenchan Hülegü hatte die Stadt gestürmt und eingenommen und die ganze Schönheit, die in so vielen Liedern besungen wurde, war dahin. Ich traf in Bagdad auf Abu Sa'id, dem letzten Herrscher des Il-Khanats, und durfte mich seiner Karawane anschließen, die in Richtung Norden nach Täbris an der Seidenstraße zog. Als erste große Stadt der Region hatte Täbris seine Tore den Mongolen geöffnet und hatte sich so zu einem wichtigen Handelszentrum entwickelt, nachdem fast alle seine Nachbarstädte zerstört worden waren."

Es war spät geworden und Ibn Battuta bat seine still auf ihren Sitzkissen sitzenden und fasziniert zuhörenden Mitreisenden, schlafen zu dürfen.

„So, für heute ist Schluss. Ich werde morgen, nur wenn ihr es wollt, weitererzählen." Die Mitreisenden zogen sich ebenfalls in den Schlafraum zurück, um sich dort zur Ruhe zu legen.

Kasim und Joao blieben noch eine kurze Zeit sitzen.

„Sollen wir die Geschichte unserer Reise auch in dieser Runde erzählen? Sie könnte wie ein arabisches Märchen klingen", fragte Kasim. Aber Joao schüttelte traurig den Kopf.

„Ich möchte nicht, dass die Geschichte erzählt wird. Sie ist zu traurig. Dafür haben zu viele meinen Traum mit ihrem Leben bezahlt. Bitte, Kasim, schweigt darüber. Auch wenn es schwerfällt. Denn wem das Herz voll ist, läuft der Mund gern über."

Kasim musste trotz aller Trauer, die in den Worten lag, über den Vergleich, den Joao gebraucht hatte, lächeln. „Ja, Ihr habt Recht. Erst muss die Trauer verarbeitet werden. Und Eure Trauer ist sehr viel größer als meine." Joao nickte, dann gingen sie schlafen.

Am nächsten Sonnenaufgang setzte sich nach dem Morgengebet und dem Frühstück, das aus etwas Brot und Datteln mit Wasser bestand, die Karawane wieder in Bewegung. Jeder saß allein auf seinem Kamel und ließ sich in Richtung des nächsten Zieles schaukeln. Die Sonne schien unbarmherzig und der Staub und die hintereinanderher zuckelnden Kamele luden nicht dazu ein, sich mit den anderen Reisenden zu unterhalten. Gegen Abend erreichten sie die Hafenstadt El Jadida. Es war eine ziemlich neue Stadt, die auf den Trümmern der alten Berbersiedlung gebaut worden war. Der Karawanbaschi entließ einige Mitreisende, die nur bis hier in die Hafenstadt wollten, erledigte einige Geschäfte und gab bekannt, dass es am kommenden Morgen in aller Frühe weitergehen würde. Wieder trafen sich die Reisenden an der Teestube nahe der Karawanserei. Sie lauschten hingebungsvoll dem Erzähler Ibn Battuta, der sichtlich stolz darauf war, seine Erlebnisse einer Zuhörerschaft zu erzählen, die immer größer wurde. Auch Kasim und vor allem Joao genossen die Abende, an denen der Nordafrikaner seine Geschichten erzählte. Sie lenkten ihn von seiner Trauer ab. Als sie kamen, begann Ibn Battuta gerade mit seinem Vortrag.

„Von Täbris aus begann ich meine zweite Hadsch nach Mekka. Dort lebte ich ein Jahr lang bei einem Händler, für den ich allerlei Arbeiten verrichtete. Bei ihm bekam ich die Möglichkeit, mich auf einer Dhau einzuschiffen, um das Rote Meer hinunter entlang der ostafrikanischen Küste zu fahren. Ich sollte für ihn Weihrauch und andere Dinge einkaufen. Mein erster großer Stopp war Aden, wo mein Handelsherr plante, ein Vermögen durch Handel von Waren zu machen, die vom Indischen Ozean auf die arabische Halbinsel kamen. Mich sandte er derweil zur Weiterfahrt entlang der afrikanischen Küste. Jeweils rund sieben Tage verbrachte ich in Äthiopien, Mogadischu, Mombasa, Sansibar und Kilwa. Ich weiß heute gar nicht mehr, was ich alles eingekauft hatte. Aber es war eine große Menge. Mit dem Wechsel des Monsunwindes kehrte mein Schiff nach Aden zurück. Mein Handelsherr belohnte mich großzügig und ich zog es vor, Oman und die Straße von Hormus zu besuchen.

Von dort reiste ich ein drittes Mal nach Mekka, wo ich wieder ein Jahr verbrachte. Ich lernte in Mekka einen Pilger kennen, der aus Indien kam. Der erzählte mir viel aus seiner Heimat und von dem neuen Sultan von Delhi, der eine Menge neuer Beamter aus Arabien suchte. So beschloss ich, mich um eine Anstellung beim muslimischen Sultan von Delhi zu bemühen. Da der Sultan von Delhi aber kein Arabisch sprach, musste ich einen Führer und Übersetzer für meine Reise finden. Deshalb reiste ich zunächst nach Anatolien, das sich unter der Kontrolle der seldschukischen Türken befand. Mit einer Karawane ging es von Mekka nach

Damaskus und von dort weiter nach Beirut, von wo aus mich ein genuesisches Schiff nach Alanya an der Südküste von Anatolien brachte. Von dort reiste ich über Land nach Konya und Sinope an der Schwarzmeerküste, wo ich mich einer Karawane nach Indien anschloss, wie ich glaubte. Wir überquerten aber das Schwarze Meer und gingen in Kaffa auf der Krim an Land, womit ich das Gebiet der Goldenen Horde betrat. Bei unserer Weiterreise durchs Land traf ich zufällig auf die Karawane von Özbeg, dem Khan der Goldenen Horde, und schloss mich seiner Reise an. Sie führte mich auf der Wolga bis nach Astrachan. In Astrachan angekommen, gestattete der Khan einer seiner Frauen, die schwanger war, ihr Kind in ihrer Heimatstadt Konstantinopel zur Welt zu bringen. Ich überredete den Khan, mich an dieser Reise teilnehmen zu lassen. Die Reise ging über das christliche Armenien und Georgien wieder über das Schwarze Meer bis in die Hauptstadt des Byzantinischen Reiches. Es war die erste Reise, die mich über die Grenzen der islamischen Welt hinausführte. Nach einem Monat in der Stadt kehrte ich mit der Frau des Khans und dem kleinen Kind nach Astrachan zurück. Ich wollte von dort über das Kaspische Meer zum Aralsee und von dort weiter nach Buchara und Samarkand reisen. Der Khan schenkte mir als Dank für die Begleitung seiner Frau die Reise. Von Samarkand aus wandte ich mich in Richtung Süden nach Afghanistan, um von dort über die Bergpässe nach Indien zu gelangen."

Ibn Battuta unterbrach seine Erzählung wieder an einer spannenden Stelle und schickte seine Zuhörer schlafen. Auch Kasim und Joao folgten seiner Bitte.

„Es ist eine tolle Geschichte, die er uns erzählt. Von den vielen Ländern, Menschen und Erlebnissen“, sagte Kasim und Joao gab ihm Recht.

„Ja, dagegen würde unsere Erzählung auch richtig verblassen. Wir könnten sie nicht so gut erzählen und kein Mensch würde uns glauben.“

Am nächsten Tag ging der Zug der Karawane entlang der Küste weiter nach Anfa. Dort wurde mit Getreide gehandelt und es war ein berüchtigter Hafen der arabischen Piraten. Die Karawane blieb etwas außerhalb der Stadt und es kamen neue Mitreisende, die mit dem Karawanbaschi, ähnlich wie Kasim es getan hatte, den Reisepreis aushandelten. Joao sah sich die neuen Mitreisenden genau an, um nicht Gefahr zu laufen, von einem der Piraten aus Dakhla erkannt und verraten zu werden.

„Es ist kein Bekannter bei den neuen Mitreisenden dabei“, sagte er leise zu Kasim, der ihn erstaunt ansah.

„Wieso sollte hier in Anfa jemand sein, der uns kennt?“

„Na ja, das ist doch ein bekannter Piratenhafen und wer weiß, ob mich nicht noch einer der Piraten aus Dakhla in Erinnerung hat.“

Kasim schüttelte den Kopf. „Nein, ich glaube nicht, dass uns hier jemand erkennen wird.“

Sie gesellten sich wieder zu der Gesellschaft, die sich schon an der Teestube hingesetzt hatte, um weiter Ibn Battutas Geschichte zu lauschen.

„Ja, so kam ich nach Indien ins Sultanat von Delhi, das erst kurz vorher islamisch geworden war. Es war tatsächlich so, wie mir mein Pilgerfreund in Mekka berichtete, dass der Sultan so viele islamische Gelehrte und Funktionäre wie möglich anstellen wollte, um seine Macht zu stärken. Aufgrund meiner Studienzeiten in Mekka wurde ich von Sultan Muhammad bin Tughluq in Dienst genommen. Was sich schnell herausstellte, der Sultan war unberechenbar. Meine Rolle schwankte zwischen dem luxuriösen Leben eines Vertrauten des Herrschers und vielerlei Verdächtigungen und Misstrauen. Schließlich entschied ich mich, unter dem Vorwand einer weiteren Pilgerreise das Land zu verlassen. Der Sultan aber merkte, dass ich nur aus seinem Land entkommen wollte, und bot mir als Alternative an, Botschafter in China zu werden. Den Vorschlag griff ich auf, weil ich so neue Länder kennenlernen konnte. Auf dem Weg zur Küste wurde meine Reisegruppe von Hindurebellen angegriffen. Ich wurde von meinen Begleitern getrennt, ausgeraubt und beinahe getötet. Die Mitreisenden hatten meine Notlage ignoriert und nur ihr eigenes Leben in Sicherheit gebracht. Mit Mühe konnte ich meine Verletzungen verbinden und holte meine Gruppe nach zwei Tagen ein. Jetzt versorgten sie meine Verletzungen, entschuldigten sich wortreich und setzten mit mir die Reise nach Cambay fort. Von dort aus segelte ich nach Calicut im Südwesten Indiens. Die Schiffe ankerten draußen auf dem Wasser und ich hatte mich mit einem Ruderboot an Land bringen lassen, um in einer Moschee am Ufer zu beten. In dieser Zeit kam ein Sturm auf. Zwei Schiffe sanken und das Schiff, mit dem ich gefahren war, ließ mich am Ufer zurück. Meine Reise nach China war gescheitert und ich wollte nicht als Versager nach Delhi zurückkehren. Deshalb blieb ich eine Weile im Süden Indiens unter dem Schutz von Dschamal al-Din.

Nachdem ich dessen Gastfreundschaft lange genug genossen hatte, schien es mir notwendig, Indien endgültig zu verlassen. Ich entschied mich, meine Reise in das Kaiserreich China fortzusetzen. Allerdings wollte ich einen Umweg über die Malediven machen. Weit mehr Zeit, als zunächst beabsichtigt, nämlich neun Monate blieb ich auf den Inseln. Meine Erfahrungen als Richter in Delhi waren auf diesen abgelegenen Inseln hoch willkommen und ich wurde, halb durch Bestechung, halb durch Gewalt, zum Bleiben genötigt. Meine Berufung zum obersten Richter und meine Heirat in die königliche Familie verwickelten mich mehr in die Lokalpolitik, als ich eigentlich wollte. Nachdem ich einige sehr strenge Urteile gefällt hatte, die in der Inselgesellschaft nicht akzeptiert wurden, musste ich das Land wieder verlassen. Ich fuhr auf die Insel Sri Lanka, um dort das religiöse Heiligtum Sri Pada zu besichtigen. Als ich von Ceylon aus Richtung China in See stach, sank mein Schiff beinahe in einem Sturm. Nachdem ein anderes Schiff mich gerettet hatte, wurde dieses von Piraten angegriffen. Ich konnte fliehen und bis zum Ufer schwimmen. Von dort schlug ich mich nach Calicut durch. Ein Segler, der mich von den Malediven kannte, nahm mich erneut auf die Malediven mit. Dort im Hafen sah ich ein chinesisches Schiff. Ich ging erst gar nicht zum Palast des Sultans, sondern sofort an Bord der chinesischen Dschunke. Dieses Mal glückte der Versuch. Ich erreichte zügig Chittagong, kam nach Sumatra, Vietnam und schließlich in die Stadt Quanzhou in der Provinz Fujian."

Wieder entließ Ibn Battuta seine Zuhörer in das Reich der Träume.

„Glaubt Ihr die vielen Geschichten, die vielen Namen fremder Länder, die Städte und Orte? Mir kommt das alles so unwirklich vor. So, als ob die Erde riesig wäre. Das ist mir alles fremd und ich glaube, dass Ibn Battuta ein brillanter Märchenerzähler ist und uns nur Geschichten, aber keine Erlebnisse erzählt", mutmaßte Kasim.

„Die Erde ist größer, als wir glauben", brummte Joao, „ich habe von Meister Abraham einige dieser Ländernamen schon gehört. Er hatte sie von Marco Polo, der auch weit in der Welt herumgekommen war. Aber viele Namen und Länder sind mir fremd. Ich habe sie auch bei Abraham nicht kennengelernt. Deswegen weiß ich nicht, ob Ibn Battuta uns Geschichten oder Erlebnisse erzählt. Aber sie lenken mich von meinen trüben Gedanken ab. Ich muss nicht mehr an die Gefährten denken, die wir kurz vor Ende der Reise verloren haben."

„Dann ist es gut", nickte Kasim, bevor er einschlief.

Von Anfa ging es weiter nach Rabat. In dieser Stadt, die lange Regierungssitz war, sollte der Aufenthalt etwas länger dauern. Mehrere Tage wollte sich der Karawanbaschi mit seinen Tieren hier aufhalten, einen Teil verkaufen und mit dem Rest dann nach Fes weiterziehen. Die meisten Reisenden verließen hier auch die Karawane. Nur Kasim, Joao, Ibn Battuta und mehrere Emire aus verschiedenen Orten, aus Südmarokko und der Wüste wollten noch weiter nach Fes zum Sultan. In den Tagen, in denen sie in der Stadt waren, stöberten sie über den Basar, erwarben das eine oder andere und kehrten abends zur Karawane zurück, die jeden Tag kleiner geworden war. Der Karawanbaschi schien gute Geschäfte allein durch den Verkauf seiner Tiere gemacht zu haben. Als sie aus der Stadt zurückkamen, freuten sie sich schon auf die Geschichten ihres Mitreisenden.

„Wo hatte ich gestern aufgehört zu erzählen?“, fragte Ibn Battuta in die kleiner gewordene Gruppe seiner Zuhörer.

„Ihr wart in Fujian, wo immer auf der Welt das auch sein mag“, meldete sich irgendjemand aus der Runde.

„Es ist in China“, sagte Ibn Battuta und erhob dabei seinen Zeigefinger, „von dort aus wandte ich mich nach Norden in Richtung Hangzhou. Weiter kam ich nicht. Mit den Menschen kam ich nicht zurecht. Auch gab es keine Muslime. Ich kehrte um und wollte nach Marokko zurück.“

„Sagt, verehrter Ibn Battuta, habt Ihr auf Eurer Reise nach China auch einen Marco Polo kennengelernt? Der war auch dort. Sogar als Vertrauter des chinesischen Kaisers Kubilai Khan.“ Ibn Battuta stutzte einen Moment und sah zu Joao hinüber.

„Verehrter Mitreisender, ich habe einen Marco Polo nicht kennengelernt und ich habe auch auf meinen Reisen nichts von ihm gehört. Und bis in das Reich des Kubilai Khan bin ich auch nicht gekommen. Lasst mich jetzt bitte weitererzählen.“ Er setzte sich wieder in Positur.

„Zurück in Calicut, erwog ich kurz, mich der Gnade des Sultans Muhammad bin Tughluq auszuliefern, überlegte es mir dann doch anders und kehrte erneut nach Mekka zurück. Auf meinem Weg über Hormus und das Il-Chanat fand ich den Mongolenstaat durch einen Bürgerkrieg in Auflösung begriffen. Der Herrscher Abu Sa'id war inzwischen gestorben. Als ich in Damaskus ankam, um von dort die Pilgerreise nach Mekka zu beginnen, erfuhr ich vom Tod meines Vaters.

Der Tod blieb in diesem Jahr auch weiterhin mein Begleiter. Es war in Arabien die Pest ausgebrochen. Eine schlimme Seuche, die es hier nicht gibt oder noch nicht gibt. Ich war Zeuge, wie sich der schwarze Tod über Syrien, Palästina und Arabien ausbreitete. Aber ich konnte die Karawane nach Mekka nicht verlassen. Erst nachdem ich Mekka erreicht hatte, entschied ich mich, nach Marokko zurückzukehren. Ich war ja zwanzig Jahre nicht mehr dort gewesen. In Tanger angekommen, erfuhr ich, dass auch meine Mutter einige Monate zuvor gestorben war. Trotz der Trauer hielt es mich in meiner Heimatstadt nicht lange. Ich machte mich auf den Weg nach Al Andalus, fuhr mit dem Schiff nach Cartagena und reiste über Valencia nach Granada. Aber Al Andalus war mir zu unsicher. Die christlichen Königreiche versuchten immer wieder, sich des Landes mit Gewalt zu bemächtigen, und die christlichen Ritter kannten im Umgang mit den Muslimen keine Gnade. Deshalb fuhr ich von Málaga aus wieder nach Marokko. Ich kehrte nach Tanger zurück, um mich meinem Erbe zu widmen. Das hatten meine Geschwister aber schon getan. Ich bekam meinen Anteil, der es mir ermöglichte, weiterzureisen. Das tat ich auch."

Jetzt beendete Ibn Battuta seine Erzählung wieder.

„Morgen kommen wir nach Meknès. Das ist eine Tagereise von Fes entfernt. Gebt mir die Gelegenheit, Euch morgen den Rest meiner Reise zu erzählen. Ich wünsche Euch eine angenehme Ruhe." Damit zog sich der Erzähler auf sein Nachtlager zurück.

„Da hättet Ihr Euch beinahe verraten, verehrter Joao“, kritisierte Kasim seinen Freund.

„Womit?“

„Na, mit dem Hinweis auf Marco Polo. Das ist ein Christ und wer in der islamischen Welt kennt schon Geschichten von einem Christen?“

Joao lief es siedend heiß den Rücken hinunter. Daran hatte er nicht mehr gedacht und er war froh, dass der welterfahrene Ibn Battuta auf seinen Einwand nicht näher eingegangen war. In Meknès näherte sich die Reise ihrem Ende. Es war der letzte Tag mit der Karawane und Joao hatte seine Trauer fast überwunden. Er freute sich schon während des Rittes durch die Berge des Atlas auf den Abend beim Tee.

„Zwei Jahre vor meinem ersten Besuch in der ägyptischen Stadt Kairo hatte der malische König Mansa Musa die Stadt auf seiner eigenen Hadsch durchquert und mit seinem protzenden Reichtum Aufsehen erregt. Sicherlich wusste ich, dass viel Gold aus Mali kam, es wurde ja auch nach Marokko und weiter nach Al Andalus geliefert. Mich interessierte das Land, wo das Gold herkam, und so machte ich mich auf in Richtung dieses islamischen Königreiches auf der anderen Seite der Sahara. Ich reiste zunächst nach Sijilmasa in die letzte marokkanische Stadt vor der Sahara. Dort musste ich lange Zeit warten, bis ich mit einer der ersten Winterkarawanen weiterziehen konnte. Ich hatte keine Wahl. Es gab nur ein Ziel: Mitten in der Sahara in die Stadt Taghaza. Sie ist ein Zentrum des Salzhandels und war überschwemmt von Salz und malischem Gold, das im Gegenzug aus Süden für das Salz geliefert wurde. Die baumlose

Stadt machte keinen günstigen Eindruck auf mich. Ich nutzte die Gelegenheit und fuhr mit einem Boot auf dem Fluss Niger, bis ich in die Hauptstadt des malischen Reiches kam, wo ich Mansa Suleyman traf, der dort König war. Er war überhaupt nicht protzig, eher knauserig und seine sparsame Gastfreundschaft war mir nach kurzer Zeit suspekt. Trotzdem musste ich acht Monate bleiben, bevor ich weiter auf dem Niger nach Timbuktu fahren konnte. Die Stadt machte ebenfalls keinen guten Eindruck auf mich und ich reiste bald weiter. Vom Goldabbau hatte ich weder bei König Suleyman noch in Timbuktu irgendetwas gesehen. Auch hatte mir niemand gezeigt, wo das Gold abgebaut wurde. Deshalb wollte ich zurück. Auf halbem Weg meiner Rückreise am Rand der Wüste in Takedda erreichte mich die Nachricht des marokkanischen Sultans, der mich nach Hause befahl. Und jetzt befinde ich mich bei euch und kann morgen meinen Sultan besuchen. Von ihm werde ich hören, was er von mir will. Jetzt wünsche ich euch allen eine gute Ankunft in Fes und eine friedvolle Weiterfahrt, wenn ihr noch weiter müsst."

Alle Zuhörer standen auf und umarmten den Erzähler. Dann gingen sie in ihre Quartiere. Joao war der Letzte, der an Ibn Battuta herantrat. Der Erzähler hielt ihn mit beiden Händen auf Distanz und sah ihm ins Gesicht. Es waren gütige Augen, die Joao ansahen. „Ich weiß es, Ihr seid ein Christ. Aber Ihr seid mir ebenso willkommen wie alle anderen Glaubensbrüder, die mit uns reisten."

„Woher wisst Ihr ...?"

„Ihr habt Euch verraten, als Ihr Marco Polo erwähntet. Natürlich kenne ich Marco Polo, aber den anderen Zuhörern wollte ich nähere Einzelheiten ersparen. Kein Muslim kennt Marco Polo. Wer seid Ihr wirklich?“

„Ich bin eigentlich Templer und reiste mit einem Schiff über den Ozean nach Westen. Weit nach Westen. Dort fand ich anderes Land. Keine Städte, nur Wald und wilde Menschen. Es hätte das Paradies sein können, war es aber nicht. Als wir zurückfuhren, zerschmetterte der Sturm unser Schiff an der Küste. So trafen wir uns.“

„So, so, ein Tempelritter seid Ihr. Das ist mutig von Euch, allein nur mit einem Begleiter durch Marokko zu reisen. Aber Eure Reise hat auch viel Mut gekostet. Kommt gut nach Hause und lasst Euch von einem weit gereisten Mann sagen, das Paradies gibt es nicht auf dieser Welt. Weder bei Euch Christen noch bei uns Muslimen. Das Paradies ist von einer anderen Welt, nicht von dieser. Gehabt Euch wohl.“ Ibn Battuta machte einige Schritte rückwärts und verbeugte sich vor Joao, wobei er mit der Hand seine Brust, den Mund und die Stirn berührte. Dann drehte er sich um und ging in sein Quartier.

„Was hat er Euch gesagt?“, fragte Kasim neugierig und sah seinen Freund mit fragenden Augen an.

„Er hat mir gesagt, dass er erkannt hat, dass ich kein Muslim bin. Er wird uns aber nicht verraten und er hat mir gesagt, dass es hier auf Erden das Paradies nicht gibt.“

„Ihr habt es ihm gesagt. Ihr habt ihm gesagt, wo wir waren.“

„Ja, ich habe es ihm gesagt, er glaubte mir aber nicht. Er hielt meinen Satz vom Paradies für einen Gedanken, nicht für ein Erlebnis.“

„Er wird es erzählen.“

„Nein, Kasim, das glaube ich nicht. Er wird es morgen in der Früh schon wieder vergessen haben, zumal er meinen Hinweis nicht weiter hinterfragt hat. Wir sollten uns in Fes mit Pferden versorgen und nach Ceuta reiten. Von dort könnten wir uns nach El Andalus übersetzen lassen."

„Ja, so machen wir es", bestätigte Kasim.

Am nächsten Tag nach der Ankunft an der Karawanserei am Rande von Fes nahmen sie ihr leichtes Gepäck und suchten auf dem Pferdemarkt nach geeigneten Tieren, die sie nach einigem Suchen auch fanden. Kasim führte die Verhandlungen und sie fuhren gut dabei. Der Kaufpreis war nicht zu hoch und so konnten sie schon gegen Mittag nach Ceuta aufbrechen. Sie ritten so, dass sie ihre Pferde an die Grenze ihrer Leistungsfähigkeit brachten. Die Städte flogen so an ihnen vorbei. Sie gönnten sich und den Tieren kaum eine Pause. Sie passierten den kleinen, fast unbedeutenden Ort Quezzane.

Kasim wusste zu berichten, dass der Ort klein, aber den Muslimen bekannt sei, da er von den Nachkommen Mohammeds gegründet wurde. Seine Einwohner hätten noch heute grüne Augen in der Farbe des Propheten. Joao interessierte das nicht sehr und sie ritten ohne Aufenthalt weiter. Auch El Aaiun und Tetouan flogen vorbei. Sie übernachteten zwischendurch, wenn es nicht mehr weiterging, weil die Pferde im Gebirge von ihren Kräften verlassen wurden.

Endlich sahen sie die Hafenstadt Ceuta oder Sabta, wie Kasim auf Arabisch sagte, vor sich. Jetzt mussten sie nur noch ein Schiff finden, dass sie nach Marbilha, einem Hafen westlich von Málaga, brachte. Sie fanden schnell ein Schiff, das bereits am nächsten Morgen ablegen wollte. Die Pferde mussten sie verkaufen. Die wollte der Kapitän nicht mitnehmen. So saßen die beiden Freunde wieder einmal an Bord eines Seglers und warteten darauf, dass das Schiff in Al Andalus anlegte.

Joao und Kasim sagten während der Überfahrt kein Wort. Beide schienen zu ahnen, dass ihr Zusammensein nur noch kurze Zeit Bestand haben würde. Keiner hatte es gesagt, aber beide fühlten es. Sie wurden auf dem Weg nach Còrdoba noch schweigsamer. Jeder hing seinen eigenen Gedanken nach.

Joao war auf dem Weg zurück nach Bragança. Er war wieder allein. Abu al Kasim, der ihn immer treu begleitete, hatte er auf seine Bitte hin in Córdoba gelassen. Dort hatte der treue Freund und Begleiter wieder in sein Haus zu seiner Familie gewollt. Auch auf die Gefahr hin, dass ihn der muslimische Richter aufgreifen und ins Gefängnis stecken würde. Aber der Richter war nicht mehr da. Die christlichen Könige regierten die Stadt inzwischen mit härterer Hand. Zwar ließen sie die Muslime, die Juden und die Katharer dort leben, aber die Macht des muslimischen Richters war stark beschnitten worden. Kasim wurde in Córdoba nicht mehr gesucht. Er hatte nichts mehr zu befürchten. Deshalb zog ihn nichts mehr in den christlichen Norden Portugals. Joao hatte dafür Verständnis. Er war mit Kasim auch nach Córdoba geritten, um seinen alten Lehrmeister Abraham und seinen Sohn Jehuda aufzusuchen. Aber Abraham und Jehuda waren nicht mehr in Córdoba. Der Templer erfuhr, dass sie nach Granada weitergezogen waren. Und da Kasim von seiner Familie mit Freude wieder aufgenommen worden war, hatten sie sich mit Tränen in den Augen voneinander verabschiedet. Zum Abschied erhielt Joao von Kasim ein scharfes Krummschwert, damit er sich in feindlicher Umgebung gegen Banditen angemessen verteidigen konnte und das ihn an den Arzt und Freund Abu al Kasim erinnern würde.

Nach dem Abschied war Joao nach Norden in die Extremadura geritten. Er sah sich nicht um. Man sollte der Vergangenheit nicht hinterhersehen. So war er allein durch die dürre Landschaft gezogen, hatte im Kloster Monasterio de Nuestra Señora de Guadalupe erfahren, dass der alte Abt bereits verstorben war, und war weitergeritten.

Er hatte Kastilien verlassen und die Grenze nach Portugal überschritten. Der einsame Reiter schlug einen gut erkennbaren, aber wohl wenig genutzten Weg ein, der sich durch ein Tal schlängelte. Hier gab es Eichen. Welch ein seltenes Erlebnis. Mit einem Mal war seine Jugendzeit in Heristal bei Aachen wieder präsent. Es waren nicht viele dieser Bäume, dafür war es doch wohl zu trocken. Aber es waren stattliche Exemplare. Er lenkte das Pferd zwischen den licht stehenden Bäumen den Abhang hinunter und stand bald vor einem kleinen Bach. Der sprudelte in die Richtung, in die er nach Bragança weiterreiten musste. Kurz vor dem Bach zügelte Joao sein Pferd, saß ab und band es an einen Busch. Langsam schritt er bis an das Ufer des kleinen Gewässers, jeden Schritt genießend. Das Gluckern des Wassers, eine frische Brise, die durch die Äste der Bäume wehte, schuf einen Moment des Friedens an diesem Ort, der auf ihn fast einen verwunschenen Eindruck machte. Er machte einen großen Schritt, um über den Bach ans andere Ufer zu gelangen. Dort stand eine riesige Eiche. Sie musste uralt sein. Joao lehnte sich an den Stamm und schloss die Augen. Von einem Moment auf den anderen war er wieder Johann Laurenz, der kleine Lausbub, war er wieder in seiner Heimat, die er vor etlichen Jahren verlassen hatte und die er wohl nie wiedersehen würde. Dieses Tal hatte seine Heimat nach Portugal geholt. Mit geschlossenen Augen tastete er die grobe Rinde entlang. Als es anfing an den Fingern zu kribbeln, öffnete er seine Augen wieder. Ameisen hatten ihn gebissen. Sie liefen auf einer Ameisenstraße die Rinde hinauf und herunter. Die Rinde duftete sommerlich warm. Einige Vögel sangen und die unterschiedlichsten Insekten summten. Sonst geschah nichts. Ritter Joao Lourenço, dem

Mann, der einen Teil des Schatzes der Templer gerettet, der in Córdoba studiert, der die arabische Sprache gelernt und über den Ozean gefahren war, wo er weit im Westen neues Land gefunden hatte, der gegen alle Widrigkeiten, durch Sturm, durch die Wüste, durch fremdes Land wieder zurückgekehrt war, kamen wieder einmal die Tränen. War es plötzliches Heimweh? Ihm rollten die dicken Tränen die Wangen hinunter. Er wusste nicht, wie lange er unter dem Baum gesessen hatte. Es begann zu dämmern. Plötzlich wurde sein Pferd unruhig. Es schnaubte leise und trat unruhig von einem Huf auf den anderen. Joao merkte es und war auf der Hut. Unvermittelt standen sie vor ihm. Drei Banditen waren es. Einer besaß ein Schwert, die anderen hatten Messer im Gürtel und Knüppel in den Händen.

“Na, Handelsreisender, was machst du auf unserem Land? Wir kennen dich nicht. Du hast bei uns keine Maut bezahlt. Die wollen wir jetzt bei dir holen. Zahlst du freiwillig oder müssen wir das Geld aus dir herausprügeln?” Joao sah die drei Ganoven lange der Reihe nach an. Er versuchte herauszufinden, wer von den dreien der Gefährlichste war. Der Sprecher der Bande deutete das Schweigen völlig falsch.

“Na, hat es dir die Sprache verschlagen? Wo bleibt deine Maut? Wirf einfach nur deinen Geldbeutel zu uns, wir werden uns das nehmen, was uns zusteht.”

“So, wie ich euch kenne, werdet ihr alles nehmen.” Der Sprecher kicherte und begann zu stottern.

“Da kkkannst du wirklich Rrrecht haben. Also, wwwas ist?” Joao stand etwas schwerfällig auf.

“VVVorsicht, mamamach kkkeine BeBeBewegung zu vvviel. Ich wewewerde dddich sofort mit mmmeinem

Schwert stototoppen", drohte er plötzlich vor Aufregung. Die anderen beiden schwiegen noch immer, schauten aber ziemlich grimmig auf ihr vermeintliches Opfer. Jetzt, wo sein Gegenüber so fürchterlich stotterte, erinnerte sich Joao an das, was ihm vor fast zwei Jahren Joao Soares nach einem nächtlichen Überfall gesagt hatte. In den Wäldern gab es eine Räuberbande. Ihr Anführer nannte sich Adelito Alves. Er stotterte, wenn er aufgeregt war. Jetzt stand genau dieser Stotterer vor ihm. Der Räuber war Adelito Alves und Joao war sicher, der König würde sich sehr freuen, wenn er den Räuberhauptmann endlich gefangen vor sich sehen würde. Der Ritter nahm sich vor, dem König ein Geschenk zu machen. Der gefiederte Arawak war im Ozean mitsamt seiner Federpracht ertrunken. Als Ersatz musste der Räuberhauptmann genügen, ohne Federn. Joao konnte sich ein leichtes Lächeln nicht verkneifen.

„Wwwas, wwwas fffindest du dddenn so lulululustig", wollte Adelito wissen.

„Euch finde ich lustig. Euch alle drei." Joao war inzwischen aufgestanden, hatte seinen Mantel über die Schulter zurückgeworfen und jetzt war das Krummschwert zu sehen, das der vermeintliche Handelsreisende aus dem Gürtel zog. Die Art, wie Joao das Schwert zog, verriet ihn.

„Es ist ein Templer, mit dem Krummschwert will er uns täuschen", kreischte der Räuber auf Linksaußen sofort mit ziemlich hoher Fistelstimme. Der Knüppel in der Hand begann zu zittern, er drehte sich um und rannte zwischen den Eichen zu einem dichteren Gebüsch, in dem er augenblicklich verschwand. Den Knüppel hatte er unterwegs in hohem Bogen weggeworfen. Es war ein Eunuch, der das Weite gesucht hatte. Die anderen beiden Räuber waren stehen geblieben. So leicht wollte es Adelito Alves dem Templer nicht machen.

„Wwwir sind immmer noch zzzwei. Dadadas wiwiwird nnnicht llleicht, Tttempler." Joao machte einen Schritt auf den Räuberhauptmann zu. Jetzt, wo er wusste, mit wem er es zu tun hatte, war er sich ganz sicher, dass er den Kampf, sollte es ihn überhaupt geben, gewinnen würde. Der zweite Räuber versuchte, Schritt für Schritt in den Rücken des Ritters zu kommen. Joao bemerkte es aus dem Augenwinkel und versuchte, vorsichtig mit seinem Rücken zurück zum Eichenstamm zu gelangen, um sich von hinten gegen einen Überraschungsangriff zu sichern. Adelito Alves lockte er näher zu sich. Der Räuberhauptmann musste noch etwas näher kommen, dann konnte ein Frontalangriff den Erfolg bringen. Aber der Adelito Alves war erfahren genug, sich nicht so einfach in die Falle locken zu lassen. Er blieb stehen und fixierte den Ritter. Währenddessen war es dem zweiten Mann gelungen, hinter den Eichenstamm zu kommen. Joao konnte ihn nicht mehr sehen. Er spürte nur, dass sich hinter ihm Unheil anbahnte. Für seine beiden Gegner überraschend, ließ sich der Ritter fallen, rollte zur Seite und sprang sofort wieder auf die Beine. Keinen Moment zu früh. Der Räuber hinter dem Baum hatte eine Schlinge geworfen, die ihn nur um eine Handbreit verfehlte. Sofort stürzte sich der Ritter auf den Mann, noch bevor der sein Seil fallen lassen konnte. Er stand noch etwas nach vorne gebeugt. Ein einziger Hieb mit dem scharfen Krummschwert trennte ihm den Schädel vom Hals. Im gleichen Moment stürzte sich Adelito Alves mit einem unartikulierten Wutschrei auf den Ritter, der mit Mühe sein Schwert hochziehen konnte, um den Hieb des Räubers abzuwehren. Der Räuberhauptmann dachte nicht im Traum daran, kampflos das Feld zu räumen. Er wollte den Ritter. Tot. Und der Ritter wollte Adelito. Lebendig. Leicht nach vorne gebückt, schlichen sie umeinander herum und behielten sich im Auge.

„Der Eunuch ist wohl auf Nimmerwiedersehen verschwunden“, versuchte Joao den Räuber zu einer Unachtsamkeit zu reizen. Der kicherte nur.

„Warte es nur ab. Du wirst schon sehen.“

„Oh, Ihr stottert ja nicht mehr“, stellte Joao fest. Es war tatsächlich so, die Spannung, in der sich der Räuber befand, hatte ihm offenbar die Sprache wiedergegeben, weil er nicht mehr ans Reden denken musste. Er dachte nur noch ans Kämpfen. Joao wurde blitzartig klar, dass der Räuberhauptmann jetzt auf Zeit spielte. Er wollte gar nicht angreifen, er wollte nur den Ritter auf Spannung halten. Er wusste, dass der Eunuch die anderen Leute der Bande mobilisierte und heranführte. Sofort änderte Joao seine Taktik. Er tat so, als knicke er um, strauchelte und konnte sich gerade noch so auf einem Knie abstützen. Adelito fiel tatsächlich darauf herein. Er stürmte mit einem Schrei auf den Templer zu und stieß sein Schwert in Richtung des Herzens. Aber er stieß ins Leere. Der Ritter war auf den Rücken gerollt und trat ihm mit voller Wucht das Bein zwischen die Schenkel. Ein greller Schmerz durchzucke Adelito. Er bekam plötzlich keine Luft mehr. Sein Schwert glitt ihm aus der Hand und mit beiden Händen presste er auf seine Geschlechtsteile. Der Templer war wieder aufgesprungen und schlug ihm die flache Seite seines Krummschwerts auf den Kopf. Adelito sackte zusammen. Als er wieder aufwachte, lag er gefesselt hinter dem Pferd und war über das Seil mit dem Sattel des

Ritters verbunden, mit dem der zweite Räuber versucht hatte, den Ritter einzufangen.

„Ah, Adelito, Ihr seid aufgewacht. Das ist gut. Dann stellt Euch hin und lauft, wenn ich Euch nicht zu Tode schleifen soll." Adelito blieb noch immer liegen, was nichts nutzte, denn der Ritter trieb sein Pferd an und Adelito wurde durch den Sand gezogen.

„Hhhalte ein. Ich stststehe ja aaauf!", rief er und versuchte, schnell auf die Beine zu kommen. Kaum, dass er stand, trieb der Ritter erneut sein Pferd an. Adelito musste laufen, wollte er nicht wieder fallen und sich über den Boden schleifen lassen.

„Ach, was ich Euch schon vorhin sagen wollte. Es heißt übrigens, haltet ein, verehrter Ritter. Wir wollen hier doch die Form wahren, nicht wahr, Adelito. Wir sind hier nicht unter Euresgleichen. Ich denke nicht daran, Euch zu duzen, und verlange auch, dass Ihr das nicht tut. Verstanden?" Adelito hatte nicht die Luft, im Laufen zu antworten. Nach wenigen Minuten hatten sie das kleine Tal mit dem Eichenwäldchen und dem klaren Bach verlassen. Bis in die Abendstunden waren sie, ohne zu rasten, weit gekommen. Auch Adelito hatte offenbar die Hoffnung aufgegeben, dass seine Spießgesellen ihn noch befreien konnten. Er hatte sich in sein Schicksal ergeben. Für die Nacht band Joao seinen Gefangenen mit den Händen auf dem Rücken an einen Baum. Dazu hatte er über einen Ast das Seil geworfen, mit dem der Räuber am Sattel angebunden war. Und dann hatte er so gezogen, dass der Räuber fast nur auf den Zehenspitzen stehen konnte. Mit seinem Hemd hatte er einen Knebel geformt und ihm in den Mund gesteckt. Adelito röchelte. Aber dem Ritter war das egal. Der Mann war ein Räuber und hatte Hunderte von Menschen auf dem Gewissen. Mitleid mit dem Mann zu haben, kam Joao nicht in den Sinn.

Am Abend des nächsten Tages hatten sie Bragança erreicht. Die Torwache meldete das Eintreffen eines Ritters und eines Gefangenen und vor dem Tor der Burg wurde Joao schon erwartet. Der Kastellan schaute auf Joao, als sehe er ein Gespenst.

„Ritter Joao, seid Ihr es wirklich? Ich glaubte, mich verhört zu haben." Joao blieb auf dem Pferd sitzen und lächelte.

„Ja, ich bin es wirklich und ich bringe als Morgengabe Adelito Alves. Das Morden in den Wäldern hat ab sofort ein Ende. Bitte, nehmt mir meinen Gefangenen ab und sperrt ihn in das Verließ. Ich will ihn später zum König bringen." Der Kastellan winkte einigen Knechten, die den Räuber sofort vom Pferd abbanden und in die Mitte nahmen. Sie brachten ihn ohne Umweg ins Verließ.

„Ritter Joao, steigt ab und lasst uns das Pferd versorgen. Ich werde Ritter Soares informieren, damit er Euch empfängt." Joao sprang vom Pferd und umarmte den Kastellan, der darüber stolz war und ihn gewähren ließ.

„Ihr müsst mich nicht anmelden. Ich kenne den Weg zu Bruder Soares noch recht gut. Oder hat er sich geändert?"

Der Kastellan lachte. „Wer? Der Ritter oder der Weg?"

Jetzt lachte auch Joao. „Der Weg natürlich."

„Nein, der Weg hat sich nicht geändert. Ritter Joao Soares und die Brüder befinden sich in der Kapelle. Es ist, wie Ihr Euch vielleicht noch erinnert, um diese Zeit Gottesdienst."

Joao nickte grinsend. „Ihr habt ja so Recht, Kastellan, der Weg kann sich in den wenigen Tagen meiner Abwesenheit nicht verändert haben."

Der Kastellan schaute lächelnd hinter dem Ritter her.

Joao ging an der Tür zum Rittersaal vorbei und betrat die Kapelle. Dabei öffnete er die Tür lauter, als er eigentlich vorgehabt hatte. Sie war ihm beim Öffnen aus der Hand gerutscht und mit einem heftigen Krachen gegen die letzte Bank geschlagen. Die Andacht der Ritter war gestört und alle Blicke richteten sich auf die Tür.

Von einem Augenblick auf den anderen war die Andacht der Ritter nicht nur gestört, sie war beendet. Der Kaplan unterbrach den Gottesdienst, damit die Ritter ihren Bruder in den Arm nehmen konnten. Nachdem sie sich intensiv begrüßt hatten, setzte sich Joao neben Soares in die Bank und feierte den Gottesdienst bis zum Ende mit. Nach dem Segen stürmten alle in den Rittersaal und warteten auf den Bericht des Templers.

Die Erzählung Joaos war so knapp wie unspektakulär. Sie waren an der Küste Portugals entlang gesegelt und weiter nach Süden gefahren als alle anderen Seefahrer vor ihnen. Dann waren sie in einen Sturm gekommen, die Buscard ging unter und Joao war der Einzige, der sich hatte retten können. Am Strand nahe einer großen Wüste wurde er von Piraten gefangen genommen und hatte für sie als eine Art Sklave gearbeitet, bis es ihm gelang, mit einer Karawane nach Norden zu ziehen. Mitleidige Fischer hätten ihn an der Algarve im Süden Portugals an Land gesetzt und ihm war es gelungen, an ein Pferd zu kommen und nach Bragança zu reiten. Alle Templer, die mit ihm auf der Buscard gefahren waren, hatte Gott zu sich in sein Reich genommen.

„Und woher habt Ihr das Krummschwert der Mauren?“, fragte einer der Ritter und sah Joao misstrauisch an.

„Das Krummschwert erhielt ich von dem Fischer, der mich nahe von Castro Marim an Land gesetzt hat. Er hatte es nach einem Überfall der Mauren in seinem Dorf gefunden und auf seinem Schiff aufbewahrt. Da er aber nicht hatte damit umgehen können, habe ich es ihm abgekauft. Es leistete mir gute Dienste, um Adelito Alves zu fassen.“

„Ihr habt Adelito Alves gefasst?“ Die Überraschung bei Joao Soares war nicht gespielt, „wir versuchen schon seit Jahren, den Mann zu fangen. Er ist uns immer wieder entwischt.“

„Ja, ich weiß. Er lief mir zu und ich habe vor, ihn König Dionysius zum Geschenk zu machen. Jetzt sitzt er bei Euch unten im Verließ.“

Joao nickte und bestellte den Ritter nach dem Nachtmahl zu sich auf die Kammer. „Ritter, die Geschichte mit dem Schiffbruch klingt nicht wirklich realistisch. Was ist wirklich passiert?“

Auch wenn es Joao schwerfiel, den Ritterbruder anzulügen. Er blieb bei seiner Geschichte.

Soares nickte. „Nun gut, Ritter Joao, Ihr werdet Eure Gründe haben. Morgen könnt Ihr gleich weiter zu König Dionysius. Er hat viel von Euch gehört und will jetzt, wo Ihr wieder hier seid, bestimmt mit Euch reden. Das hat er uns aufgetragen, Euch auszurichten.“

„Ja, Bruder, ich werde gleich morgen mit meinem Gefangenen reiten. Gebt Ihr mir zwei Knechte mit, die auf Adelito aufpassen?“

Soares sagte das zu und entließ Joao auf seine Kammer. In seinem Blick war zu erkennen, dass er Joao seine Geschichte nicht glaubte.

Sieben Tage später war Joao Lourenço in Sintra, wo der König in seiner Sommerresidenz lebte. Es war ein großzügiges Schloss auf einer Anhöhe mit einem riesigen Waldgebiet und einem Blick hinüber nach Lissabon, der Stadt, die bald Hauptstadt des Königreiches Portugal werden sollte. Es dauerte eine Zeit, bis Joao zum König vorgelassen wurde. Vor allem der Gefangene bereitete den Hofbeamten offenbar Schwierigkeiten. Sie wollten ihn nicht mit in den Audienzsaal lassen. Auch der Hinweis, dass es sich um ein Geschenk für den König handelte, ließ sie nicht umstimmen. Also warteten die Knechte mit dem Gefangenen im Hof. Joao wurde in den Saal geführt, in dem an den Seiten etliche Hofschranzen und Geistliche standen, die sich in Anwesenheit des Königs produzierten. Als er die Reihen der neugierig zu ihm hinblickenden Höflinge durchschritt, durchzuckte ihn ein heißer Blitz. Mitten zwischen den Höflingen stand der Mönch, den er in Córdoba kennengelernt hatte. Mit dem er gestritten und der ihm fast übel mitgespielt hätte. Was hatte dieser intrigante kleine Mönch hier am Hof verloren? Lange nachdenken konnte er nicht, er näherte sich unaufhaltsam dem Thron des Königs. Am Ende des Saals saß Dionysius auf einer Empore in einem thronartigen Sessel. Seine Frau Elisabeth saß an seiner Seite und der Kanzler sowie Bischof Alfonso standen seitlich hinter ihm. Joao ging gemessenen Schrittes durch den Saal, blieb einige Schritte vor dem Monarchen stehen und verbeugte sich.

„Joao Lourenço, ich habe viel von Euch gehört. Ihr hattet den Plan, in meinem Land den Templern eine neue Heimat zu geben. Ich sehe dem Antrag sehr positiv entgegen. Bischof Alfonso hat mich bereits unterrichtet. Ich finde Euren Plan sehr interessant. Er könnte von mir sein. Und

Ihr hattet einen Traum, habe ich gehört. Ihr wolltet über den Rand des westlichen Ozeans hinausfahren und andere Länder finden. Und? Ist aus Eurem Traum Wirklichkeit geworden?“

„Nein, mein König. Mein Traum ist nicht Wirklichkeit geworden. Aber ich kann Euch sagen, die Welt geht weiter nach Süden, als wir es bisher glaubten. Ich bin sehr weit an der afrikanischen Küste nach Süden gekommen. Weiter, als bisher je ein Seefahrer fuhr. Aber dann hat uns ein Sturm an afrikanische Gestade geworfen. Meine Gefährten gingen alle zugrunde und nur ich kam wieder zurück, um Euch Bericht zu erstatten.“

„Nun ja. Wir werden uns um die neuen Wege in den Süden Afrikas kümmern, wenn die Zeit gekommen ist“, murmelte der König und sah nachdenklich auf den vor ihm stehenden Ritter.

„Majestät, ich habe noch ein Geschenk für Euch.“

„Ein Geschenk? Ihr macht mich neugierig. Wo ist es?“

„Es steht im Hof. Eure Hofbeamten gestatteten nicht, meinen Gefangenen in den Saal zu bringen.“

„Euren Gefangenen? Wer ist es denn? Der Kalif von Fes?“ Der König lachte meckernd.

„Nein, Majestät, es ist nicht der Kalif von Fes. Es ist der Räuber Adelito Alves. Er lief mir zu, als ich zurück nach Bragança ritt.“

„So, so, er lief Euch zu. Ich muss sagen, das ist sehr viel Glück. Seit Jahren versuchen alle Grafen des Königreiches dieses Räubers habhaft zu werden und keinem ist er zugelaufen. Ihr kommt aus Afrika zurück und Euch läuft er zu.

Das nenne ich Glück. Respekt, Ritter, Respekt. So, und jetzt wollen wir uns den Adelito Alves einmal ansehen.“ Der König winkte einem seiner Beamten und flüsterte ihm etwas zu. Der Mann rannte durch eine Tür hinter dem Thron aus dem Saal und wenige Augenblicke später führte er die Knechte Soares in den Saal, die den Gefangenen in ihrer Mitte bis vor den König führten. Der König stand auf und kam die wenigen Stufen herunter. Neugierig ging er um den Räuberhauptmann herum, der mit gesenktem Blick vor ihm stand.

„Das ist also der Schrecken Portugals“, rief der König, „er sieht gar nicht so gefährlich aus. Ist es möglich, meine Herren, dass Ihr alle wahrlich übertrieben habt, wenn Ihr von seinen Gräueltaten berichtet habt?“ Unruhiges Gemurmel im Audienzsaal war zu hören. Der König winkte beruhigend ab und mahnte zur Ruhe.

„Nein, ich denke, Ihr habt schon richtig berichtet. Er war wirklich der Schrecken des Landes. Aber er wird es ganz sicher nie mehr sein. Schafft ihn in den Kerker und vierteilt ihn im Morgengrauen vor der Stadt. Jetzt hinaus mit ihm. Er ist nicht würdig, mich noch länger durch seine Anwesenheit zu langweilen.“ Die Knechte verbeugten sich und führten ihren Gefangenen aus dem Saal. Das heißt, sie schleiften ihn aus dem Saal, weil dem Räuber bei Verkündung des Urteils die Sinne geschwunden waren. Als sie den Raum verlassen hatten, wandte sich der König wieder dem Ritter zu.

„Ritter Joao, ich habe eine neue Aufgabe für Euch. Sagt, ob Ihr sie annehmt oder nicht.“

Joao sah den König fragend an. „Majestät, bevor ich etwas dazu sage, sollte ich schon wissen, um was es geht."

Der König lachte. „Sehr wohl, Ritter. Ich möchte, dass Ihr als Botschafter unseres Landes an den Hof des Papstes in Avignon geht, um dort unsere Interessen zu vertreten. In der Hauptsache geht es darum, und deshalb habe ich Euch ausgewählt, den Templerorden zum Christusorden zu machen. Ihr werdet den Papst dazu bringen müssen, die Erlaubnis zu geben, den Christusorden einzurichten. Mit Euch wird der Kanonikus Petrus Petri nach Avignon gehen. Er wird Euer Berater sein und Euer Sekretär. Den Papst zu überzeugen, wird Euch sicherlich nicht von heute auf morgen gelingen. Aber steter Tropfen höhlt bekanntlich den Stein. Und damit Ihr als Botschafter akzeptiert werdet, werde ich euch adeln. Ich erhebe Euch in den Stand eines Grafen von Portugal. Kniet nieder."

Joao beugte wie in Trance das Knie und verbeugte sich. Der König nahm das Schwert seines Kanzlers und legte es Joao erst rechts, dann links auf die Schulter.

„Steht auf, Conde de Monteseratio. Ihr dürft Euch jetzt Joao Lourenço, Conde de Monteseratio, nennen." Joao erhob sich und verbeugte sich tief vor dem Monarchen und vor Elisabeth, der Gattin des Königs, die ihm huldvoll mit der Hand zuwinkte.

„Ihr könnt Euch jetzt zurückziehen und noch einmal nach Bragança reiten. In einem Monat meldet Ihr Euch hier im Schloss." Damit war Joao entlassen und der zog sich, langsam rückwärtsgehend, zurück. Als er den halben Saal durchschritten hatte, suchte er den Mönch aus Córdoba, mit dem ihn der König verbunden hatte. Sicherlich konnte er nicht wissen, was in Córdoba zwischen ihm und Petrus Petri vorgefallen war, aber ein Widerspruch wäre zwecklos gewesen. Wieder suchte er den Mönch mit Blicken, fand ihn aber nicht. Er war aus dem Saal verschwunden. So ging der neue portugiesische Conde in den Hof zu seinem Pferd, um mit seinen Knechten zurück nach Bragança zu reiten. Die Hinrichtung des Räubers wollte er nicht sehen. Derartige Vorführungen verabscheute er zutiefst.

Nach drei Wochen ritt der Templer als Conde de Monteseratio zurück nach Sintra. Von seinen Brüdern im Allgemeinen und von Joao Soares im Besonderen hatte er sich verabschiedet. Von dort begab er sich auf die Reise nach Avignon, um am Hof des Papstes seine neue Aufgabe aufzunehmen. Ein Bote hatte seine Ankunft gemeldet und im Hof der Königsburg traf er auf den reisefertig wartenden Kanonikus Petrus Petri aus Coimbra, den der König zu seinem Sekretär bestimmt hatte. Die Begrüßung der beiden verlief frostig. Sowohl Joao als auch Petrus hatten nicht das Bedürfnis, sich freundschaftlich zu verhalten.

Vom Fenster seiner Kemenate sah der portugiesische König grinsend auf die beiden, als sie sich auf die Pferde schwangen, nachdem sie ihr Gepäck etwas umständlich auf zwei Maultiere verteilt hatten. Dionysius wandte sich um und sah seinen Beichtvater, den Bischof von Lamego, durchdringend an.

„Seid Ihr Euch sicher, dass die Beiden zusammenpassen. Es sieht mir nicht so aus. Mir scheint, sie haben einen alten Streit miteinander."

Der Bischof verzog keine Miene. „Ihr könnt gewiss sein, Majestät, die beiden werden gut miteinander auskommen. Es mag sein, dass sie in der Zeit, als sie zufällig zur gleichen Zeit in Córdoba waren, einen Disput ausgetragen haben. Mein Amtsbruder aus Córdoba, Fernando Gutierrez, hatte es mir geschrieben. Petrus Petri war wohl etwas zu eifrig. Ich denke aber, das hat sich gelegt. Um den Streit noch einmal zu besprechen, werden sie auf der Reise nach Avignon genügend Zeit haben. Macht Euch keine Sorgen, Ihr habt die richtigen Männer zum Papst gesandt."

„Euer Wort in Gottes Ohr, Bischof. Ihr kennt sie alle beide. Ihr habt sie mir vorgeschlagen. Meint Ihr, sie bekommen die Sache schnell mit dem Papst geklärt?"

„Nein, Majestät, das glaube ich nicht. Es wird ein zähes Ringen werden. Aber dafür sind beide gut geeignet. Die Zeit ist unser Vorteil. Die Templer sind bei uns sicher und Päpste haben in der Regel ein nicht sehr langes Pontifikat. Sie sind, wenn sie in ihr Amt berufen werden, oft schon alt. Der eine Papst mag uns, der nächste nicht. Wer weiß das schon. Also warten wir ab und verlassen uns auf die Nachrichten, die aus Avignon eintreffen.

In den ersten Tagen ignorierten sich die beiden total. Sie ritten zwar zusammen den langen Weg durch Katalonien und Navarra, aber sie fanden keinen Draht zueinander. Erst als sie die Pyrenäen überquert hatten, knieten sie in der Kirche von Saint Jean de Pie de Port nebeneinander vor dem Altar. Als der Priester sie während der Messe bat, sich ein Zeichen des Friedens zu geben, blieb ihnen nichts weiter übrig, als sich zu umarmen. Nach der Messe gingen sie zusammen zum Quartier. In den schmalen Gassen des Dorfes, in denen immer wieder Jakobspilger ihren Weg kreuzten, hielt Joao seinen Sekretär am Ärmel der Kutte fest. Überrascht schaute ihn der Kleriker an.

„Meint Ihr nicht, wir sollten unsere Fehde begraben, Bruder Petrus? Wir sind schließlich vom König aneinander gebunden. Wer weiß für wie lange. Und wir können uns nicht die ganze Zeit anschweigen. Wir sollten uns aussprechen."

Der Kanoniker nickte. „Ich glaube, ich muss mich bei Euch entschuldigen und kann nur hoffen, dass Ihr mit Eurer Drohung nicht ernst macht und ich um mein Leben fürchten muss."

„Ach, Petrus, die Zeit heilt manche Wunde. Und davon sind mir viele geschlagen worden, glaubt mir. Da ist unsere kleine Fehde nur eine Arabeske im Lauf der Geschichte. Ich hatte schon nicht mehr daran gedacht. Erst als ich Euch in Sintra unter den Höflingen stehen sah, fiel sie mir wieder ein. Ich wollte mit Euch direkt darüber reden, aber Ihr wart plötzlich verschwunden."

„Ja, ich sah Euch und mir fiel siedendheiß ein, was Ihr in Córdoba zu mir gesagt hattet. Als Ihr vom König geadelt wurdet, habe ich mich still und heimlich zurückgezogen. Als mir dann noch mitgeteilt wurde, dass der König mich zu Eurem Sekretär gemacht hatte, dachte ich, das Ende der Welt sei gekommen."

„Nein, Petrus, das Ende der Welt ist nicht gekommen. Ich trachte Euch nicht nach dem Leben. Ich trachte niemandem nach dem Leben. Ich bin für das Leben und ich bin für unseren Orden. Lasst uns zusammen daran arbeiten, den neuen Orden der Christusritter dem Papst zur Genehmigung vorzuschlagen. Es wird viel Arbeit werden, auf Eurer und auf meiner Ebene. Lasst es uns gemeinsam anfassen und zu einem guten Ende bringen."

In Avignon angekommen, machten sie sich direkt ans Werk. In Gesprächen mit Klerikern, mit Ordensleuten und mit Kardinälen erarbeiten sie die Richtlinien für den Orden „Ordem da Cavalaria de Nosso Senhor Jesus Cristo", der in Portugal die Nachfolge der Templer antreten sollte. Petrus Petri machte den Vorschlag, das rote Kreuz der Templer leicht verändert mit einem weißen Balkenkreuz in der Mitte zu gestalten. Das weiße Kreuz sei dabei Symbol für die Unschuld der Templer.

„Wir schlagen es dem König vor und er wird es übernehmen und als seinen eigenen Vorschlag verkünden", legte Petrus in einer der vielen Sitzungen dar.

„Das ist das gute Recht des Königs. Er wird stolz sein und wir haben das, was wir wollen. So machen wir es doch immer. Und so wird es noch in Hunderten von Jahren gemacht. Wir schlagen vor und die Regierenden sagen, es komme von ihnen.“ Petrus grinste. Joao nickte, ebenfalls lächelnd.

„Und so machen wir es mit den Ordensregeln auch. Wir werden sie bis ins Detail fertig erarbeitet dem Papst vorlegen. Er wird sich erst zieren, aber ich denke, irgendwann wird er sie genehmigen. Es gibt keinen Grund, die Gründung des Ordens der Christusritter zu verweigern. Ich vermute, er wird verlangen, dass König Dionysius ganz offiziell den Antrag zur Ordensgründung stellen muss.“

Es gelang dem Conde de Monteseratio tatsächlich nach einiger Zeit, den Papst von der Notwendigkeit eines neuen Ordens mit dem Namen „Ordem de Cavalaria de Nosso Senhor Jesus Cristo“ zu überzeugen. Nach seiner Rückkehr nach Portugal wurde er nach dem Tode Gil Martins zum zweiten Großmeister des neuen Christusordens gewählt. Joao Lourenço, Conde de Monteseratio, litt sehr darunter, dass ihm immer wieder Weggefährten kurz vor Erreichen eines Zieles verstarben. So auch Petrus Petri, der auf der Rückreise von Avignon in Carcassonne an Fieber erkrankte und nach wenigen Tagen in den Armen von Joao verschied.

Postskriptum

Portugal

Seit 2000 v. Chr. war Portugal eine Drehscheibe für die verschiedensten Völker und Stämme, von den Kelten über die Germanen, den Römern bis zu den Arabern. Sie alle zählen zu den Vorfahren der heutigen Portugiesen. Diese selbst leiten ihre Herkunft von den Lusitaniern ab, die den Römern lange Widerstand leisteten. Das Portugal des Mittelalters hatte sich in einem Krieg von Kastilien getrennt und ein eigenes Königreich gebildet. Es vertrieb in der Reconquista die Mauren und gestattete dem Templerorden die Ansiedlung im Land. Portugal war seit jeher zum Meer hin orientiert. Das Land besaß eine kleine Flotte, die bei der Besiedlung von Madeira und den Azoren unterstützte. Um 1520 beherrschte Portugal alle Hafenstädte Marokkos am Atlantik. Um die Handelsrouten von und nach Indien zu sichern, wurden an den Küsten Afrikas, Arabiens und Asiens Stützpunkte errichtet. So kam es zur Gründung der Faktoreien in Macao und Goa. Etliche Seereisen durch portugiesische Seefahrer, wie die der Gebrüder Ugolino und Guido Vivaldi im Jahre 1291 oder die des Templers Fra Jayme Ferrer waren streng geheim gehalten worden. Es kehrten viele Expeditionen, wie die der Brüder Vivaldi, nie zurück.

König Dionysius der Gerechte

wurde 1263 geboren. Durch einen Vertrag mit dem kastilischen König Ferdinand IV. hatte er die Grenze seines Reiches zu Kastilien endgültig festgelegt. Sie entspricht im

Wesentlichen der noch heute gültigen Grenze zwischen Spanien und Portugal. Er gründete die Universität Coimbra als erste portugiesische Universität. Dionysius war mit Elisabeth verheiratet, die nach ihrem Tod heiliggesprochen wurde und bis auf den heutigen Tag in Portugal populär ist. Mit ihr hatte er zwei Kinder. Dionysius gehört zu den großen portugiesischen Königen.

João Lourenço

Der Tempelritter wurde von König Dionysius zum Grafen von Monteseratio geadelt, lebte eine Zeit als portugiesischer Botschafter beim Papst in Avignon und erließ fünf Jahre später, nachdem er der zweite Großmeister des Christusordens geworden war, eine gründlich überarbeitete und angepasste Ordenskonstitution, die noch bis heute ihre Gültigkeit hat.

Abu al Kasim

Der muslimische Arzt war Leibmediziner des Philosophen Ibns al-Arabi, eines bekannten arabischen Mystikers und Dichters. Er widmete sein gesamtes Leben dem Fortschritt der Medizin als Ganzem und der Chirurgie im Besonderen. Er kümmerte sich um die Arbeit an der At-Tasrif, einer medizinischen Enzyklopädie in dreißig Bänden mit Kapiteln über Chirurgie, Medizin, Augenheilkunde, Orthopädie, Pharmakologie, Ernährung und anderes.

Ibn Battuta, der berühmte islamische Weltreisende, begann in jungen Jahren eine Pilgerreise nach Mekka. Daraus wurde eine fast 25-jährige Reise durch die gesamte islamische Welt und darüber hinaus. Er kam nach Ostafrika, bereiste Persien, den Irak, die Krim, die Wolga und die Seidenstraße bis Afghanistan. Von dort reiste er nach Indien, Sri Lanka und die Malediven bis nach Indonesien, Vietnam und China. Zurück in Marokko besuchte er Andalusien, brach zu einer Reise durch die Wüste auf und fuhr auf dem Niger nach Timbuktu, von wo es zurück nach Marokko ging. Seine Reisegeschichte ist eine der genauesten Beschreibungen der islamischen Welt im 13. Jahrhundert. Über Jahrhunderte blieb sein Buch unbekannt. Es wurde erst im 19. Jahrhundert wiederentdeckt und in mehrere europäische Sprachen übersetzt. Seitdem gewann Ibn Battuta an Ruhm und ist heute eine bekannte Gestalt in der arabischen Welt.

Templerschiffe

waren keine Galeeren im herkömmlichen Sinne. Es waren zum Teil große, bauchige Schiffe, die schon von Weitem an ihrem weißen Segel mit dem großen roten Tatzenkreuz zu erkennen waren. Sie dienten den Rittern als Truppentransporter und für den Nachschub des Ordens. Im Mittelmeer fuhren für die Templer u.a. die ‚Roger de Flor', die ‚La Rose du Temple', die ‚Benite', die ‚La Bonne Aventure' und das große Rundschiff ‚Le Faucon du Temple', in dem bis zu sechzig Pferde transportiert werden konnten. Es gab auch schnelle Langschiffe, die von den Wikingern übernommen worden waren. Zwei dieser Schiffe fuhren unter den Namen ‚Templer' und ‚Le Buscard' von La Rochelle aus. Im Oktober 1307 flüchtete die Mittelmeerflotte der Templer nach Portugal in den Hafen Serra del Rei. Die Flotte aus La Rochelle verschwand spurlos.

Die Wikingerschiffe fuhren im Durchschnitt 10 Knoten. Bei starkem Wind konnten sie bis zu 20 Knoten schnell werden. Versuche mit Nachbauten ergaben, dass Wikingerschiffe Geschwindigkeiten von bis zu 20 Knoten erreichen konnten und schneller fuhren als motorisierte Frachtschiffe in der 1. Hälfte des 20. Jahrhunderts. Das erklärt auch die überlieferten knappen Reisezeiten. Für eine Strecke von 1300 Kilometer wurden sieben Tage veranschlagt. Die Templer lösten das Wasserproblem, indem sie auf ihren Schiffen für Frischwasser Keramikkrüge oder Keramikamphoren nutzten, in denen das Wasser länger frisch blieb als in Holzfässern.

Kompass

Die erste Erwähnung eines Kompasses wird 1269 in Verbindung mit dem Italiener Flavio Gioia gemacht, der einen brauchbaren Schiffskompass entwickelte, den er in einem Buchsbaumkästchen unterbrachte, welches verhinderte, dass Schmutz, Salzwasser und Fett eindringen konnten. Die Erfindung wurde am Ende des 13. Jahrhunderts weiter ausgebaut.

Portolan

war 1285 die Bezeichnung für ein Buch mit nautischen Informationen wie Landmarken, Leuchttürmen, Strömungen und Verhältnissen in den Häfen. Die Portolanos bildeten die Grundlage für die spätere bis nach Nordeuropa reichende Entwicklung der Seebücher. Die Frage ihrer Entstehung ist umstritten, als gesichert gilt aber, dass die Portolane auf antike Umschiffungsbeschreibungen zurückgehen. Die älteste überlieferte Portolankarte stammt aus dem letzten Viertel des 13. Jahrhunderts.

Der Nordost-Passat

macht die Fahrt eines Seglers nach Amerika erst möglich. Europäische Segelschiffe segelten deshalb zunächst bis in die Höhe der Kanaren oder der Kapverden, wo sie vom Nordost-Passat erfasst wurden, mit dessen Hilfe eine zügige Fahrt gen Westen möglich war. Von dort nutzten sie die nordgehende Meeresströmung, um nach Norden zu kommen, wo die Westwinde der Nordhalbkugel und der Golfstrom sie wieder an den europäischen Kontinent segeln ließen.

Templer

Der Templerorden hatte eine hierarchische Führungsstruktur. An der Spitze des Ordens stand der Großmeister. Er war der oberste Würdenträger. Bei schwierigen Entscheidungen hatte er das letzte Wort. Darüber hinaus ernannte er die Würdenträger des Ordens und schlug Novizen zum Ritter. Der Seneschall vertrat den Großmeister. Der Marschall war der oberste Feldherr. Ausnahmslos alle Ritter hatten seinem Befehl zu gehorchen, sobald sie unter Waffen standen. Der Schatzmeister verwaltete den Besitz des Ordens. Der Drapier war als Haushofmeister des Ordens zuständig für Kleidung, Material und Waffen. Der Präzeptor des Ordens übernahm

Aufgaben, die ihm von den anderen Würdenträgern des Konvents zugewiesen wurden. Der Komtur verwaltete eine Komturei selbstständig. Man kann davon ausgehen, dass die Templer mit Gedanken in Berührung kamen, die für einfache katholische Geistliche Ketzerei der schlimmsten Art waren. Kontakte von Templern zu Ungläubigen gab es immer wieder. Templer waren mit verschiedensten gnostischen, katharischen, islamischen und anderen religiösen Lehren in Verbindung getreten. In den Orden übernommen haben sie die Lehren nicht.

Christusritter

König Dionysius hatte Joao Lourenço nach der Rückkehr in den portugiesischen Adel aufgenommen und zum Grafen von Monteseratio ernannt. Er sandte ihn als Vertreter des Landes Portugal nach Avignon. Dort sollte er gemeinsam mit dem Kanoniker Petrus Petri aus Coimbra den Widerspruch gegen die Übergabe des Besitzes der Templer an die Johanniter in Portugal vorbringen und den Papst auf die Gründung eines eigenständigen portugiesischen Ritterordens orientieren. Im August 1318 sandte der portugiesische König Dionysius ganz offiziell eine Botschaft an den Heiligen Stuhl, um die Gründung des Ordens der Christusritter genehmigen zu lassen. In seiner Bulle bestimmte der Papst, dass alle Güter des Templerordens in Portugal an den neuen Orden übergehen sollen. Die Übergabe der Güter bestätigte der portugiesische König am 19. Dezember 1319 mit einem königlichen Schreiben an die Templer. Als ersten Großmeister setzte der König den Ritter Gil Martins ein. Das Kreuz der Templer fand bei den Christusrittern in Portugal weiter

Verwendung und wurde mit einem eingeschriebenen weißen Kreuz als Zeichen der Unschuld der Templer ergänzt.

Namen der Templer in Portugal:

Gil Martins, Joao Lourenço, Martim Goncalves Leitao, Fra Domenico, Jayme Ferrer, Ragnar Sverreson, Dodo Rostagne, Hugo de Chalons, Gerard de Villars, Guido de Voisius, Joao Soares, Hugues de Charnay, Pedro de Corveria, Guyot de Provins, Harmann de Peragors, Odo von Mümpelgard, Jean de Ibelin, Balduin de Beurage, Reinald de Alemagne, Jacob del Lois, Gerald de Jussac, Guilelmo de Arnald, Arno de Montbrun, Egard de Monte Acuto, Roger de Iberico, Jacobus de Castronuevo, Bernard Nivelon, Rainer de Austria, Guido Guicelmin, Fra Gerinus.

Ulrich Hinse, 1947 in Münster geboren, greift auf eine lange Berufserfahrung als Kriminalbeamter zurück (Bundeskriminalamt, Landeskriminalamt Mecklenburg-Vorpommern, Referent für Polizeiliche Prävention im Innenministerium Mecklenburg-Vorpommern). In Mecklenburg-Vorpommern baute er den Staatsschutz auf.

Im Jahre 2007, kurz nach seiner Pensionierung, pilgerte er zu Fuß den Camino frances von Pamplona nach Santiago de Compostela und im Jahre 2008 den Nordweg von Ribadeo.

Im Jahre 2002 veröffentlichte er seinen ersten Roman. 2005 wurde er Krimipreisträger der 10. Schweriner Literaturtage und gewann mehrere Krimiwettbewerbe in Norddeutschland.

Bibliografie (Auswahl):

Wer will schon nach Meck-Pomm? Scheunen-Verlag, Kückenshagen 2002. EDITION digital, Pinnow 2013 (E-Book)

Blutiger Raps. Scheunen-Verlag, Kückenshagen 2003. EDITION digital, Pinnow 2013 (E-Book)

Die 13. Plage. Godewind-Verlag, Wismar 2006. EDITION digital, Pinnow 2013 (E-Book)

Ein Mecklenburger auf dem Jakobsweg. WiedenVerlag, Schwerin 2007. EDITION digital, Pinnow 2014 (E-Book)

Das Jakobsweg-Komplott. Scheunen-Verlag, Kückenshagen 2009. EDITION digital, Pinnow 2016.

Das Gold der Templer. Ein historischer Roman über den Verbleib des Templerschatzes anno domini 1307 (Das Gold der Templer, Teil 1). EDITION digital, Pinnow 2014

Die Petermännchenpuppe. EDITION digital, Pinnow 2014

Falsches Spiel. EDITION digital, Pinnow 2014

Der Glatteisagent. Eine Geschichte aus der Zeit des Kalten Krieges. EDITION digital, Pinnow 2015

Schweriner Mordgeschichten.
EDITION digital, Pinnow 2015

Der Traum des Templers und seine Reise über das Atlantische Meer. Ein historischer Roman über die Südamerikareise der Templer (Das Gold der Templer, Teil 2). EDITION digital, Pinnow 2015

Das Gold der Andentempler. Ein historischer Roman über den Aufenthalt der Templer bei dem Volk der Chachapoya in den Anden (Das Gold der Templer,Teil 3). EDITION digital, Pinnow 2017

Veröffentlichung von Kriminalerzählungen in Anthologien

Das Gold der Templer

Ein historischer Roman über den Verbleib des Templerschatzes anno domini 1307

Das Gold der Templer, Teil 1

ISBN 978-3-86394-603-6 (Buch)
ISBN 978-3-86394-601-2 (E-Book)

Jaques de Molay, der Großmeister des in der ganzen Welt des Orients und des Okzidents bekannten, geschätzten aber auch gefürchteten Templerordens war entsetzt. Sein Orden sollte aufgelöst, die Ritter verhaftet werden und das riesige Vermögen der französischen Krone zufallen. Die Haftbefehle waren bereits ausgestellt und an alle Gouverneure und Bischöfe in Frankreich verteilt worden. Am Freitag, dem 13. Oktober 1307, sollen in den Morgenstunden überall im Land die Vasallen des Königs jeden Templer festnehmen und einkerkern.

Alle Templer zu retten scheint dem Großmeister nicht mehr möglich. Deshalb stellt er in aller Eile drei Maultierkarawanen zusammen, die mit wenigen Leuten das Archiv und das Gold in Sicherheit bringen sollen. Eine Karawane ist für England bestimmt, eine soll über See nach Portugal gehen und eine weitere auf die Festung der Templer nach Ponferrada in Spanien gebracht werden.

Der junge flandrische Tempelritter Jan van Koninck hat zusammen mit dem Stellvertreter des Großmeisters die Ehre, die Karawane nach Spanien in Sicherheit zu bringen, als in den Pyrenäen sein Mentor erschlagen wird. Die Verantwortung lastet ab sofort auf seinen Schultern. Gelingt es ihm wirklich, die kleine Karawane gegen alle Widerstände im Winter über die Pyrenäen zu bringen und Ponferrada zu erreichen?

Eine stattliche Anzahl französischer Soldaten, geführt von einem alten Landsknecht, hat sich auf seine Spur gesetzt. Und auch innerhalb der sonst eingeschworenen Templer gibt es Widerstände. Es erscheint mehr als fraglich, das Gold vor dem gierigen französischen König Philipp IV. und seiner nicht viel besseren Frau Johanna von Navarra in Sicherheit zu bringen.

Ein Roman aus der Zeit des finsteren Mittelalters, in der es ehrenhafte Ritter aber ebenso viele Schurken gab.

699 Jahre später versucht in dem Roman „Das Jakobsweg-Komplott“ eine skrupellose Gruppe, das Gold zu finden.

Blutiger Raps
E-Book, ISBN 978-3-86394-350-9

In diesem Buch schildert der Autor, der vor einigen Jahren als Kriminaldirektor die Staatsschutzabteilung des Landeskriminalamtes in Mecklenburg-Vorpommern leitete, die Auseinandersetzung zwischen einer gewaltbereiten rechtsextremen Skinheadkameradschaft und einer linksautonomen Wohngemeinschaft, sowie die Versuche der Gesellschaft, ein wirksames Mittel gegen die eskalierende Gewalt zu finden.

Ohne sich um die Gesellschaft und die Gesetze zu kümmern, machen die radikalen Jugendlichen ihr Ding. Da werden Graffiti geschmiert, Friedhöfe geschändet, es wird gekifft, aufeinander eingeprügelt und Obdachlose werden ermordet. Ohne Rücksicht. Bis sich die radikalen Jugendlichen mit den Falschen anlegen. Während die offiziellen Präventionsgruppen diskutieren, ohne zu Ergebnissen zu kommen, handelt die russische Mafia.

Ein spannender Roman, der sich an tatsächlichen Ereignissen in Mecklenburg-Vorpommern orientiert und bei dem ein Teil der Gewalttäter ein blutiges Ende findet.

Fortsetzungsroman: Die 13. Plage oder Wessen Brot ich esse

Die 13. Plage oder Wessen Brot ich esse
E-Book, ISBN 978-3-86394-352-3

Die 13. Plage der Menschheit – das ist der internationale Terrorismus heute.

Um seine große Liebe Jenny aus einem Bordell zu befreien, schließt Boomer einen Pakt mit dem Teufel. Unvermittelt finden sich die beiden in einem Ausbildungslager der al-Qaida wieder, wo Boomer zum Sprengstoffspezialisten wird.

Um zurück nach Europa zu kommen, schließen sie sich einer Terrorgruppe an und bereiten sich mit ihr auf einen Anschlag in Nordeuropa vor. Als Jenny erkennt, dass ihre Heimat Mecklenburg-Vorpommern ins Fadenkreuz gerät, sucht sie Hilfe bei Kriminalhauptkommissar Raschke, einem Erzfeind aus vergangenen Tagen. Doch kann sie das Schicksal aufhalten?

Ein packender Roman vor einem hochaktuellen Hintergrund. Wer in dem Roman „Blutiger Raps" sich fragte, ob Jenny und Boomer die Flucht aus dem russischen Gefangenenlager überlebt haben, kann in diesem Buch das weitere, schwere Schicksal der beiden Jugendlichen verfolgen.

Fortsetzung von: Blutiger Raps

Der Traum des Templers und seine Reise über das Atlantische Meer

Ein historischer Roman über die Südamerikareise der Templer

Das Gold der Templer, Teil 2

ISBN 978-3-95655-609-8 (Buch)
ISBN 978-3-95655-610-4 (E-Book)

Joao Lourenço, ein Templer, der als Johann Laurenz in der Nähe von Aachen groß wurde, hatte im Auftrag des Großmeisters Jaques de Molay einen Teil des Templervermögens nach Portugal gebracht. Mit Vertrauten des König Dionysius gelingt es, den in vielen christlichen Ländern verfolgten Templern eine neue Heimat in Portugal zu sichern und sie als Orden der Christusritter zu etablieren. Von dem Bischof von Lamego hört Joao, dass in Cordoba durch muslimische und jüdische Gelehrte Astronomie, Geografie und Kartenzeichnen unterrichtet wird. Das interessiert ihn und er studiert die für Christen neuen Wissenschaften. Er kommt zu der Überzeugung, dass die Erde keine Scheibe, sondern eine Kugel und auch Jerusalem nicht der Nabel der Welt ist, wie es die christlichen Mönche vermittelten. Er ist sicher, dass hinter dem Horizont des Atlantischen Meeres im Westen noch anderes Land liegen muss. Joao träumt davon, dorthin zu fahren. Er erwirbt ein schnelles Templerschiff, lässt es durch Handwerker des Ordens umbauen und wirbt Templerbrüder an, die mit ihm ins Unbekannte fahren wollen. Joao Lourenço realisiert seinen Traum. Mit den herbstlichen Passatwinden fahren sie übers Meer nach Westen.

Ein Roman aus der Zeit des tiefsten Mittelalters mit ehrenhaften Rittern, dogmatischen Klerikern, gelehrten Muslimen und erfinderischen Juden. Und natürlich mit fiesen Schurken.

Das Gold der Andentempler

Ein historischer Roman über den Aufenthalt der Templer bei dem Volk der Chachapoya in den Anden

Das Gold der Templer, Teil 3

ISBN 978-3-95655-782-8 (Buch)
ISBN 978-3-95655-783-5 (E-Book)

Pablo de Alvares war ein Ritter des Templerordens, der, in Asturien geboren, seinem Vater ins Heilige Land gefolgt war. Dort konnte er sich aus der Festung Akkon retten und mit dem Großmeister Jaques de Molay nach Paris kommen. Von dort zog er mit Joao Lourenco nach Portugal, um das Gold der Templer vor König Philipp dem Schönen in Sicherheit zu bringen. Einem Eid zufolge, den er seinem greisen Vater geleistet hatte, folgte er Joao Lourenco mit dem Gold der Templer über das atlantische Meer. Dort zerstritt er sich mit seinem Ordensbruder und lockte den größten Teil der Schiffsbesatzung hinein in den Urwald, in dem er das Paradies vermutete.

Mit den Händlern der Chachapoya gelangten sie nach langer Fahrt auf dem Amazonas zu den Anden, wo die Eingeborenen wohnten und sie herzlich aufnahmen. Bei einem Überfall raubten die Inka das gesamte Gold.

Pablo macht sich auf die Suche und stellt fest, wie wenig Interesse seine Ordensbrüder haben, den Schatz wiederzufinden. Selbst sein treuer Gefolgsmann Ragnar, ein hünenhafter Normanne, fällt ihm in den Rücken und verlässt ihn. So macht Pablo de Alvares sich allein auf die Suche. Er lernt dabei die Steinstraßen der Inka, die Beerdigungsriten der Chachapoya, deren Festung Kuelap, den Goctafall - den größten Wasserfall der Erde – und die Goldschmiede der Anden, die Tairona kennen. Als die Inka die Festung Kuelap angreifen, um die Chachapoya zu unterwerfen, trifft Pablo de Alvares wieder auf den Normannen Ragnar. Es kommt zu einem Kampf auf Leben und Tod.

Das Jakobsweg-Komplott

Kriminalerzählung über das Gold der Templer

Das Gold der Templer, Teil 4

ISBN 978-3-95655-745-3 (Buch)
ISBN 978-3-95655-354-7 (E-Book)

Mysteriöse Morde lassen die Pilger auf dem Jakobsweg von den Pyrenäen bis Santiago de Compostela erschaudern. Zufällig wurde einer der Pilger, der deutsche Kriminalhauptkommissar Raschke aus Mecklenburg-Vorpommern, Zeuge einer Tat. Zunächst scheint die Begegnung zufällig. Dann jedoch beginnt eine Mordserie, die parallel zur Pilgerwanderung des Polizisten geschieht. Auch auf Raschke, der offenbar als lästiger Zeuge beseitigt werden soll, werden Anschläge verübt. Für die spanische Polizei wird der Deutsche zum Lockvogel, der sie zu den Tätern führen soll. Schon bald zeichnet sich ab, dass es bei den Morden um das verschwundene Gold der Templer geht und die Jagd nach dem Killer erst in Santiago de Compostela zu Ende sein könnte. Gelingt der spanischen Polizei rechtzeitig die Entlarvung der Täter und Hintermänner oder schaffen es die einfallsreichen Mörder, den deutschen Pilger aus dem Weg zu räumen?

Ein spannender Krimi über den Jakobsweg und das Mysterium des Templerschatzes, der 699 Jahre früher versteckt wurde, wie in dem Roman „Das Gold der Templer“ beschrieben.

Ein Mecklenburger auf dem Jakobsweg
Von Pamplona nach Santiago de Compostela vom 3. Mai 2007 bis 8. Juni 2007

E-Book, ISBN 978-3-86394-465-0

Wandern oder pilgern? Wo liegt der Unterschied? Mit dem Rucksack von A nach B laufen kann man auch in Deutschland, genauso weit und ebenso lange. Dafür muss man nicht extra nach Spanien reisen. Stimmt. Trotzdem gibt es einen Unterschied.

Zusammen mit Menschen jeden Alters und aus aller Welt auf demselben Weg, mit einem geneinsamen Ziel, eine kollektive Erfahrung gewinnen, macht den Unterschied aus. Und, der Jakobsweg ist ein Erlebnis, das zwischen Magie und allzu Menschlichem liegt. Der Weg wird zum Spiegelbild des eigenen Lebens. Er kennt keine Kompromisse. Er ist beschwerlich. Jeden Tag. Jeden Tag anders. Er ist schön, abwechslungsreich, langweilig und öde. So wie das Leben auch.

Den Jakobsweg gelaufen zu sein wird niemand vergessen. Es handelt sich nicht umsonst um den Weg zum Sternenfeld, nach Compostela.

Wer will schon nach Meck-Pomm?
Autobiografischer Roman

E-Book, ISBN 978-3-86394-348-6

Zuerst war es der Titel, der neugierig machte. Dann war es das Bild. Ein Elefant auf dem Weg nach Mecklenburg-Vorpommern? Ein Tierbuch? Hier hat ein Polizeibeamter seine privaten und dienstlichen Erlebnisse aus den Jahren nach der Wende zu Papier gebracht. Zugegebenermaßen ein Wessi. Wer aber nun geglaubt hat, hier rechnet ein frustrierter Wessi mit den Ossis ab, liegt total falsch.

Sehr offen beschreibt der Autor, bis vor wenigen Jahren Leiter der Staatsschutzabteilung des Landeskriminalamtes in Meck-Pomm, seine Beweggründe, in den Nordosten der Republik überzusiedeln. Das Buch lebt von dem Wechsel zwischen dienstlichen Erfahrungen einerseits und privaten Erlebnissen andererseits, die mit dem Umzug aus dem Rheinland in ein kleines mecklenburgisches Dorf bei Schwerin verbunden waren. In emotionaler Nähe zu den erlebten Ereignissen berichtet Hinse von den Schwierigkeiten, Befremdlichkeiten, aber auch von lustigen Begebenheiten, die sich in den mehr als zehn Jahren seit der Wende ergeben hatten. Überraschend freimütig nennt er Kollegen beim Namen, schildert er dienstliche und private Ereignisse. So setzt er sich durchaus kritisch mit den Ereignissen von Rostock-Lichtenhagen und Bad Kleinen auseinander.

Die nachdenklichen Geschichten erlauben gelegentlich mit spürbarem Zynismus und Sarkasmus einen Blick hinter die Kulissen der Polizeiarbeit. Wobei sich durch die Erzählungen die Zahl seiner Freunde vermutlich verringert haben dürfte.

Die heiteren Episoden beschreiben mit zutiefst menschlicher Sicht die positiven und negativen Erfahrungen, die gesammelt wurden, nachdem der Autor von Deutschland nach Deutschland gezogen war.

Am Schluss kommt Hinse zu dem Ergebnis, und hier erschließt sich, warum der Titel einen Elefanten zeigt, dass sowohl ein „dickes Fell" als auch ein hohes Maß an Sensibilität erforderlich waren, um nicht zu resignieren oder zum Fremden in einem Umfeld zu werden, das letztlich ihn und das er angenommen hat.

Das Buch ist nicht nur für Polizeibeamte aus Mecklenburg-Vorpommern interessant. Es dürfte sich manch einer wiederfinden oder auch in seinen Urteilen oder Vorurteilen bestätigt sehen. Aber das Buch ist weder ein Wendereport noch ein Polizeireport. Es sind ganz einfach die Geschichten des täglichen Lebens, die jeder von uns erlebt, aber keiner aufschreibt.

Die Petermännchenpuppe

Pinnowkrimi

ISBN 978-3-86394-609-8 (Buch)

ISBN 978-3-86394-607-4 (E-Book)

Das Grauen geht um in dem kleinen Dorf Pinnow wenige Kilometer östlich des Schweriner Sees. Innerhalb kürzester Zeit werden mehrere Tote in der näheren Umgebung gefunden. Bei allen befindet sich eine Stoffpuppe, die in Schwerin als Andenken an den Schlossgeist verkauft wird. Das Petermännchen.

Die Kriminalisten um Raschke, den Leiter der Mordkommission Schwerin, ermitteln hektisch, aber es finden sich so gut wie keine Hinweise oder Spuren. Es ist zum Verzweifeln. Eigentlich könnte es nur ein Einwohner des kleinen Örtchens Pinnow sein. Einer, der auch im Winter mit dem Fahrrad fährt. Es gibt Hinweise, aber keine Beweise.

Als dann noch das Mitglied einer Rockergang zu Tode kommt, die in einem Nachbarort ihr Quartier hat, mischen plötzlich noch ganz andere bei den Ermittlungen mit. Die Polizei gerät unter Druck.

Gelingt es dem Ersten Kriminalhauptkommissar Raschke mit seinen Leuten, den Täter festzunehmen, bevor die Sache eskaliert?

Ein spannender Krimi aus der Gegend in und um Schwerin.

Falsches Spiel
Pinnowkrimi

ISBN 978-3-86394-610-4 (E-Book)

ISBN 978-3-86394-612-8 (Buch)

Hauptkommissar Raschke ermittelt wieder. Dieses Mal hat er sich richtig festgebissen. Nicht die Beweise, sondern sein Bauchgefühl sagt ihm, wer der Täter ist. Davon lässt er sich nicht abbringen, denn sein Bauch ist schon beachtlich.

EKHK Raschke kann einfach nicht glauben, dass die Frau seines Täters angeblich genau in dem Moment über Bord ging, als ihr Mann unter Deck war. Angeblich durch den Rammstoß eines anderen Bootes, das nur sein Täter gesehen haben will.

Als dann noch ein Toter gefunden wird, der mit seinem Verdächtigen in einer sehr dubiosen Verbindung stand, wird sein Jagdeifer richtig angeregt.

Ein spannender Krimi aus Pinnow, dem Südende des Schweriner Sees und der Umgebung von Schwerin.

Der Glatteisagent

Eine Geschichte aus der Zeit des Kalten Krieges

ISBN 978-3-95655-252-6 (Buch)

ISBN 978-3-95655-248-9 (E-Book)

Der Roman beruht auf wahren Begebenheiten Ende der 1970er, Anfang der 1980er Jahre. Vorbild für die Hauptfigur ist ein tatsächlich existierender „Kundschafter des Friedens", den Hinse in seinem spannenden Roman beim richtigen Namen nennt: Reiner Paul Fülle, seit 1964 für das MfS tätig. Bis zu seiner Enttarnung und Verhaftung am 19. Januar 1979 lieferte „Klaus", so sein Deckname, Informationen über seinen brisanten Arbeitsplatz – den Forschungsreaktor Karlsruhe, wo eine Anlage zur Wiederaufarbeitung von Uran und Plutonium gebaut wurde. Würde die Bundesrepublik Atombomben bauen, fragte sich der andere deutsche Staat.

„Bitte, Herr Fülle", so Minister Mielke, „nehmen Sie doch neben mir Platz". Nach dieser Einladung war Reiner Fülle sehr stolz auf diese besondere Wertschätzung, den Ehrenplatz neben dem Chef der DDR-Staatssicherheit zugewiesen bekommen zu haben. Und damit nicht genug. Noch vor Beginn des Essens, das der Minister für erfolgreiche, aber von einem Überläufer enttarnte Kundschafter gab, wurden Orden verteilt. Und den höchsten von allen bekam wiederum Fülle. Im Auftrag des Staatsratsvorsitzenden Erich Honecker übergab ihm Staatssicherheitsminister Mielke den Vaterländischen Verdienstorden in Gold, die höchste Auszeichnung, die es neben dem Karl-Marx-Orden in der DDR gab.

Schweriner Mordgeschichten

EKHK Raschke ermittelt

ISBN 978-3-95655-253-3 (Buch)

ISBN 978-3-95655-254-0 (E-Book)

Für die Freunde des Schweriner Kriminalkommissars Raschke aus Godern wurden in dem neuesten Buch von Ulrich Hinse insgesamt 12 kleine und große Geschichten des beliebten Kriminalisten zusammengefasst. Es geht von dem perfekten Mord über das Geheimnis des Modderteichs in Pinnow bis hin zu Ermittlungen des Schweriner Kommissars in der Türkei. Allein oder mit seinen Kolleginnen und Kollegen versucht der beleibte EKHK Raschke mit mehr oder weniger Erfolg den oder die Täter von Verbrechen zu überführen. Es wird wieder spannend, wenn Raschke ermittelt.

Zum Schluss hat der Autor mit seiner Feststellung „Wir waren Helden“ eine Geschichte zum Nachdenken oder zum Schmunzeln, ganz wie man möchte, angefügt.